LUCY BANKS

Originaire du Hertfordshire, en Angleterre, Lucy Banks est l'autrice d'une série jeunesse, *Dr Ribero's Agency of the Supernatural*, très populaire au Royaume-Uni et lauréate de nombreux prix. *Oiseau de proie* est son premier roman pour adultes publié chez Belfond en 2023. Lucy Banks vit dans le Devon.

OISEAU DE PROIE

LUCY BANKS

OISEAU DE PROIE

Traduit de l'anglais
par Charles Recoursé

belfond

Titre original :
CAGED LITTLE BIRDS
publié par Sandstone Press Ltd, Inverness (Écosse)

ISBN : 978-2-266-33800-4
Dépôt légal : mars 2024

- 1 -

Les mouettes crient. Des notes stridentes, répétées. En fond sonore, des croassements graves ; la colonie est au grand complet. Le bruit envahit mon crâne, me brûle.

Regarde la mer, ordonne Papa. *Les yeux devant, pas vers moi.*

Mais il désigne un point dans le ciel, loin au-dessus de nos têtes.

Je suis la direction de son doigt et je vois l'oiseau, ses ailes écartées, les spatules de ses pattes qui pendent vers le sol. Il est plus grand et plus noir que les autres. C'est une femelle labbe, elle cherche un nid à piller, un oisillon à déchiqueter.

C'est pas bien. Je me tais ; ma bêtise ne ferait que m'attirer le dédain de Papa. C'est la nature. Et la raison qui nous amène ici, pour observer sans juger. Papa me transmet son savoir, il est important que j'écoute, que j'apprenne, que j'assimile tout.

(C'est un rêve. Je le sais alors même qu'il se déroule. N'est-ce pas toujours le cas ?)

Il y a de l'élégance chez le labbe, dans sa forme brutale et effilée, son plumage lisse. Mais son bec est cruel. Grand ouvert, il me rappelle la gueule haletante d'un chien.

Je tourne la tête vers la falaise et je te vois. Pas tel que tu étais le dernier jour, mais avant. En bonne santé, mal à l'aise dans ton corps adolescent, les mains enfoncées dans les poches de ton jean. Mais il est impossible que tu sois là, c'est un autre endroit dans le temps, bien loin de celui où nous nous sommes rencontrés. Tu n'existes plus.

(C'est un rêve. Ouvre les yeux, Ava, ouvre les yeux.)

Tu tiens quelque chose dans ta main, une forme ronde et grise aux contours duveteux. Un oisillon. Tu tiens un oisillon dans ta main. Évidemment.

Le labbe tourne autour de nous en cercles de plus en plus serrés, et l'oisillon lève la tête. *Les yeux devant*, dit Papa, maintenant très loin. *Les yeux devant toi, pas sur moi. Ne te laisse jamais déconcentrer, petite.*

Je crie. L'oisillon crie. La colonie crie avec nous et il n'y a plus de place pour rien ; ni pour voir, ni pour toucher, ni pour sentir. Du bruit, uniquement du bruit.

Le labbe descend en piqué et je ferme les yeux. Quand je trouve enfin le courage de les rouvrir, tu as disparu. Tout a disparu : la colonie, Papa, l'agitation, le bruit. Il ne reste plus que les os de l'oisillon, nettoyés et d'un blanc de parchemin, par terre à mes pieds.

L'alarme braille sa note, braille, braille, braille. Ma tête baigne dans une flaque de sueur, la ménopause. Parfois, j'ai l'impression de n'être qu'une cosse, le contenant vide de ce que j'étais autrefois. Je me demande ce qui me restera, à la fin.

Les somnifères m'engluent les yeux. J'en ai trop pris, comme d'habitude, mais heureusement il m'en reste encore une provision ; je ne devrais même pas en avoir autant, en réalité. Je gifle le réveil et le bruit cesse, merci mon Dieu.

Je sais que j'ai tort de me plaindre. Je me réveille chez moi ; dans un espace qui m'appartient, où je peux faire ce qui me plaît. Ici, il n'y a pas de matons qui hurlent dans les corridors. Pas de portes en métal qui claquent, pas de détenus qui beuglent. Seulement cette chambre douillette et une petite salle de bains dans le couloir, rien que pour moi. Pas de queue pour la douche. Pas de savon qui glisse entre les doigts ni de batailles pour un flacon de shampooing. La liste de ces petits luxes paraît presque interminable.

Je peux me préparer un petit déjeuner – manger ce que je veux, quand je veux. Aujourd'hui, je pense que ce sera du porridge, comme lorsque j'étais enfant sur les îles, avec un filet de miel au milieu. Je regrette de ne pas pouvoir laisser mon regard se perdre sur la mer calme et immense, comme je le faisais à l'époque. Je vais devoir me contenter de la vue sur mon petit jardin clos.

Pourquoi est-ce que je rêve tout le temps de toi ? C'est la question que je me pose en sortant du lit. Pourquoi est-ce que je vois tout le temps ton jeune corps dégingandé, ton visage renfrogné ? Mais je connais déjà la réponse : c'est parce que tu es toujours *là*, tissé à mes souvenirs. Tu continues à me hanter, alors que j'espérais te laisser dans ma cellule et ressortir en femme neuve dans le monde extérieur.

Je reste déterminée à ce que cela se produise. Il n'est pas bon de s'éterniser sur le passé ; je préférerais largement t'expulser de mon cerveau et que tu finisses par te dissiper complètement. Je n'ai aucun intérêt à te laisser encombrer toutes mes journées, pas après tout ce temps.

Je suis enfin libre, et c'est tout ce qui compte.

Je consacre la matinée à la lecture de *Nature's Home*. L'article sur les pluviers siffleurs me renvoie en enfance, quand je me faufilais entre les touffes d'algues pour attraper des macareux et leur fixer une bague en plastique à la patte. J'avais du mal, quand nous sommes arrivés dans les îles. Les doigts constamment écorchés par leurs coups de bec rageurs. Et puis, avec le temps, la manœuvre est devenue un jeu d'enfant. Attraper d'un geste vif. Immobiliser les ailes. Baguer habilement et relâcher. Papa n'avait pas l'habitude de me faire des compliments, mais il faut dire qu'il ne prêtait jamais beaucoup d'attention aux choses que je réussissais. Je suppose tout de même qu'il a ressenti une pointe de fierté, de temps à autre.

Je bois une gorgée de thé et m'émerveille de la délicatesse de son goût. Un Earl Grey, après toutes ces années à m'infliger le thé fort et âcre de la prison. Du lait frais, pas UHT. Et même une pincée de sucre pour rehausser et adoucir. C'est presque trop.

Il va falloir que je m'y fasse et, avec le temps, tout cela deviendra aussi quotidien que de baguer des oiseaux. La maison est sinistre et en mauvais état, mais c'est la mienne, du moins tant que la mairie n'en décidera pas autrement.

Jusqu'ici je n'ai osé sortir qu'une ou deux fois, pour acheter des produits de première nécessité à la supérette. Tout a changé, dehors ; les magasins me paraissent étrangers. Les emballages sont plus colorés que dans mes souvenirs, et tout est plus gros. Même le paiement est un mystère : la caisse ne tinte plus, elle bipe.

Des petits pas, voilà ce qu'il faut faire. Ne pas paniquer. Ne pas se braquer. Ça viendra, à condition que je ne me laisse pas déconcentrer.

On sonne à la porte alors que je viens de finir la vaisselle du déjeuner. C'est Margot, ma conseillère d'insertion et de probation, pile à l'heure. Margot et sa solide carrure, une poitrine comme une falaise qui tombe vers une taille large et solide. Elle s'installe sur un des tabourets de ma cuisine à la façon d'un morse qui grimpe sur un rocher pour y prendre le soleil, puis elle pose son téléphone sur la table. Je ne me suis pas encore habituée à ces engins ; je vois en eux des télés miniatures, dangereuses du fait de leurs proportions réduites. Margot est du genre brusque et ne prête pas attention à mes coups d'œil furtifs. Elle accepte le biscuit que je lui offre mais refuse de boire quoi que ce soit.

Nous parlons de la maison, puis des allocations, et je lui confirme que j'ai commencé à les recevoir. Elle me demande si j'ai fait la connaissance du nouveau voisin, qui vient d'emménager à côté. Je me marre quand elle me suggère de prendre un animal de compagnie. Il vaut mieux que je n'aie pas à partager cet espace avec une autre créature, mais je ne le lui dis pas. Je suis mieux seule.

Elle m'appelle *Robin* et je regrette de ne pas avoir choisi un autre nom d'emprunt. Sur le moment, j'avais aimé ses connotations, Robin des Bois, et surtout *robin*, le rouge-gorge dans la langue anglaise. Mais c'est trop ordinaire, un rouge-gorge ; trop petit et trop rond. *Robin Smith*. Toutefois, c'est le nom oubliable d'une personne sans rien de mémorable, or c'est ce que je dois être dans cette nouvelle existence. Quant à *Ava Webber*, il me faut l'entreposer quelque part où elle sera en sécurité. J'en comprends la raison, mais à l'intérieur de moi je continue à arborer mon vrai nom comme une couverture qui enveloppe mon cœur. Il ne s'éteindra jamais, pas tout à fait.

La visite touche à sa fin. Margot me recommande de chercher à faire du bénévolat, histoire de me réaccoutumer au travail. De sortir de chez moi. Peut-être quelque chose dans un magasin caritatif. C'est hors de question, bien sûr. Je vis dans la terreur qu'on me reconnaisse, parce que si cela se produit, ils me retrouveront. Je devrai recommencer de zéro et me transformer une nouvelle fois en quelqu'un d'autre.

« Rendez quelque chose à la société, me dit Margot en remontant ses lunettes sur son nez. Ça vous fera de l'entraînement avant de reprendre un travail, et c'est bien d'avoir un impact positif sur le monde. »

Je pense à tout ce que j'ai fait par le passé. La vérité, c'est que mon impact sur le monde est probablement déjà assez grand. Autant m'arrêter là.

Comme il est facile de se reposer, ici, dans le calme du jardin. J'adore me couler dans l'immobilité et ignorer les pensées qui bouillonnent dans ma tête. C'est un privilège dont je devrais me sentir reconnaissante.

Un bruit trouble le silence, mais ce n'est pas ce qui me fait sursauter. C'est la violence d'un mouvement sur ma gauche, accompagné d'une bordée de jurons. Sur la palissade, la clématite tremble ; quelqu'un est en train de l'arracher de l'autre côté.

Je me redresse, le soleil me fait plisser les paupières. Une moitié de tête m'observe depuis le jardin d'à côté : un crâne chauve et luisant, une paire d'yeux ridés. Mon nouveau voisin, je présume.

« Désolé, je donnais un coup de propre dans le jardin. » Les pattes-d'oie se creusent au coin des yeux. Peut-être un sourire ; difficile à dire sans voir sa bouche.

« Elle était à moitié morte, de toute façon », dis-je en notant les profonds sillons dans son front. Comme moi, il n'est plus tout jeune. Un soulagement. Les jeunes sont souvent plus curieux et je ne supporte pas les questions.

« Je viens d'emménager, dit-il.

— Je sais. »

Un nouveau coup, et la clématite est arrachée. Sans elle la palissade est nue, ses planches écaillées à l'air libre.

« Je m'appelle Bill. »

Je me dis, *C'est bien*, et puis je comprends qu'il attend une réponse. Je n'ai jamais été douée pour les mondanités, et ces vingt-cinq années en prison n'ont rien arrangé. Je me lève en inspirant un grand coup, m'approche et tends la main.

« Robin », dis-je en trébuchant sur le ventre mou de ce prénom, sur le roulement inconnu du *R* initial. « Robin Smith. »

Il prend ma main, un peu gauchement, et nous serrons. Je n'avais pas remarqué que la palissade était aussi haute, et Bill est loin d'être grand.

« Alors, dit-il en me libérant. Vous vous plaisez dans le quartier ?

— Je viens d'arriver, moi aussi. Mais j'ai l'impression qu'il est correct, pour une zone aussi décrépite de la ville.

— C'est vrai. Vous êtes originaire d'ici ? »

Je repense tout de suite aux îles, aux îles sans fin. Et ensuite à ma petite cellule avec sa fenêtre étroite. De l'espace à ne plus savoir qu'en faire, et soudain presque plus rien. Je réponds : « Non, je suis d'un peu partout.

— Moi aussi. » Encore ses pattes-d'oie. « Bon, je ferais mieux de continuer à vider mes cartons. Mon bazar ne va pas se ranger tout seul, hein.

— Il y a peu de chances.

— Enchanté, Robin. » Il se touche le front. « Très joli prénom. J'adore les oiseaux des jardins. »

Je ne peux pas m'empêcher de sourire. « C'est vrai ? Moi j'ai toujours préféré les espèces plus grandes.

— Les oiseaux de proie, vous voulez dire ? »

J'acquiesce, mais il s'est reculé d'un pas. Conversation terminée. Ça doit être le signal pour que je fasse de même. J'ai toutes les normes sociales à réapprendre.

À son crâne qui bat en retraite, je lance sans conviction : « J'espère que vous vous plairez dans votre nouvelle maison. »

Il répond quelque chose qui m'échappe. Son gloussement me réchauffe le cœur. Je me rends compte qu'il y a longtemps que je n'ai fait rire personne.

Le soir, je me fais des pâtes. Le manche de la casserole me donne toujours une impression bizarre, trop lourd, trop matériel. Il me fait penser aux bandes dessinées que je lisais enfant, aux épouses furieuses qui tapaient sur la tête de leur mari. Avec une arme pareille, on n'aurait aucun mal à assommer un homme, pourvu qu'on frappe au bon endroit.

Je me demande ce que fait Bill, de l'autre côté du mur. Peut-être est-il lui aussi en train de se préparer à dîner, même s'il est un peu tôt pour la plupart des gens. Peut-être qu'il se sert un verre de vin. Non, il a plutôt l'air du genre à préférer la bière, les choses viriles et sans chichis. Peut-être y a-t-il aussi une femme dans cette maison, ou des amis venus pendre la crémaillère. Ou peut-être que Bill pleure parce qu'il est seul. Ça arrive. Pour ma part, je suis habituée à la solitude. J'ai été bien obligée, après la mort de ma mère. On apprend à faire face, surtout quand on n'a pas le choix.

Il y a eu Henry, c'est vrai, plus tard, à l'âge adulte. Mais je ne vais pas penser à Henry, pas ici, pas dans cette maison. Pas alors que je suis en train d'essayer de me fabriquer une nouvelle vie, celle de cette *Robin*. Comme toi, Henry appartient au passé. Toi, avec tes jeans serrés et ton air maladroit, et cet oisillon entre tes mains. Tellement différent des autres garçons de ton âge, tellement plus intéressé par le monde qui t'entourait. Je suis certaine que, si tu étais encore là, tu n'aurais pas les yeux rivés sans cesse à un écran, contrairement aux jeunes d'aujourd'hui.

Toi. Le seul enfant dont j'aie jamais aimé la compagnie. Parfois ton visage me manque, malgré tous les moments où il m'apparaît dans mon sommeil. Mais je dois empêcher mon esprit de se repasser toutes les vieilles histoires dans lesquelles vous figurez, Henry et toi. Les vieilles histoires de Bristol, aussi, et les moments où tout a déraillé. Ça ne sert à rien d'y penser. Comme disait Papa, il faut regarder devant soi, vers l'avenir, et pas derrière, le passé absurde et insignifiant.

Je dépose une cuillerée de pâtes dans mon assiette. Elles sont inertes et flasques ; j'ai dû trop les cuire. Même l'éclat de la sauce tomate ne parvient pas à dissimuler leur aspect rebutant. Ça reste néanmoins de la nourriture. De la survie. C'est ce que disait le psy de la prison. D'abord, me concentrer sur la survie. Ensuite, je serai capable de recommencer à vivre.

Je me couche et je réfléchis dans le noir. C'est le moment où mes idées sont le plus claires, quand elles dansent et tanguent comme des feuilles dans la tempête. J'ai toujours été comme ça. Puisque le sommeil me fuit souvent, j'utilise ces moments pour me souvenir, ou au contraire pour repousser les souvenirs.

Avant qu'on m'y envoie, je n'avais qu'une idée vague de la prison. Des murs en briques froides. Des barreaux aux fenêtres. Des repas servis sur des plateaux métalliques. Des lueurs menaçantes dans tous les regards. Ces images ne sont pas dénuées de vérité, mais elles n'englobent pas toute la réalité de la prison. Par exemple, il est difficile d'imaginer la puanteur constante de ces corps trop nombreux enfermés dans un bâtiment sans air, ou la pression exercée par cette quantité d'œstrogènes, pareil qu'un gaz dans une bonbonne. Et il y a aussi la couche de crasse qui recouvre toutes les surfaces. Dans une prison, la négativité se répand rapidement. Elle se niche dans les briques et elle est dangereusement contagieuse.

Le plus difficile, c'était le désespoir de me réveiller chaque jour dans la même cellule. En oubliant les jours de la semaine, les mois. Même les années. La souffrance d'être attachée à un seul endroit, une souffrance bien pire que la présence des barreaux et des briques. Attendre que les heures passent, hébétée par l'ennui. Inspirer, expirer, inspirer encore. Se demander à quoi ça sert. Mais le docteur Holland me serinait que ces pensées étaient improductives et que je devais les réprimer.

Je préfère penser à Ditz. Ah, Ditz. L'autre spectre qui me harcèle. Rien de surprenant, j'imagine, vu les pensées qui me traversent la tête. Elle occupait une partie importante de ma vie là-bas, même si ça n'a pas duré longtemps.

Elle est arrivée quelques mois seulement avant ma libération. Le plus souvent, les nouvelles détenues sont fragiles, elles ouvrent de grands yeux et sont terrorisées par leur nouvel environnement. Certaines femmes prennent plaisir à les martyriser, leur crient des jurons, tapent dans les portes pour les faire sursauter. Elles jouent au chat et à la souris, ça brise un peu la monotonie de leurs journées grises. J'avoue que ça a pu m'amuser, d'assister à ces déchaînements de cruauté. Nous sommes plus mauvais que nous le pensons, et la prison a pour effet de faire monter le poison à la surface.

Ditz, ou Ditsfield, était encore plus timide et terrifiée que la majorité des autres détenues. Elle avait un corps d'enfant. Des cheveux d'elfe, plaqués comme une calotte sur son crâne. De grands yeux bleus, trop infusés de gris humide pour être séduisants. Elle avait la peau abîmée, surtout autour de la bouche, à cause des drogues probablement. Il y avait toujours un rapport avec une drogue, d'une façon ou d'une autre – mais je n'ai touché à rien pendant que j'étais là-bas.

Ils l'ont mise dans la cellule à côté de la mienne. Je collais mon oreille contre le mur et je l'écoutais pleurer. Des bruits de poussin, des *hik-hik* aigus, lents, réguliers. Elle appelait souvent le nom de *Babs*. Par la suite, j'ai découvert qu'il s'agissait de sa sœur. *Babs.* Tu parles d'un nom.

Elle avait besoin de quelqu'un pour la soutenir, faute de quoi elle aurait glissé, sombré, se serait désintégrée. C'était déjà arrivé, je l'ai vu se produire plusieurs fois au cours de mes années en prison.

Elle est devenue une sorte de projet. Quelque chose qui me changeait les idées, qui m'empêchait de ruminer le passé. En plus, elle me faisait penser à toi. Un torse creux d'adolescent, des cheveux courts et des boutons plein la figure, effarouchée par le monde qui l'entourait. Ça me mettait en rogne, parfois, cette impression qu'elle avait choisi de prendre ta forme, dans le seul but de me ramener sans cesse vers toi.

Mais tu remontais à si longtemps. Une note de bas de page dans quelques livres poussiéreux et une poignée d'articles de presse archivés dans de vieux sites internet. Ditz aussi appartient au passé, maintenant, elle a été emportée avec la poussière du temps qui passe. Et ça m'agace de sentir ses souvenirs si nets, aussi pointus que des aiguilles.

On m'a appelée l'*Oiseau boucher* après sa mort.

L'oiseau boucher. Le surnom de la pie-grièche, à cause de son habitude d'empaler ses proies sur des épines. Imagine combien les autres détenues se trouvaient malignes de m'avoir trouvé ce nom, étant donné mon passé. En réalité, ça montrait seulement qu'elles me connaissaient mal. Je ne suis pas du tout comme ça, et je refuse de porter le chapeau pour Ditz. Au fond, chacun de nous est responsable de lui-même. Certains sont forts, d'autres sont faibles ; c'est la vie.

J'ai tort de m'appesantir là-dessus. Les somnifères me feront du bien. J'ai besoin de repos, et ils sont mon seul répit. Pendant un moment je les appelais *mes petits amis*. C'est malvenu, je le sais, surtout après ce qui s'est passé. Ils n'ont rien d'amical, comme mon médecin ne manquerait pas de me le seriner. Pourtant c'est plus fort que moi, ça me rassure de voir tous ces flacons et toutes ces boîtes, avec ou sans ordonnance, dans l'armoire à pharmacie. Il est étonnamment facile de faire des provisions de médicaments, de nos jours.

Le sommeil. Il viendra bientôt. Et ensuite, ce sera une nouvelle journée de liberté ou de néant. Je ne sais pas encore.

Parfois, les cachets me plongent dans un puits d'inconscience. J'aime bien quand ça arrive. C'est un vide bienvenu, des vacances loin de mes pensées, et pour cela ce vide vaut son pesant d'or. Malheureusement, la nuit dernière, cette absence de pensées m'a été refusée.

J'ai rêvé de ma cellule. Dans la réalité, elle mesurait à peu près la taille de la chambre que j'avais à Bristol, dans l'appartement où j'habitais avant la prison. Le brouillard du rêve la faisait paraître encore plus petite, mes épaules frôlaient les murs, le plafond était atrocement bas, mon menton touchait mes genoux. J'étais comprimée, diminuée. Dans l'impossibilité de m'étirer et d'être libre. Les photos collées aux murs étaient les mêmes que durant mon séjour là-bas, parce qu'elles me rappelaient un temps plus paisible. Un aigle de mer, les serres écartées pour arracher un poisson au lac. Un fou de Bassan qui fondait sur l'eau. Des grappes de sternes sur les falaises.

Dans la confusion du rêve, tu étais là aussi, quelque part. Même si je ne te voyais pas j'étais consciente de ta présence, caché sous le lit, les bras serrés autour du corps pour te rassurer, tu me suppliais de ne pas le faire. Ditz aussi était là, elle pleurait dans un coin invisible. Elle appelait Babs, la sœur qui devait être son salut. Elle me demandait *arrête de dire ça, s'il te plaît arrête*.

Je suis peut-être sortie de cette cellule, mais les rêves ne vont pas me laisser vivre ma vie.

Cependant, c'est le matin et je dois me bouger, même si c'est difficile. Aujourd'hui j'ai prévu de faire du rangement dans la chambre d'amis, de virer le bazar qui l'encombre pour me faire un coin lecture, ou bien un poste d'observation pour regarder les oiseaux dans le jardin.

J'ai un travail, ou quelque chose qui y ressemble. Un objectif. Cette idée m'emplit d'un plaisir flou : une hâte enfantine de me mettre à faire des choses.

C'est comme ça que devrait être la vie ; c'est comme ça que les autres vivent. Je suis en train de commencer à leur ressembler, je le sens. À devenir plus *normale*. Plus acceptable. Dans ces moments-là, j'arrive presque à croire que je pourrai m'intégrer.

Je me perds dans le travail pendant quelques heures. Les bras plongés jusqu'aux coudes dans les cartons, j'exhume des livres oubliés qui patientaient au garde-meubles depuis mon incarcération. Je retrouve quelques carnets recensant des comptages d'oiseaux à divers endroits. Un assortiment d'objets hétéroclites. Une paire de gants satinés par la moisissure. Un sac de couchage, pour des randonnées qui n'ont jamais eu lieu. La plupart sont irrécupérables, des saletés bonnes pour la décharge.

Il y a encore d'autres choses enfouies dans ces cartons. Je retrouve des cartes à jouer. La vision de leur étui blanc et rouge me fait repartir vers toi. Ton regard confiant pendant que je distribuais. Ton rire clair lorsque tu remportais une manche. La joie douillette de notre jeu, et l'assurance que tu affichais quand je te posais des questions sur ta vie, ta famille. Ton père. Je t'ai enseigné le gin-rummy, puis le pouilleux et quelques autres jeux que j'ai oubliés. Tu apprenais vite, tu étais malin et sans une once d'arrogance. Un enfant parfait à bien des égards. Et puis je t'ai offert à manger, et c'est là que tout a dérapé.

Non, il ne faut pas que j'y pense. Je n'ai pas fait exprès de garder ces cartes. Leur place est dans la poubelle, avec tout le reste. Elles n'ont rien à faire dans cette maison.

Un bourdonnement strident me fait sursauter. Je lâche les cartes, qui s'éparpillent sur la moquette comme des plumes rouges et blanches. Leur absence soudaine me laisse un picotement dans les doigts. Je comprends que le bruit est celui de la sonnette. Quelqu'un à la porte, rien de plus. Mais ça ne peut pas être Margot, il n'est pas prévu qu'elle vienne avant la semaine prochaine. Ce n'est pas non plus le facteur ; il m'a déposé le *Nature's Home* de cette semaine avant-hier. Je ne sais pas qui ça peut être. Je n'ai aucune idée de ce que je dois faire dans cette situation. Ma jupe est couverte de poussière, mon front ruisselle de transpiration.

Allez ouvrir, me dirait Margot. Ça fait partie de l'entraînement, du processus de survie. Prendre les moments au fur et à mesure qu'ils se présentent. Affronter une situation après l'autre. Je peux y arriver. Je suis capable d'ouvrir une porte, bon Dieu ; ça ne devrait pas être aussi dur. Mais c'est peut-être quelqu'un qui sait qui je suis, quelqu'un qui vient me hurler des insultes au visage, c'est peut-être une foule enragée prête à m'étrangler, et peut-être que toute la rue sait ce qui s'est passé autrefois et veut… non, stop, ne pas penser à ça.

Mes pieds descendent l'escalier en ignorant les protestations de mon cerveau. Je ne vais pas avoir peur. Je ne peux pas. C'est ce que le docteur Holland n'arrête pas de me répéter. Une vie vécue dans la peur n'est pas une vie.

La silhouette derrière la porte a les épaules larges. Un homme donc, pas une femme. J'aime mieux ça. Les femmes sont plus imprévisibles. Je tourne le verrou et j'entrebâille la porte, et je remarque d'abord le crâne chauve, puis les pattes-d'oie autour des yeux. Un pull à col roulé malgré la chaleur, une bouteille de quelque chose dans les mains.

« Bonjour, dit l'homme d'une voix hésitante. J'espère que je ne vous dérange pas.

— Non, non, je réponds en perdant le fil de mes pensées. Je ne suis pas dérangée. »

Ça le fait rire. « Je suis votre voisin, Bill. J'ai eu envie de venir faire des présentations dignes de ce nom. Chacun d'un côté de la clôture, ce n'est pas l'idéal pour discuter. »

Il me tend la bouteille. *Pinot grigio*. Je n'y connais pas grand-chose, mais ça m'étonnerait qu'il l'ait payée cher.

Henry a toujours aimé le merlot. Je rougis en y repensant.

Je bredouille : « Est-ce que vous voulez entrer ?

— Vous m'offrez le thé ?

— Oui, je vais mettre de l'eau à bouillir. On peut prendre le thé. »

Bill sourit. Il a un sourire sympa, un peu de travers, et une dent cassée. « Avec plaisir. »

J'ai l'impression que le couloir se referme sur nous pendant que nous le traversons. Je sens le regard de Bill qui se déplace d'un mur à l'autre, qui prend note des photos, de la moquette avec ses motifs immondes, de l'aggloméré démodé au plafond. Impossible de savoir s'il approuve ou s'il est surpris par le caractère rudimentaire de l'ensemble. Il est peut-être décontenancé, mais trop poli pour le montrer.

« Vous aimez vraiment beaucoup les oiseaux, hein ? » dit-il pendant que je lui approche un tabouret dans la cuisine. Encore un machin pas cher et moche ;

l'enveloppe accordée pour les meubles n'était pas grosse.

« Vous dites ça à cause de mes photos ?

— Oui. Beaucoup d'oiseaux marins, j'ai remarqué.

— J'ai grandi au bord de la mer. » Tout de suite, je me demande si je n'en dis pas trop. Non, aucun risque : il n'y a rien à déduire du fait que j'ai passé mon enfance sur la côte.

« Ça devait être bien, dit Bill en remuant sur son tabouret. J'ai toujours préféré la ville, personnellement.

— Quelle ville ?

— Londres. Cardiff. Bristol. Quelques autres. »

Bristol. Je me fige, la bouilloire à la main, et j'ai envie de lui demander quand, de savoir si c'était à la même époque. S'il y a un risque qu'il se souvienne de moi. C'est impossible. Il ne faut pas. Sinon je serai encore obligée de déménager : c'est précisément l'objectif de cette fausse identité.

Prudente, je demande : « Où ça à Bristol ? »

Il laisse passer un temps. « Je vais être franc avec vous, c'était surtout dans des foyers, ou chez des amis qui me prêtaient leur canapé. Sans ça, j'aurais été à la rue.

— Vous avez été sans-abri ?

— Oui. Pendant un bon moment. »

Un soulagement. S'il a été sans-abri, peu de chances qu'il ait suivi l'actualité. Il avait certainement d'autres problèmes et n'a jamais dû entendre parler de moi. Sans compter qu'il n'a pas l'air de me cacher quoi que ce soit, il est même gentil. S'il était au courant, son visage laisserait transparaître quelque chose.

« Ça a dû être très dur, de vivre dans la rue », dis-je en repêchant les sachets dans la théière.

Il hausse les épaules. « Je l'avais cherché. J'ai de la chance que ma fille accepte encore de me voir. Elle aurait parfaitement le droit de m'envoyer paître. C'est une femme bien. Elle aussi, elle a ses problèmes, mais elle a bon cœur. Enfin, vous me comprenez. »

Non, je ne comprends pas. Je ne peux pas comprendre les familles normales. Papa ne m'a jamais témoigné aucun intérêt autrement que pour faire de moi son apprentie sur les îles, et j'avais vingt ans passés le jour où j'ai compris que ce n'était pas partout pareil.

Je lui tends un mug. « Et votre femme ?

— Elle est morte. Et avant sa mort c'était mon ex-femme. Je ne peux pas lui reprocher de m'avoir quitté. » Il a un petit rire qui me réchauffe une nouvelle fois. « Mais je vous soûle avec mon passé alors qu'on se connaît à peine. Et vous, Robin ? »

Encore ce prénom. Le petit oiseau innocent. Il me surprend chaque fois que je l'entends, même si je sais que je ferais mieux de m'y habituer, au risque de me trahir. Je me compose une expression plus neutre. « Je ne suis pas très intéressante, dis-je en m'asseyant sur l'autre tabouret. Il n'y a pas grand-chose à dire.

— Les personnes qui prétendent ne pas être intéressantes sont celles qui valent la peine.

— Pas moi. Je suis réellement ennuyeuse.

— Et les oiseaux, alors ? Vous êtes écolo ?

— J'aime les oiseaux, c'est tout », dis-je plus bas. À une époque lointaine j'ai travaillé pour la Société de protection des oiseaux, mais je ne peux pas le lui dire. Trop d'informations, encore une fois.

Il perçoit ma gêne et a l'intelligence de changer de sujet. « En tout cas, je dois avouer que vous êtes mieux installée que moi.

— Vraiment ? Vous ne trouvez pas que c'est un peu spartiate ?

— Pas du tout. On se sent chez soi. Et puis c'est propre. »

Je souris. « Je ne suis pas si propre que cela, pourtant. J'étais en train de faire de la place dans la chambre d'amis quand vous êtes arrivé. C'est pour ça que mes vêtements sont aussi sales.

— C'est pas de la saleté, ça montre seulement que vous travaillez. » Il sourit encore, et je comprends à qui il me fait penser. À Clint Eastwood dans les vieux westerns. Henry a insisté pour qu'on en regarde un ensemble, il disait que c'était un classique, un chef-d'œuvre. Bill a les mêmes yeux étroits et vifs, le même sourire large. Un bel homme sans aucun doute, d'une beauté sèche et burinée.

Cette idée m'affole. Je ne devrais pas le trouver beau, plus maintenant. C'est ridicule, surtout à mon âge. « Il va falloir que je me remette à mon rangement », dis-je en engloutissant mon thé et en me brûlant la langue.

Il acquiesce. « Moi aussi je dois y aller. J'ai encore des cartons à défaire et ma fille va venir me donner un coup de main tout à l'heure. Elle s'est séparée de son copain il n'y a pas longtemps, je crois que ça lui fait du bien d'avoir de la compagnie. »

Je souris, mais je n'ai pas envie qu'il me parle de sa fille. Les histoires de descendance me rendent nerveuse ; elles compliquent souvent les choses. Mais ces réflexions, je les garde pour moi. « Positivité », le mot qu'ils me répétaient tous avant que je sorte de prison : restez positive et évitez les conflits. Restez invisible, ne faites pas de vagues.

Après son départ, je retourne dans la chambre d'amis. J'apprécie la solitude après tout ce bavardage. Je n'ai plus l'habitude de faire la conversation, surtout lorsque j'en suis un des sujets. Là où il y avait des cartons épars, il y a maintenant des piles. Une pile de choses à garder, pas si haute. Une autre de choses à jeter, qui déborde. Direction la poubelle, et qu'on n'en parle plus. Je suis forte quand il faut trancher.

Il ne me reste plus grand-chose à trier. Poursuivant ma razzia, je trouve un coffret caché dans une taie d'oreiller. Il est aussi doux sous mes doigts que dans mes souvenirs. Comme j'étais paranoïaque de croire qu'il aurait pu intéresser quelqu'un. À ce moment-là j'étais déjà foutue, et le contenu de cette boîte n'aurait rien ajouté à l'enquête.

Sa surface est cloquée, davantage qu'autrefois, j'en suis certaine. Les incrustations de nacre ont sauté à plusieurs endroits. Il était à ma mère, c'est un des rares objets lui ayant appartenu qu'on m'a autorisée à garder.

Les charnières grincent quand je soulève le couvercle. Il ne renferme que quelques objets, nichés dans le velours usé des coins. Un collier avec un pendentif représentant un goéland en plein vol. Comme il m'apparaît laid et camelote à présent, et en plus il me colle aux doigts. Il y a aussi deux places de théâtre pour *Maison de poupée* d'Ibsen. Un vieux bouchon de vin. Du rouge, pas du blanc, ça se voit à la coloration. Je ne sais pas pourquoi j'ai conservé ces trucs. Je voulais oublier tout ce qui était lié à Henry, pourtant je me suis accrochée à ces bricoles. Peut-être pour me prouver que j'étais capable d'aimer, malgré ce que disaient les autres.

Je m'assieds contre le mur et je ferme les yeux. Ça me fait mal de penser à lui, même si je sais que ça ne devrait pas.

Parfois le visage d'Henry est flou, un bloc informe de peau rose et de barbe, des yeux et des pommettes indistincts, quelques rides d'expression. Le reste du temps, il m'apparaît avec une netteté douloureuse. Je me souviens de l'impression qu'il m'a faite la première fois que je l'ai rencontré. La chaleur de ses yeux et son sourire franc, mais aussi son air fanfaron. Sa confiance. Sa manière de soutenir mon regard un tout petit peu trop longtemps.

Ça a commencé par une question criée d'un palier à un autre. Sa voix a résonné dans la cage d'escalier, elle me demandait de l'aider à porter des dossiers. J'étais si jeune. Si sotte. Tout juste revenue de l'enterrement de Papa, de retour sur le continent, pas encore bien recalée. Il m'a prise par surprise. Je suis descendue quatre à quatre, ravie de l'aider, gênée par ma jupe qui me tombait sous le genou, et il m'a tendu les dossiers du dessus et a gardé les autres. Je ne le quittais pas des yeux. Nous avons parlé tout en montant les marches. Des banalités à propos de son service, de son boulot où il s'ennuyait. Et certainement d'autres choses sans intérêt ; je ne me rappelle plus les détails. Je lui ai dit que je travaillais dans le social, et je me souviens qu'il a gloussé, un bruit profond sorti du fond de sa gorge. Il a dit : « Donc vous allez dans les écoles et vous bossez avec les gamins », et j'ai fait la grimace. Déjà à cette époque, les jeunes n'étaient pas mon truc.

Il s'est présenté deux fois : d'abord à côté de son poste de travail, puis quand je me suis apprêtée à partir. C'était révélateur, je pense. Un signe qu'il voulait être connu de moi dès cette première rencontre, qu'il voulait entrer en moi, que je grave son visage dans ma mémoire en prévision de l'avenir. Sur le coup, ça m'a paru parfaitement anodin. Rien dans notre échange ne semblait indiquer autre chose qu'un intérêt informel et partagé.

Mais ça n'en est pas resté là. Le plus petit caillou peut modifier le cours d'une rivière, et c'est ce qui s'est passé pour moi. Toutes les complications qui ont suivi sont la conséquence directe de cette rencontre, et je donnerais n'importe quoi pour repartir dans le passé et faire les choses différemment. Laisser sonner mon téléphone au lieu de lui répondre. Refuser de l'aider à porter ses saloperies de dossiers. Le pousser dans l'escalier si nécessaire, le regarder tomber en arrière et se fracturer le crâne. Tout plutôt que ce qui est arrivé ensuite.

Je serre le pendentif goéland dans le creux de ma main. Il y laisse des marques rouges, qui s'effacent peu à peu. Si seulement Henry pouvait s'effacer aussi vite. Mais il ne me laissera jamais vivre. Il sera toujours à la lisière de mes souvenirs, prêt à entrer en scène.

Je déteste penser à ces choses. Je le hais.

Et toi aussi, parfois, je te hais. Même si tu n'étais qu'un enfant, à peine un adolescent, quand c'est arrivé. Rien n'était de ta faute.

- 2 -

Ça ne devrait pas être aussi dur de sortir. Je le faisais tout le temps, avant. Mais ça me fait mal de repenser à l'aisance avec laquelle je franchissais la porte de l'appartement pour me joindre à la foule matinale qui montait dans le bus, me serrer contre des hommes en costume, des femmes avec des poussettes. Comment est-ce que je faisais pour être aussi courageuse au milieu des autres ?

Mon problème, c'est que j'aspire à des espaces déserts. J'ai besoin de prairies immenses et de falaises abruptes qui empêchent le reste du monde de venir me percuter. Cette ville est moins grande que Bristol, mais elle est tout de même trop peuplée pour que je m'y sente à l'aise. Hélas, je ne suis pas autorisée à aller dans des endroits plus naturels. Les termes de ma libération conditionnelle me tiennent en laisse.

Je procrastine, je repousse l'inévitable. J'en suis consciente, même pendant que j'arrose mes herbes aromatiques pour la deuxième fois et que je me mouche dans une feuille de Sopalin. Ces rendez-vous chez le psy ne sont pas facultatifs, ils font partie de mes obligations. Je *dois* y aller, et tout de suite. J'ouvre la porte et je sors. Ce n'est pas si terrible, maintenant que c'est fait. Le ciel est d'un bleu engageant, la rue est calme. Heureusement, il est encore tôt, il n'y a personne à l'horizon. Ça va. Je peux y arriver.

La marche à travers la ville n'est pas déplaisante. Je réussis presque à m'oublier l'espace d'un moment. Ma démarche est tranquille et confiante, mes yeux sont braqués droit devant moi. Je touche mes cheveux. Ils ont bien changé depuis la prison. Autrefois, j'avais de longues boucles soyeuses. Il ne me reste qu'une tignasse rêche, mais pour ce que ça change. Qui poserait sur moi un regard plein de désir, aujourd'hui ? Certainement pas Henry, s'il me voyait. Le plus probable est qu'il se délecterait de ma déchéance, me dirait que je l'ai méritée. Non, je me fais des illusions ; il préférerait me voir morte. Seule ma destruction pourrait étancher sa soif de vengeance.

Le cabinet du docteur Holland est situé dans un pavillon de banlieue, uniquement indiqué par une petite plaque en cuivre. La même surprise chaque fois que je viens : rien dans l'aspect de cette maison ne fait professionnel. Je sonne et j'attends.

Il ouvre rapidement, comme toujours. Il a une tache jaune sur sa chemise. Peut-être le jaune de l'œuf qu'il a mangé au petit déjeuner, ou bien une goutte de jus d'orange. Dans les deux cas, ça ne donne pas une bonne image de lui.

« Ah, Robin. » Il se met de profil pour me céder le passage. « Entrez, je vous en prie. »

Il me conduit à son bureau. Un fauteuil pour moi, semi-inclinable et recouvert de polycoton, tourné vers la fenêtre. Pour lui un fauteuil de cadre, en cuir, près de la table. Je suis obligée d'admettre qu'il a efficacement agencé le mobilier de façon à établir une hiérarchie.

Je m'assieds et le regarde s'asseoir à son tour. La pièce est envahie par une odeur de vanille étouffante. On a dû lui enseigner que ça calme les nerfs, ou une autre connerie du même genre. Pour ma part, c'est une odeur que je trouve artificielle et écœurante. Par conséquent l'odeur parfaite pour accompagner ces rendez-vous, qui se révèlent systématiquement inutiles.

« Comment allez-vous depuis la semaine dernière ? me demande-t-il en parcourant ses notes.

— Bien, merci.

— Excellente nouvelle. » Nos regards se croisent, puis il baisse les yeux. « Comment se passe votre réadaptation ? La semaine dernière, vous m'avez dit que vous aviez des difficultés à vous rendre à l'épicerie.

— Ça va mieux. Je suis venue à pied ce matin, c'était agréable.

— Magnifique, magnifique. La vie est douce à Exeter. C'est une ville active mais tranquille. Êtes-vous déjà allée dans le centre ?

— Non, pas encore.

— Nous pourrions l'inscrire dans notre plan d'action, ça vous donnerait un objectif. Il faut à tout prix éviter que vous redoutiez de sortir. Pour ça, le mieux à faire, c'est de combattre cette peur avant qu'elle s'enracine.

— Peut-être. »

Il attend un instant, puis il hoche la tête. « Comment dormez-vous ?

— Bien. » Je mens.

« Vous n'avez pas de mal à vous endormir ?

— Aucun.

— Pas de cauchemars ? Les notes du docteur Resner disaient que vous faisiez des cauchemars en prison.

— La prison est un endroit cauchemardesque.

— Moins ici que dans d'autres pays, croyez-moi, répond-il avec un tressaillement des lèvres. Donc, vous dormez bien, vous ne faites pas de cauchemars et vous sortez de chez vous. C'est un bon début. N'oubliez pas, Robin, si vous avez des problèmes, nous pouvons réfléchir à un traitement. C'est une possibilité.

— Est-ce que vous pouvez m'appeler Ava ? Au moins ici ?

— Non, ce n'est pas une bonne idée. Vous avez reçu un nouveau prénom dans le cadre des mesures de protection, nous devons continuer à l'utiliser. Les démarches d'anonymisation sont exceptionnelles et coûteuses ; tout le monde aimerait éviter de devoir tout recommencer.

— Mais Robin est un prénom minuscule. »

Ça le fait rire. « Il est plus long qu'Ava.

— Il m'étouffe.

— Parlons-en, alors. Dans quel sens est-ce qu'il vous étouffe ? »

Je sens que je m'effondre en moi-même. Ces conversations sont épuisantes. Je n'ai rien envie de lui communiquer, et je sais qu'il s'intéresse très peu à moi. Cette épreuve n'est qu'un cerceau de plus dans lequel on attend que je saute.

« Je n'ai pas l'impression d'être moi.

— D'accord. Vous préféreriez avoir l'impression d'être autre chose ?

— Je voudrais redevenir moi. Et je préférerais vivre ailleurs qu'ici.

— Vraiment ? Et où est-ce que vous iriez si vous aviez le choix ? »

Dans un endroit reculé. Sans personne. Où je pourrais être moi et vivre sans la peur des autres. Je ne dis rien de tout ça, évidemment. Je me contente de hausser les épaules d'un air vague. De toute façon, le docteur Holland s'en fiche ; tant qu'il est payé pour cette demi-heure de séance, il veut bien parler de n'importe quoi.

Prudemment, je réponds : « J'aimerais être libre d'aller où je veux. »

Il se penche vers moi. « Mais vous comprenez que ce n'est pas possible, n'est-ce pas ?

— Je comprends que la loi l'interdit aux criminels.

— Ce n'est pas tout à fait la même chose. Est-ce que vous vous considérez comme une criminelle, Robin ? »

Ava. Je n'en peux plus de ce faux prénom, sa sonorité suffit à me mettre hors de moi. Je lui rappelle que j'ai tiré ma peine jusqu'au bout.

« C'est vrai. Mais votre réponse est intéressante. Nous avons déjà parlé de la culpabilité ; lors de notre séance précédente, d'ailleurs. Il est capital d'accepter que nous ayons pu commettre des fautes, d'assumer nos actes. C'est quelque chose qui nous aide à nous en libérer. Assumez-vous d'avoir commis un crime ?

— J'ai été en prison.

— Oui, mais ce n'est pas tout à fait la même chose. Acceptez-vous votre crime ? »

Mon crime. On y revient toujours. Ça remonte à plus de vingt ans, mais ils ne me lâcheront pas avec ça.

« J'ai dit que oui, pendant mon audience de mise en liberté. »

Il scrute mon visage. Je suis un insecte sous un microscope.

Il me demande : « Est-ce que vous pensez souvent à ce qui s'est passé ?

— Avant la prison, vous voulez dire ?

— L'incident à cause duquel vous êtes allée en prison, Robin. »

Assez avec ce prénom ! La colère monte, épaisse et soudaine. Je pourrais attraper le presse-papiers sur son bureau et l'expédier dans son sourire plein de dents toutes droites. Les tailler en pointe et lui donner l'air du requin qu'il est. Là au moins il aurait quelque chose d'authentique, quelque chose de vrai.

Sans le regarder, je dis : « Vous parlez du meurtre.

— C'est bien que vous réussissiez à lui donner ce nom. C'est un progrès.

— C'est le nom que tout le monde lui donne.

— Les mots ont un pouvoir, n'est-ce pas ? Parfois, nous avons du mal à utiliser un mot précis parce qu'il est chargé de sens et parce qu'il provoque une certaine émotion en nous. »

Je me referme. Cette séance est plus pénible que la dernière. Je choisis de me concentrer sur les tableaux derrière lui. Un cottage blanchi à la chaux au milieu d'une prairie vallonnée. Des vagues qui déferlent dans une crique. Ce pourraient être des photos de mon enfance, disposées devant moi pour que je m'y coule.

Ce serait tellement plus facile d'être à nouveau là-bas.

Sur le chemin du retour, je me remets à penser à la prison. C'est une sensation étrange de porter une jupe au lieu du pantalon réglementaire. D'inspirer de grandes goulées d'air frais. De fouler un trottoir et pas un lino gris constellé de trous. Je devrais y prendre davantage de plaisir. Mais je ne fais que penser aux femmes que j'ai laissées derrière moi. Ce n'étaient pas des amies. La plupart étaient même objectivement mauvaises. Mais des êtres humains ne méritent-ils pas une vie meilleure que celle-là ? Apparemment pas, à en croire l'avis général. Il est plus facile de cacher les problèmes que d'essayer de les résoudre.

Je ferme les yeux et j'imagine que Ditz marche derrière moi, avec ses chaussures qui crissent sur le sol. Elle ressemblait à une petite souris. Sa voix stridente, ses gestes menus. Dès le premier jour, lorsqu'elle est entrée dans la cour de promenade, j'ai remarqué sa terreur, son regard qui voletait d'un mur à l'autre. Il faut dire que la prison n'est pas un endroit franchement accueillant : un espace large et où tout résonne, avec des chaises en plastique froid et des tables branlantes ici et là. Sans compter le brouhaha incessant des femmes qui marmonnaient, grommelaient, éclataient de rire de temps à autre.

Elle y a identifié un environnement hostile, à craindre, et elle ne s'est pas trompée. Au fond, cette prison n'était qu'une cage. Une grande cage dangereuse, sans nulle part où se cacher, peuplée d'une foule de créatures sauvages, mortelles et prêtes à bondir. Elle était désarmée. La première fois que je lui ai parlé, c'était dans la cour et nous regardions à travers le grillage la route qui passait au loin. Je lui ai demandé son prénom, même si je le connaissais déjà. J'ai presque cru, l'espace d'un instant, qu'elle allait s'évaporer quand je lui parlerais, qu'elle était toi, que tu étais revenu me hanter sous une forme différente.

J'ai eu peur d'elle, au tout début. Une bonne intuition, lorsqu'on sait comment les choses ont tourné. Sa mort, les détenues qui me harcèlent, le surnom d'*Oiseau boucher* qui résonne dans les couloirs après l'extinction des feux. Si j'avais su ce qui arriverait, je ne me serais pas approchée de Ditz. Mais je suis venue à elle, je lui ai dit que nous étions voisines de cellule. Elle a cligné de ses yeux bovins et m'a adressé un sourire de soulagement. Le mur qu'il y avait en elle s'est effondré sans plus de résistance, vaincu par son besoin d'avoir quelqu'un qui prenne soin d'elle. Je pense que c'est ce qu'elle désirait le plus au monde. Être protégée contre la tempête de la vie.

Cette confiance, cet espoir borné, me faisait tellement penser à toi. Tu croyais que j'étais ton amie, que tu pouvais m'avouer que ta mère ne te voyait même pas, que ton père était tout le temps pris par son travail. Tu avais raison de te fier à moi, malgré tout. J'avais de l'affection pour toi, c'est la vérité.

Mais je ne vais pas penser à toi maintenant. Je vais plutôt diriger mes pensées vers Ditz ; c'est un peu moins douloureux de me souvenir d'elle. Ça ne date que de quelques mois. Curieux, ces souvenirs paraissent beaucoup plus anciens. L'existence était différente et je montrais à Ditz qui était la patronne, exactement ce que Papa aurait voulu. Sa précieuse sœur Babs n'était plus là pour veiller sur elle, il fallait donc que ce soit moi, car elle avait besoin qu'on lui apprenne la vie.

C'est toi qui commandes, aurait dit Papa. *Leur survie repose sur toi. Ne l'oublie jamais, et arrête de faire du sentiment.*

Je crois qu'il parlait des oiseaux, mais ça s'applique tout autant aux humains.

Drôle de chose que l'amour. Aucun être humain ne semble pouvoir y résister, alors que c'est une idée en apparence tout à fait irrationnelle.

Henry m'a aimée, j'en suis convaincue. Non, ce n'est pas le bon terme. Trop ardent, trop propre. Il m'a désirée, il a voulu prendre possession de moi. J'étais une chose qui pouvait lui procurer du plaisir pendant un certain temps.

Il trouvait toujours un prétexte pour passer une tête dans notre bureau. Pour traîner autour de moi, lire mes notes par-dessus mon épaule. Il n'a pas fallu longtemps pour que ses mains frôlent mon cou, que ses doigts secs et râpeux caressent ma peau. Vu de l'extérieur, c'étaient des démonstrations de camaraderie ; de légères pressions visant simplement à manifester son soutien ou sa compassion. Mais je suis convaincue qu'il savait parfaitement ce qu'il faisait. La première fois qu'Henry m'a demandé si j'étais libre après le travail, j'ai réellement cru qu'il voulait que nous ayons une conversation amicale, rien de plus. Quelle naïveté. Ce que les gens et la presse ont dit de moi par la suite… ils se fourvoyaient tous. Ce n'était pas lui la victime, c'était moi.

J'ai accepté la proposition d'Henry. Mais ma réponse n'était pas une invitation à la drague, absolument pas. J'ai sûrement été flattée. Quand j'étais enfant, Papa ne prenait jamais le temps de me dire plus de dix mots par jour. Et voilà que cet homme beau et charismatique, aux épaules larges et à la taille étroite, écoutait ce que j'avais à dire au lieu de regarder ailleurs.

J'étais une proie facile.

En prison, le médecin m'a conseillé de grappiller tout ce que le passé recelait de positif. Voici donc ce que je conserve de ma rencontre avec Henry. Sa méthode de séduction, qui a prouvé son efficacité à long terme. Son attention dévouée, sa manière de me mettre en valeur ; tout cela, je l'ai reproduit sur Ditz des années plus tard. Même si ma relation avec elle était purement platonique, j'avais les outils pour l'accrocher à moi. Et ça m'a fait du bien, après toutes ces années de solitude.

Elle voyait en moi un substitut à sa sœur, la fameuse Babs avec son nom ridicule. Un diminutif de babillage, certainement, si elle ressemblait à Ditz. Du babillage vide et idiot. Les mères rendent un fier service à leurs enfants quand elles leur disent la vérité à propos du monde. C'est ce que je me suis efforcée d'inculquer à Ditz. Moins de babillages et davantage de conversations franches et directes. Je ne vois pas où est le crime.

Cet ordinateur est à la fois une merveille et une menace. Comme Margot me l'a recommandé, j'ai investi dans un appareil d'occasion, un modèle portable qui est resté toute une semaine sur la table de ma cuisine avant que je ne trouve le courage de m'en servir. Les ordinateurs existaient déjà avant mon incarcération, et nous en avions en prison, mais rien qui arrive à la cheville de celui-ci. Cet engin moderne est très différent.

L'Internet est un univers de savoir illimité. Je suis ébahie de pouvoir taper n'importe quel mot et de découvrir au bout de mes doigts une infinité de sites qui ne demandent qu'à être lus. Je cherche des images de Lundy, de Rum, de Sark, de toutes les îles sur lesquelles j'ai vécu. Elles n'ont pas changé. En les voyant j'ai un pincement au cœur et je touche instinctivement l'écran, je tends le doigt vers ces falaises verticales et ces vagues d'un bleu si profond.

Je trouve une photo d'un groupe de puffins des Anglais, nichés dans la terre meuble d'un rebord de falaise. Leurs yeux noirs m'attirent, attentifs et indéchiffrables. Je me remémore la sensation de leurs ailes entre mes mains, la fragilité de leur cou sous les plumes. Le battement de leurs pattes palmées contre ma main pendant que je posais la bague.

On les bague pour les comprendre, disait Papa. *Pour les reconnaître quand ils reviendront.*

Et s'ils ne reviennent pas ?

Ça voudra dire qu'ils nous ont abandonnés. Ou bien qu'ils sont morts.

Comme Maman ?

Non. Rien à voir. Il y a des créatures importantes, et d'autres qui ne le sont pas.

Je me demandais ce qui était le plus important. Ma mère ou les oiseaux.

Nous ne restions jamais très longtemps au même endroit, nous menions une vie nomade. La carrière de Papa l'imposait. Il était la planète qui me tirait, moi, la petite lune à sa traîne. Les rares personnes dont nous faisions la connaissance, des collègues ornithologues, le traitaient toujours avec le respect qu'il inspirait.

Quant à moi, j'avais à peine droit à un bref regard. Ces fous d'oiseaux étaient dans leur monde à eux.

Passer inaperçue n'a pas que des inconvénients. J'étais libre de me promener à ma guise, d'explorer sans qu'on me retienne ou qu'on me pose des questions. J'avais les genoux incrustés de boue à force de ramper dans les grottes et les marais. Les ongles noirs et fendillés. J'étais un animal enveloppé et entouré par la nature sauvage, en liberté. Papa me demandait seulement de me laver de temps à autre, en général quand il recevait un éminent confrère dans un des cottages que nous louions. Ou une consœur, bien sûr. La professeure Jane Marshall, célèbre chercheuse et bientôt tellement plus. Rien ne comptait autant pour lui que le regard des autres. Il fallait donc que les apparences soient préservées.

La nuit commence à tomber. Derrière la fenêtre de ma cuisine, le jardin est une étendue grise, lavée de ses couleurs. Minuscule et insipide, comparé à ce que j'ai connu.

Petite fille, je me baladais seule sur ces falaises, je m'agrippais à la terre et fouillais les recoins pour y trouver des nids. J'entends presque Papa crier mon nom dans l'obscurité. Le bruit d'une claque sur mon oreille quand je faisais trop de bruit.

Une drôle d'enfance, certainement.

Je ne l'ai pas tué. Papa, je veux dire. Après ce qui est arrivé, on m'a accusée de tout un tas de choses. Les théories tarabiscotées abondaient sur la quantité d'autres morts qui pouvaient émailler mon passé. Des meurtres déguisés en accidents. Naturellement, aucun de mes accusateurs n'a jamais trouvé la moindre preuve étayant sa haine. Je n'ai rien à voir avec la mort de Papa. C'est la vérité. S'il y avait bien une personne au monde à qui je n'aurais jamais pu faire de mal, c'était lui, même si l'envie ne m'en manquait pas. Au bout du compte, la vie ou la mort, ça se résume à celui qui est le plus important, mais je crois que personne à part lui ne l'a jamais compris.

Toi non plus, je n'aurais jamais pu te faire du mal sciemment. J'avais une telle tendresse pour ton visage franc et ton nez retroussé, ta gaucherie d'adolescent. Mais je t'ai fait du mal. Tout a déraillé, mais c'est Henry le responsable.

Personne ne m'a crue. Comme le disait Papa, certaines personnes comptent plus que d'autres. La catégorie dans laquelle ils voulaient me placer n'a jamais fait le moindre doute.

- 3 -

C'est une journée splendide, bien trop belle pour la saison. Je sors avec mon livre et m'installe dans la chaise longue. Elle a été oubliée par le locataire précédent, et bien que le tissu soit dégoûtant, elle supporte mon poids sans broncher. Mon dos s'y coule comme la pâte à gâteau dans un moule. C'est un plaisir, un réel plaisir.

Le temps passe. Je bâille. C'est peut-être le bourdonnement nonchalant des abeilles qui grouillent dans la lavande derrière moi, ou bien le vrombissement d'un avion loin dans le ciel. Je ferme les yeux sur un monde qui n'appartient qu'à moi, où le soleil paraît rouge, et l'espace d'un instant je suis envahie par un sentiment de paix.

Un craquement me ramène à la réalité et mon livre tombe par terre. Je regarde partout en clignant des yeux d'un air ahuri, et je m'aperçois que le jardin n'a plus la bonne forme. Une pelouse inconnue apparaît à travers une large fente et deux visages me regardent, bouche bée et horrifiés. Bill et une femme qui doit avoir un peu moins de quarante ans. Sa petite amie ? Peu de chances, trop jeune. Ses cheveux sont d'un blanc immaculé, son menton pointu et revêche.

C'est la palissade. Je comprends. Un des panneaux est tombé et s'est abattu à quelques centimètres à peine de ma chaise longue. Heureusement que je ne l'avais pas rapprochée pour me mettre à l'ombre, j'aurais récolté une jolie bosse.

« Pardon pardon pardon ! » fait Bill. Il commence à venir vers moi et puis il renonce. « Je ne sais pas ce qui s'est passé, j'étais en train d'accrocher un pot de fleurs et tout à coup… »

Je remue la main pour couper court à ses explications et lisse mes vêtements. « C'est un accident. J'ai eu un peu peur, c'est tout.

— Je vais réparer ça.

— Ne vous tracassez pas, vraiment. »

Bill soupire, et puis il désigne la femme qui se tient à côté de lui. « Je vous présente ma fille, Amber. Amber, je te présente Robin, ma nouvelle voisine. »

Amber m'adresse un sourire crispé. « Désolée de faire irruption comme ça. »

Je ris, un rire peut-être un peu forcé. La vérité, c'est que j'ai l'impression d'être envahie, d'être un château assiégé de toutes parts. Je fais de mon mieux pour empêcher mes poings de se serrer.

« C'est une manière comme une autre de dire bonjour.

— Je pense que je vais réussir à le réparer, dit Bill en se baissant pour ramasser le pan de clôture. Il n'est pas trop abîmé. Quelques crochets neufs et ça devrait aller. » Il sourit. « Content de voir que vous profitez du beau temps. »

Sa fille me passe en revue, elle commence par détailler mes chaussons et finit par mon visage. Je détecte une dureté, une tension dans sa mâchoire, un reflet vigilant et froid dans ses pupilles. Ça ne me trompe pas, je l'ai vu assez souvent en prison. Par contre, je n'arrive pas à deviner ses pensées et ça me tracasse. Son hostilité est une carte repliée ; impossible de la déchiffrer.

« On ferait mieux de s'en aller, dit-elle en se retournant vers la maison. Papa, tu pourrais peut-être le redresser et laisser la dame tranquille. »

Il m'adresse un sourire désolé.

Comme si j'avais une chance de trouver la tranquillité. C'est ce que je me dis pendant qu'il rebouche sommairement la fente, ne laissant visible que la moitié supérieure de sa tête. Je soupçonne sa fille d'être du genre possessif. Comme tant d'enfants. Ils croient que, puisque leurs parents leur ont donné la vie, ils leur appartiennent. De mon point de vue, ce sont les enfants qui ont une dette envers leurs parents, pas l'inverse.

Je ramasse mon livre et je rentre. Ce n'est plus pareil dans le jardin, je m'y sens moins en sécurité. Je préfère retrouver la protection que m'assure la maison.

Je n'arrête pas de penser à la fille de Bill. Les femmes sont des créatures étranges. Cette vérité est ancrée en moi depuis que j'ai été enfermée avec un grand nombre d'entre elles. Les femmes sont des êtres en mouvement permanent dont les émotions se disputent l'abîme de leur esprit, où les pensées s'entassent comme des gravats. Elles ne sont pas faciles à cerner et ont tendance à exprimer des opinions futiles. Contradictoires, intenses, mais souvent creuses. Creuses. Autrefois, le mot que Papa employait pour qualifier ma mère était *drôle*. J'ai probablement hérité de sa vision des choses.

Ma chambre d'amis ressemble toujours à un dépotoir. Il y a des livres un peu partout sur la moquette, des vêtements moisis qui débordent des cartons comme des boyaux éventrés, et la pile de choses à jeter me paraît trop énorme pour entrer dans n'importe quelle benne à ordures. Ce spectacle ravive le souvenir du garde-meubles que Papa avait loué juste après la mort de ma mère. La même impression de tension écrasante, comme si le tas de bazar inutile risquait d'exploser d'un moment à l'autre.

Je me souviens d'avoir vu le fauteuil de ma mère dans le box, dans un coin avec tous mes jouets. Le coussin conservait légèrement l'empreinte de sa forme, l'ombre d'une absence, d'une personne qui au fond n'avait peut-être jamais été présente. Tu n'auras pas besoin de tes jouets là où on va, m'a dit Papa pendant que nous retournions à la voiture. C'était vrai, ils ne m'ont jamais manqué, pas une seconde, et nous ne sommes jamais revenus chercher nos affaires. Un bric-à-brac sans valeur, quand on y regarde de plus près.

Je me souviens mal du voyage en bateau vers la première île, uniquement des embruns vivifiants qui m'éclaboussaient la figure quand j'étais sur le pont. En revanche, je me souviens de la première maison sur la falaise. Tout en pierre, avec quatre pièces seulement. Un jardin clos à l'avant, un banc en bois sec pour pique-niquer sur la pelouse mitée. Et surtout l'immensité de la mer, juste devant nous. Les mouettes tridactyles qui me réveillaient tous les matins. Elles me rappelaient l'école que j'avais quittée ; les intonations excitées de leur bavardage, la cacophonie de leurs cris. Il y avait des centaines de kilomètres entre moi et les enfants que j'avais connus, et je m'en contrefichais. Ils n'avaient jamais rien signifié pour moi.

C'est sur cette première île que Papa m'a présenté Jane Marshall. Le Professeur Jane, disait-il avec révérence, à croire que ce titre était une récompense qu'elle portait sur la poitrine. Ils avaient travaillé ensemble sur plusieurs projets. Elle me faisait penser à un cheval, avec ses dents en avant et son long nez. Des chemises à carreaux de toutes les couleurs, des bottes kaki en caoutchouc, un jean confortable, et ça presque tous les jours. Elle passait trop souvent nous voir et prenait ses aises dans notre vie, je le voyais à une quantité de petits détails. La boue que ses bottes laissaient sur notre paillasson. Le fantôme de son baume à lèvres sur nos tasses à café. L'essence de Jane Marshall s'était infiltrée dans notre maison comme un gaz, silencieux mais omniprésent.

Avec le recul, il est évident qu'ils couchaient ensemble depuis longtemps. Peut-être des années. Est-ce que ma mère l'avait su ? Impossible d'en être certaine. Mais une chose était sûre. J'avais cru que Papa et moi serions seuls tous les deux, que nous recommencerions notre vie ensemble. Au lieu de ça, nous sommes redevenus trois. Pire, ils formaient un duo, j'étais la roue de secours et personne ne me demandait mon avis.

Papa avait promis de me faire l'école à la maison, ça s'est résumé à l'assister dans ses recherches ou à lire les quelques livres en lambeaux qu'il m'avait dégotés. Il ne m'obligeait pas à faire mes devoirs. Je crois qu'il se désintéressait complètement de mon apprentissage. Mais ce n'était pas un problème, j'aimais les oiseaux autant que lui. L'île était petite et je passais mes journées à la sillonner en long et en large. Je connaissais et j'aimais tous les fragiles éperons rocheux, toutes les pentes tapissées d'herbe. Je me cachais derrière des pierres pour épier les oiseaux marins qui faisaient leur nid et je trouvais des œufs pondus au fond des trous dans le sable. À part quelques passionnés qui visitaient l'île et que je voyais passer à grands pas avec leur sac à dos et leurs jumelles, il n'y avait jamais personne. Je baignais dans une solitude silencieuse et bénie.

C'est pour cette raison que j'ai autant de mal avec la compagnie des autres. Rien à voir avec de prétendues tendances psychopathologiques ou tout ce que l'avocat a pu me balancer pendant le procès. Simplement un manque de pratique, dont Henry a si facilement profité.

Oui, c'est ce qui s'est passé. Quand j'y réfléchis de cette manière, ça me paraît évident. Je crois que je ferais une bien meilleure psychologue que la plupart des professionnels. En tout cas, je suis bien meilleure qu'eux pour m'analyser.

Je m'aventure une nouvelle fois à l'épicerie. Il y a du monde dehors, ce qui n'a rien de surprenant puisque nous sommes maintenant en milieu de matinée. Une jeune femme erre dans la rue, elle fixe son téléphone en tirant un jeune enfant par le bras. Un homme âgé, appuyé sur une béquille, esquive mon regard avec agressivité ; un jeune avec une masse de dreadlocks enroulées sous un bonnet porte des écouteurs qui l'extraient du monde. Comme il est devenu simple de s'isoler du reste de la société. C'est même acceptable, désormais.

Je choisis une barre de chocolat. Leur taille a augmenté au fil des années ; certaines d'entre elles sont carrément indécentes. La femme qui tient la caisse lève à peine les yeux.

« 85 *pence.* »

Le prix me fait un choc. Tout me fait un choc à présent. Dans mes souvenirs, elles coûtaient quatre fois moins cher. Je ne sais pas comment les gens font pour s'acheter quoi que ce soit. Je tends une pièce d'une livre, encore une chose qui a changé. Tout est adaptation.

De petits pas, c'est ce que je me répète. Bientôt, ça me paraîtra normal.

Dehors, un enfant en trottinette fonce sur moi. Le père fronce les sourcils mais ne dit rien. Je m'efforce de cacher mon dégoût. Les gens ne savent plus se tenir. Cela dit, ça a peut-être toujours été comme ça. C'est peut-être moi qui me fais une idée fausse de la politesse, qui m'imagine qu'elle était plus répandue autrefois, par contraste avec le comportement infect des détenues au milieu desquelles j'ai vécu si longtemps.

J'attends sans bouger et l'enfant dévie sa trottinette d'un geste habile, puis il fonce dans l'autre direction. C'était la seule chose à faire pour éviter de me renverser. Tu es le seul enfant que j'aie jamais aimé. Les quelques autres avec lesquels j'ai grandi n'ont jamais été mes amis. La majorité des jeunes sont des sauvages, ils sont avides, cupides et déconcertants. Leurs parents sont visiblement incapables d'en faire des adultes stables, ce qui explique pourquoi notre espèce est condamnée.

Dans quel monde on vit. Je me dépêche de rentrer.

Margot a du retard, ça ne lui ressemble pas. Elle est essoufflée quand elle arrive, alors que sa voiture est garée juste devant.

« Une tasse de thé ? »

Elle me passe devant sans s'arrêter, déjà concentrée sur son travail. « Non merci. Je suis pressée.

— Grosse journée ? »

Elle rit et ses paupières se plissent. « Tous les jours c'est une grosse journée. Ils nous pressent comme des citrons, vous savez, et c'est de pire en pire. »

Une fois les formalités évacuées, elle s'assied et sort un papier de sa sacoche. « Je dois faire un rapport sur votre réinsertion, Robin, donc je vais vous poser quelques questions. Bien… depuis quand êtes-vous sortie ? »

Je dépose une assiette de petits gâteaux devant elle. « Vingt-trois jours.

— Très précis, c'est parfait. Comment ça se passe jusqu'ici ? Vous diriez que le processus est difficile ? Plutôt facile ?

— Plutôt facile. » Je sais que mes réponses n'ont pas grande importance pour elle, donc je m'efforce de lui simplifier la tâche.

« C'est merveilleux. » Elle coche une case. « Qu'avez-vous pensé de l'encadrement qui vous a été proposé ?

— Vous parlez de vous ?

— Et de votre psychologue.

— Tout est très bien, merci. »

Elle griffonne pendant une minute ou deux, puis elle mange un biscuit. « Le gouvernement a lancé une campagne en vue d'améliorer la prise en charge des anciens détenus, donc nous devons nous assurer que vous ne vous sentez pas déprimée ou quoi que ce soit de ce genre. L'objectif est d'arrêter de passer pour les méchants dans les médias.

— Je crois que je vais bien. »

Elle acquiesce, elle est satisfaite. « Je n'ai pas encore eu le temps de lire les notes du docteur Holland, je n'ai pas arrêté de courir. Comment se passent les séances ? Est-ce qu'elles vous semblent utiles ? »

J'ai du mal à garder mon sérieux. Je réponds : « Il m'aide, oui. Il me donne des conseils pour surmonter les épreuves. »

Elle tapote son stylo sur sa feuille. « Je suis contente de l'apprendre. C'est une bonne chose que les victimes ne vous compliquent pas la vie. Parfois, ça peut être une source de difficultés.

— Les victimes ?

— Vous savez. Henry et Miranda Hulham. »

En entendant leurs noms je me raidis. Des victimes ? Ils ont perdu quelque chose, je ne le nie pas, mais moi j'ai perdu vingt-cinq années de ma vie.

Lentement, je demande : « Comment est-ce qu'ils pourraient me compliquer la vie ?

— En s'opposant à votre réintégration dans la société, en parlant à la presse. Ça arrive, quelquefois. Je sais aussi que vous avez eu une prise de bec avec Miranda pendant que vous étiez en prison.

— Ça remonte à longtemps. »

Elle m'envoie un drôle de regard. « En tout cas, c'est tant mieux si tout avance bien.

— Où est-ce qu'ils habitent maintenant ? Ils ont quitté Bristol, j'imagine.

— Robin, vous savez que je ne peux pas vous donner cette information. C'est strictement confidentiel.

— Et ils n'ont aucun moyen de savoir où je vis ?

— Aucun. » Elle note encore quelques mots sur sa feuille en masquant son stylo avec l'autre main pour m'empêcher de voir ce qu'elle écrit. « Je suis certaine que, s'ils devaient vous attaquer d'une façon ou d'une autre, ils l'auraient déjà fait. Ils ont certainement envie de tourner la page. »

Je me souviens qu'Henry avait la manie de faire comme si les problèmes n'existaient pas, et je repense à son rire trop clair, à sa manière de traverser l'existence comme un rocher qui dévale une pente, sans prêter attention à ceux qu'il écrase. Quant à Miranda, c'est une créature néfaste qui adorerait me faire souffrir.

Je demande : « Ils sont toujours mariés ?

— Henry et Miranda ? » Elle range sa feuille dans son sac. « Ça non plus, je n'ai pas le droit de vous le dire, et il vaudrait mieux que vous évitiez de me poser ce genre de questions. »

Je parie que oui. Je parie qu'ils continuent à faire semblant d'être un couple parfait, et je parie qu'il continue à la tromper avec toutes les femmes sur lesquelles il réussit à mettre le grappin. Je n'étais rien de spécial pour lui. Rien du tout.

La main de Margot semble hésiter au-dessus de l'assiette de biscuits, puis elle recule. « Vous ne songez pas à entrer en contact avec eux, quand même ? »

demande-t-elle en tâchant de conserver un ton léger, pourtant non dénué d'une certaine menace.

« Bien sûr que non.

— Tant mieux. Nous avons trimé pour vous fabriquer une nouvelle identité, Robin. Vous risqueriez de tout faire capoter.

— Cette nouvelle identité, elle n'empêchera personne de me reconnaître, si ? »

Elle fronce les sourcils. « Je suis sûre que personne ne vous reconnaîtra. Ça fait vingt-cinq ans ; vous avez beaucoup changé. Avant de partir, je veux être certaine que vous n'essaierez pas d'entrer en contact avec Henry ou Miranda Hulham, ni avec leur fille. Est-ce que vous pouvez me le promettre ? »

Je fais oui de la tête, comme une enfant sage. La vérité est que je n'ai aucune envie de les revoir. Toutefois, s'ils s'approchent de moi, s'ils essaient de me faire du mal, je leur donnerai de bonnes raisons d'y réfléchir à deux fois. Je n'oublie pas ce que Papa m'a dit un jour. *Regarde les oiseaux. Ils ont un bec. Des ailes qui battent. Et ils ne s'en servent que pour se défendre, jamais pour attaquer.*

À l'époque, je m'étais dit, *Sauf certains*. J'observais un labbe de l'Arctique qui volait en cercles, à l'affût d'un oisillon, voire d'un macareux, qu'il pourrait noyer en échange d'un bout de poisson. Le labbe n'a aucun problème pour tuer d'autres créatures. Du moment qu'il survit.

« Robin ? » fait Margot en plissant les yeux.

Je pense au labbe, et puis je ris.

Elle soupire. « Respectez les termes de votre libération, d'accord ? C'est le plus important.

— Bien sûr. »

Elle sourit, elle croit pouvoir lire en moi. Elle croit savoir ce que je pense parce qu'elle a étudié quelques livres et suivi quelques cours. Ce serait mignon si ce n'était pas aussi profondément vexant. Elle ne parle pas ma langue, et elle est encore moins capable de lire en moi.

Je lui rends un sourire tout miel et je me dis, *Petite idiote*.

- 4 -

Aujourd'hui mon cerveau turbine. Je dors encore plus mal que d'habitude, mais je me rassure en me disant que j'ai à peine entamé le stock de somnifères réparti entre la salle de bains et le tiroir de la table de nuit. J'ai quand même l'impression qu'il m'en faudrait plus si je veux être en sécurité. Ça signifie ressortir, cette fois pour aller dans le centre-ville. Je n'aurais pas dû en prendre autant hier soir, mais j'en avais besoin. Je n'arrêtais pas d'entendre Ditz hurler dans le noir, et j'ai même vu ses yeux humides briller dans un coin de la chambre. Elle me tournait autour, elle se pendait au plafonnier, elle était partout, le cou tordu et les pieds ballants.

Par moments je me dis que je deviens folle.

Il faut que je pense à quelque chose de positif. J'oriente mon esprit vers les petits plaisirs de la vie, et ce n'est pas si difficile. M'asseoir dans le salon avec mon livre. Regarder les émissions que j'aime à la télé, et pas celles qu'on a jugées appropriées pour moi. Prendre un bain, même si le joint autour de la baignoire est un peu moisi.

Mais rien de tout cela ne fonctionne. Je repense à ce que je faisais, enfant, pour surmonter les moments pénibles. Je sortais de la maison que nous louions et je partais marcher dans les champs et les bois. Je faisais souvent ça, surtout quand le professeur Jane Marshall était chez nous. Qu'est-ce que j'ai pu haïr cette femme. Je ne devrais pas penser à elle. Mais ce n'est pas toujours facile de faire taire les souvenirs.

Papa n'a jamais été démonstratif avec ma mère. Même quand elle était au plus dur de sa maladie, il restait distant et n'avait jamais le moindre geste de réconfort ou d'attention. Jane, à l'inverse, semblait révéler un autre aspect de son caractère. Il s'évertuait à la toucher souvent. Il lui effleurait le coude, ses doigts s'attardaient sur sa taille. Sur sa joue, puis sur ses lèvres, de plus en plus au fil des mois. Je détestais sa manière de rougir et ses minauderies, et aussi le ricanement qui lui servait de rire et qui ressemblait davantage au hennissement d'une mule. Je n'ai pas souvent eu l'honneur de ses sourires. Chaque fois que j'entrais dans une pièce où elle se trouvait déjà, elle prenait un air méfiant, réservé, et son visage se fermait d'un seul coup. J'avais beau être chez moi, elle réussissait à me donner l'impression d'être l'étrangère dans la maison. Aujourd'hui, je sais combien les enfants peuvent être agaçants. Mais j'étais là avant elle. Rien n'est plus important que le territoire, et cette femme avait envahi le mien.

Quand nous avons déménagé sur l'île suivante, j'ai cru que je ne la verrais plus jamais. Je savourais l'idée qu'elle soit restée sur une de ces plages froides, comme les débris répugnants que la mer rejetait sur le sable. Mais elle nous a suivis à Lundy, et ensuite à St. Helens.

J'ai fini par comprendre qu'elle travaillait sur le même projet que Papa. Comme c'était pratique.

Je rumine. Il faut que j'arrête ; ce n'est plus nécessaire. Je l'ai bien assez fait en prison. À la place, je vais chercher mon manteau dans le placard de l'étage en pestant parce qu'il n'a pas de capuche. Il va bientôt pleuvoir et je n'ai rien pour me protéger. Un parapluie, peut-être un anorak léger avec une capuche : deux choses que je vais devoir acheter. Et qui supposent une nouvelle expédition dans le monde extérieur, une épreuve que je rechigne à m'infliger.

Des nuages lourds passent dans le ciel quand je tire la porte derrière moi. Une deuxième porte fait écho à la mienne, tout près. *Bill.* Je tourne la tête, mais c'est une femme. Sa fille Amber. Je la reconnais à sa nervosité et à la blancheur saisissante de ses cheveux. Elle m'aperçoit et ses yeux se défilent immédiatement, il est évident qu'elle regrette de ne pas être sortie quelques minutes plus tôt ou plus tard. Tout ce qui aurait permis d'éviter une conversation. Je suis du même avis, naturellement.

Elle me dit bonjour sèchement, sans me regarder. Ses cheveux sont fins, presque transparents dans leur blancheur. Des cheveux d'ange, aurait dit ma mère. Pourtant cette femme n'a rien d'angélique. Elle est entièrement faite de silex.

Je bredouille : « Vous êtes encore chez votre père ? »

Je sens qu'elle meurt d'envie de m'envoyer bouler. Elle se contente d'acquiescer.

« Papa aime bien avoir un peu de compagnie de temps en temps. J'imagine qu'il vous a parlé de son passé.

— Oui. Ça n'a pas dû être facile.

— Vous n'imaginez même pas. »

Dans ma tête, je réplique, Toi non plus tu n'imagines pas. J'ai connu des filles comme elle, en prison. Elles dégagent une impression de force et de débrouillardise simplement parce qu'elles ont traversé des turbulences quand elles étaient plus jeunes. Certes, ça n'a pas dû être marrant de grandir avec un père absent, mais bon. Elle a eu une mère et une maison, autant d'avantages dont Bill a été privé.

Je demande : « Il est là ? » en regardant par-dessus son épaule, et je m'attends presque à ce qu'il sorte en entendant nos voix.

« Non, il a du sommeil à rattraper. Il dort mal.

— Je sais ce que c'est. »

Encore ce regard. Elle me jauge, me voit comme une concurrente. Petite créature stupide. Et puis elle plisse les paupières. « On ne s'est pas déjà rencontrées ? »

Sa question aspire tout l'air de mon corps. Cent murmures affolés s'agitent en moi : elle sait, elle sait, elle sait. Non. C'est impossible. C'est possible. Elle m'a percée à jour.

Je réponds : « Comment ça ? » Je ne laisse rien paraître.

« Je ne sais pas. Votre visage me dit quelque chose.

— Je suis sûre que je ressemble à mille autres femmes. »

Elle ne dit rien, elle hoche la tête. « Je vais en ville, dit-elle en pointant un doigt derrière elle. J'espère que Papa ne va pas trop tarder à réparer la clôture, comme ça il ne vous dérangera plus. »

Je réponds : « Honnêtement, ce n'est pas un souci », mais c'est trop tard, elle s'éloigne déjà. Je regarde son dos qui se balance à chaque pas. Je suis troublée par ce qu'elle a dit, mais aussi par tout ce qu'elle n'a pas dit, qui est resté caché derrière son visage impassible. Cette femme est un livre fermé, elle est encore plus insondable que toutes celles que j'ai connues. Il y a quelque chose de pas clair chez elle, mais je n'arrive pas à mettre le doigt dessus. Je suis certaine qu'elle peut être dangereuse. Je sais reconnaître ces femmes quand je les croise.

J'ai perdu toute envie d'aller faire des courses. Les médicaments attendront ; je préfère réessayer un autre jour. Faisant écho à ces réflexions, la première grosse goutte de pluie tombe du ciel, directement sur mon nez.

Mieux vaut rester à l'intérieur pour le moment.

Il a plu toute la matinée sans interruption.

Ça me rappelle la première nuit que nous avons passée ensemble, Henry et moi. Le même crachin qu'aujourd'hui. J'avais peur pour ma coiffure ; mes cheveux ont toujours eu tendance à friser. Il m'a abritée sous sa veste pendant que nous courions vers l'arrêt de bus, mais le coton léger n'a rien pu contre l'averse.

« Je te raccompagne, m'a-t-il dit en montant dans le bus. Ce n'est pas prudent de rentrer seule à cette heure-ci. »

J'aurais dû deviner ce qu'il avait derrière la tête. Avec le recul, je me trouve stupide. Sa main autour de mes épaules aurait dû me mettre sur la voie. Mais j'étais jeune, et probablement bien plus innocente que la majorité des femmes. Je n'ai pas souvenir que ça m'ait plu. J'en doute. Il prenait quand même beaucoup de libertés, il me faisait des avances alors qu'il avait passé un long moment dans le bar à me parler de ses deux enfants et de sa femme, Miranda. Il s'était posé en bon père de famille, et peu après il se faufilait chez moi comme une volute de fumée dans une bouche d'aération.

Ça a été mon initiation au sexe. Ses doigts qui ont sorti mon chemisier de ma jupe à la seconde où j'ai refermé la porte. Sa bouche chaude qui laissait son humidité sur mon cou. Ses mains, ses mains partout, qui empoignaient mes fesses, tiraient ma tête en arrière, caressaient ma poitrine. J'étais un poisson dans les bras d'une pieuvre. Tous ses membres qui employaient leur force à me soumettre.

Il n'a même pas pris la peine de m'emmener dans la chambre. Il m'a plaquée au sol, près du paillasson. La moquette m'irritait les omoplates. C'est curieux, vraiment, les choses qu'on garde en nous malgré les années. Cette expérience m'a fait penser à l'accouplement des cygnes. Le mâle empêche la femelle de relever la tête et la maintient souvent sous l'eau. Peu lui importe qu'elle risque de se noyer, qu'elle souffre, probablement, tant qu'il parvient à ses fins.

Ce souvenir amer me fait rire. Mon histoire répète celle de tant de femmes en prison, qui se sont endurcies contre les hommes et n'hésitent pas à leur reprocher d'être le sexe le plus brutal, le moins humain. Il faut dire qu'ils nous aident beaucoup à les haïr.

Nous devons nous montrer utiles, j'en suis convaincue. Quelle que soit notre situation, nous avons le devoir de contribuer à la société. Depuis que je suis sortie de prison, je me sens parfaitement inutile, et c'est un sentiment que je ne peux pas ignorer si je veux réussir ma réinsertion. Je décrète que la solution sera la pâtisserie. Autrefois, j'aimais faire des tartes et des gâteaux ; j'avais appris toute seule quand j'étais enfant, pendant les soirées obscures où il devenait évident que personne n'allait se mettre à la cuisine.

Ma première tentative de génoise est décevante. À ma décharge, il y a longtemps que je ne m'y suis pas essayée. Le dessous est un chouïa trop cuit, les bords ont collé au moule et le goût est un peu amer. Il va falloir que je m'entraîne ; savoir faire des gâteaux est une compétence utile à avoir. Tout le monde a besoin d'un peu de douceur de temps à autre.

On sonne à la porte, un coup puis un second. Ça me surprend et je manque de lâcher le gâteau. C'est une intrusion malvenue. Je ne suis pas d'humeur à *penser* ce soir, et encore moins à parler. Mais je change d'avis quand j'aperçois derrière le verre dépoli une calvitie qui reflète le soleil du soir. C'est Bill, avec une nouvelle bouteille de vin. Il sourit et exécute une demi-révérence piteuse quand j'entrebâille la porte.

Il demande : « Est-ce que j'abuse si je m'invite pour l'apéro ? »

En principe je refuserais. Mais il a un sourire si doux – féminin, presque. Je remarque une cicatrice qui suit la courbe de son cou, juste sous l'oreille. Une bagarre de rue, peut-être. Ça le rend plus sécurisant à mes yeux. Il connaît la souffrance, les dégâts que peut causer la brutalité.

Je dis : « Bien sûr », et je m'écarte pour le laisser entrer. « J'essayais de cuisiner, mais je suis contente de vous voir.

— Quelque chose de bon ?

— Un gâteau, mais je l'ai raté. Le prochain sera meilleur. Je vous en garderai une tranche.

— Vous êtes gentille. » Il me suit dans le salon et s'assied dans le vieux canapé, comme s'il avait déjà ses habitudes. « Je suis content qu'on soit voisins. »

Je lève un doigt pour endiguer le flot de sa conversation et je file chercher deux verres dans la cuisine. Les deux seuls que je possède, un coup de chance qu'ils soient propres.

Il dévisse le bouchon, remplit rapidement le premier verre et me le tend. Je note et j'approuve sa bonne éducation. Henry aurait certes fait la même chose, mais avec un regard lubrique, suggestif, indiquant qu'il espérait une faveur en retour. Bill paraît plus innocent. Il a des yeux ronds et inoffensifs de petit enfant. Je ne sens aucun risque émaner de lui.

« Merci de vous montrer si agréable avec moi, dit-il en se penchant vers moi. On ne peut pas dire la même chose de tout le monde.

— Comment ça ?

— Parce que j'ai été à la rue. J'ai eu des problèmes de drogue. Je ne suis pas le genre de type que tout le monde veut avoir chez soi. En plus, je suis aux allocs. Dans le quartier, tout le monde me traiterait d'assisté. »

Je réponds trop vite : « Moi aussi je suis aux allocs », et ça me fait rougir.

« C'est vrai ? Handicap ? »

J'acquiesce et je me dépêche de boire une gorgée de vin.

Heureusement, il est trop poli pour me poser d'autres questions. Il englobe la pièce d'un grand geste et dit : « C'est vraiment super, chez vous. Ça ne fait pas longtemps que vous êtes ici, je me trompe ?

— Pas très. Mais, et vous alors ? Vous ne m'avez pas vraiment répondu, l'autre jour. Où est-ce que vous viviez avant ?

— Houlà, pas si vite. Je veux en apprendre plus sur vous, Robin. Vu qu'on est amis, maintenant. » Il glousse et il trinque avec moi. « Qu'est-ce que vous faisiez avant d'arriver ici ?

— J'étais dans le Herefordshire. » J'ai la gorge sèche malgré le vin. Mais je ne dis que la vérité : c'est là que se trouve la prison.

« Vous vous y plaisiez ?

— C'était l'enfer. » Une réponse honnête.

« J'imagine que tout paraît décevant, quand on a grandi au bord de la mer.

— C'est ça. »

Le flot de mots s'interrompt, je sens que Bill regarde ma joue. Ma peau se met à picoter. Histoire de rompre le silence, je tente : « Quel temps horrible aujourd'hui, non ? Et dire que c'est encore l'été.

— Ça m'a obligé à rester bosser dans la maison, donc je ne me plains pas.

— Ça devait être atroce de vivre dehors, quand il pleuvait. »

Il plisse les yeux. « Oui. Mais j'évite d'y penser. Je préfère me concentrer sur mon avenir.

— C'est ce que mon… » Je laisse ma phrase en suspens. Je ne dois pas dire que le docteur Holland me répète régulièrement la même chose. Il ne faut pas que Bill soit au courant de quoi que ce soit. Il ne comprendrait pas ; personne ne comprendrait.

« Je sens que vous n'aimez pas beaucoup parler de vous, dit Bill pour combler le blanc dans la conversation. Je ne vais pas me mêler de vos affaires, ne vous inquiétez pas. Je suis un moulin à paroles, je parle beaucoup trop de moi. Amber aimerait bien que je la ferme, de temps à autre.

— Elle a l'air gentille. » Un mensonge.

« C'est une bonne fille. Elle m'a dit qu'elle vous a vue, tout à l'heure. C'est drôle, elle est persuadée qu'elle vous a déjà rencontrée quelque part. »

Mon souffle se bloque dans ma gorge. Elle a tout juste l'âge de se souvenir. Mais j'ai changé, je suis pratiquement méconnaissable. J'ai un nouveau nom, je ne suis plus la même personne, ça devrait être assez. Peut-être pas. Je sais qu'il suffit d'une seule rumeur pour que les gens se mettent à chercher des ragots à propager. Il ne faut pas que ça se produise. Sinon je suis foutue.

« Est-ce que ça va ? » demande Bill face à mon silence.

Je reviens dans le présent et me force à sourire. « Oui. Bien sûr. Je ne connais pas votre fille, elle doit me confondre avec quelqu'un d'autre. Est-ce que vous pourriez le lui dire ?

— Je lui passerai le message. Et donc, vous vivez seule, Robin ?

— Oui. »

Ce n'est pas une bonne idée. Je ne suis pas capable de me dépatouiller de ce genre de conversations, j'ai trop de mal à inventer des bobards et à les mémoriser. Chaque mot qui tombe de ma bouche est une miette de pain qui mène à la vérité. C'est dangereux.

« Pas d'enfants ? »

Je pense à toi. Comment faire autrement ? Tu étais un fils pour moi, bien que ça n'ait pas duré. Je fais non de la tête. Je ne peux pas commencer à penser à toi, pas ici. Ça se verrait sur mon visage et Bill le remarquerait.

Il hoche la tête avec empathie. « Je vous demande pardon, c'était indiscret de ma part. J'essaie seulement de vous cerner. Vous n'avez aucune photo, donc je n'ai rien pour deviner.

— À part les oiseaux. » Je montre les clichés des pétrels géants sur la cheminée.

« J'ai compris que vous aimiez beaucoup les oiseaux. » Il sourit. « Mais ça ne suffit pas, tout le monde a besoin d'autre chose dans la vie.

— Je trouve les oiseaux bien plus sensés que la plupart des humains que j'ai rencontrés.

— Et d'où vous vient cet amour que vous avez pour eux ?

— De Papa. » Puis j'ajoute rapidement : « Et de ma mère. » C'est faux.

« Ils travaillaient avec les oiseaux, c'est ça ? »

Trop proche de la vérité. Je fais non de la tête. « Non, ils aimaient simplement observer ceux que nous avions dans le jardin.

— Et c'est ce qui vous a poussée à faire carrière dans tout ce qui a des plumes ?

— Qu'est-ce qui vous fait dire ça ? »

Il me regarde bizarrement. « Vous me l'avez dit, l'autre jour. Vous ne vous rappelez pas ?

— Si, si, bien sûr. » J'ai chaud aux joues. Je ne me souviens plus de ce que j'ai dit ou pas dit. C'est le problème d'être face à Bill ; il est trop sympathique, trop chaleureux. Je risque de baisser la garde et ça m'inquiète.

Il rit, et puis il lève les mains. « C'est compris, je n'arriverai pas à percer votre carapace, mademoiselle Robin. Vous êtes une femme qui n'aime pas se dévoiler. Pas de problème, j'arrête avec mes questions. Est-ce que vous voulez que je vous resserve ? »

J'accepte avec un sourire, mais j'ai l'estomac noué. Ça devrait être un moment normal, informel, avec une nouvelle connaissance. Une interaction sociale. Mais ça ne sera jamais *normal*, je le sens.

Je ne suis même pas sûre de savoir ce qu'est la normalité.

Ditz m'a aimée, c'est une certitude. Allongée dans l'eau de mon bain qui refroidit, pendant que les bulles me chatouillent les membres, je *sais* que c'est la vérité. Je me rappelle la façon qu'elle avait de me regarder, cette adoration abrutie et embrumée, son soulagement d'être prise en charge par quelqu'un qui veillait à ce qu'il ne lui arrive rien en prison. Elle avait raison de le penser. Je l'ai protégée, préservée de la mauvaise influence des autres détenues. Je l'ai prise sous mon aile avec la tendresse d'une poule pour son poussin et je lui ai appris à survivre. À ne pas se laisser briser par sa cellule miteuse et exiguë. À garder un visage de marbre et à dissimuler sa peur. Je m'occupais d'elle comme l'aurait fait un parent. Dans ces moments, je savais que j'aurais fait une mère fantastique. C'est certain. Ce qui ne veut pas dire que je l'aie désiré un jour.

Et puis elle a commencé à tirer sur la corde. C'est toujours pareil avec les gens : dès que vous leur donnez un peu, ils cherchent à en avoir plus, et encore plus. J'ai peut-être eu des mots cruels, mais ils étaient tous vrais. Elle n'arriverait jamais à rien dans la vie, même si elle se trouvait un boulot après la prison ou si elle se mariait. Certaines personnes comptent, d'autres pas. C'est une des vérités impitoyables et élémentaires de la vie.

L'Oiseau boucher. J'en frissonne. Je détestais ce surnom.

Le robinet goutte. De loin en loin, un *ploc* maussade sur mon pied. Si je tends l'oreille, j'arrive à entendre les bulles qui éclatent, la mousse qui se replie lentement sur elle-même. Ça aussi, c'est un luxe auquel j'ai du mal à m'habituer. En prison, les douches étaient chronométrées : trois minutes d'un jet crachotant, sous lequel les deux mains devaient savonner le corps à toute allure avant que le sifflet n'appelle la suivante qui patientait dans la file d'attente. Ici, j'ai tout mon temps. Des heures et des heures pour sombrer dans la chaleur et m'apitoyer sur mon sort.

Je passe mes doigts sur ma poitrine, puis je les laisse descendre. Mon corps n'est pas si mal pour une femme de mon âge. J'en ai vu de bien pires. D'accord, je n'ai plus un ventre plat et musclé. Mon nombril est perdu au milieu d'un coussin ramolli. Mais mes seins sont encore assez fermes, et plus gros qu'autrefois. Les gens s'imaginent que la prison fait mincir. En réalité, on s'y active trop peu pour empêcher que les hanches s'étalent et que la peau devienne molle et blême.

Je ne me fais pas d'illusions, Henry ne me trouverait plus désirable aujourd'hui ; et moi non plus, je ne voudrais pas de lui. Je ne l'ai jamais réellement désiré. Toutes les fois où nous nous sommes vus, il m'a prise sans ménagement, contre mon gré. Je maintiendrai cela jusqu'au jour de ma mort, quoi qu'en disent tous les autres. Au tribunal, cette histoire a été qualifiée de liaison. Le mot a été employé à plusieurs reprises, par des gens qui se délectaient de ses sonorités, l'étiraient jusqu'à des proportions obscènes. Pour moi, c'était de la maltraitance. La maltraitance continuelle et prolongée d'une jeune femme naïve. Qu'est-ce que l'abus, au fond, sinon un assaut non consenti ? Personne n'était prêt à adopter le point de vue d'une femme vulnérable, c'était l'habitude de l'époque. Je ne suis pas certaine que les choses aient changé en mieux, derrière leur façade d'égalité.

Je me souviens nettement de Miranda pendant le procès. Elle était assise à quelques rangées derrière moi. Tout du long, j'ai senti ses yeux sur mon dos. Ou plutôt *dans* mon dos, occupés à arracher ma peau, à décoller mes côtes, à gratter mes organes et mes muscles sans répit. Toutes ces accusations silencieuses, et pourquoi ? Je n'avais rien fait de mal – du moins, pas dans le sens qu'elle imaginait.

Un jour, Henry m'a dit pour me faire enrager que je n'avais pas autant d'allure que sa femme. Mais je n'ai jamais considéré le flegme de Miranda comme de l'*allure*. Plutôt un trait qui l'apparentait à un serpent prêt à bondir. D'ailleurs, elle ne faisait pas franchement preuve de flegme lorsqu'elle me hurlait dessus au parloir de la prison.

Je ne l'ai jamais appréciée. Du poison coulait dans ses veines. Et je tiens à dire que j'ai toujours estimé que c'était une épouse affreuse, et une mauvaise mère.

Surtout une mauvaise mère. C'est toi qui me l'as dit. Sous-entendu, en tout cas.

- 5 -

« Il est parfois utile de nous replonger dans le passé », me dit le docteur Holland.

Il a déplacé les meubles depuis la dernière fois, allez savoir ce qui lui a pris. Son bureau est maintenant près de la fenêtre et son visage s'encadre dans le paysage. Des nuages mornes flottent au-dessus des toits, poussés par un vent puissant. Il me faut un moment pour en arracher mon regard et revenir à lui.

« Je comprends.

— Parfait. J'aimerais que nos séances soient pour vous l'occasion d'explorer votre histoire. Durant notre voyage dans la vie, nous adoptons un certain nombre de comportements négatifs, mais il est possible de les désapprendre lorsque nous comprenons d'où ils viennent. »

Ça m'a l'air d'être du jargon de psy vu et revu, mais j'acquiesce. Je connais l'exercice, le psy de la prison était exactement pareil. Pas sur le plan physique, mais dans l'expression : le même regard à la fois impassible et vigilant, dénué de toute implication émotionnelle.

Il faut un tempérament particulier pour choisir d'opérer dans ce genre de carrière.

Holland se carre dans son fauteuil, étend ses jambes sur le tapis. « Tournons-nous vers votre enfance. Vous n'avez pas eu une vie ordinaire.

— Elle me plaisait bien.

— Peut-être. Mais qu'avez-vous ressenti après la mort de votre mère, quand vous êtes partie dans les îles ? »

Je réfléchis. En toute franchise, je ne me souviens pas d'avoir ressenti grand-chose. Je crois que je n'étais même pas pleinement consciente de ce qui se passait. Je réponds : « Ça allait. On était seuls, ça me plaisait.

— Quel effet a eu sur vous l'absence de mère ? »

Une fois de plus, l'instinct me pousse à donner la réponse que Papa aurait voulue, à dire qu'elle a glissé hors de ma vie sans plus de difficulté qu'un ruban défait. De toute façon, ma mère n'était pas si présente que ça quand elle était encore en vie. Elle occupait un espace minimal, se ratatinait dans les coins, vivait en silence et dans un état d'évitement perpétuel. Papa se moquait souvent de sa passivité et lui reprochait violemment d'être un frein à sa carrière. Il faisait en sorte que je sois présente et systématiquement d'accord avec lui. Il était comme ça, parfois : autoritaire, implacable. Je suppose que ça l'a aidé à arriver là où il était.

Mais je sais que ce n'est pas ce que le docteur Holland veut entendre. Il est important que je lui fournisse les bonnes réponses, celles qui témoigneront d'émotions normales, naturelles.

« Elle me manquait. J'ai beaucoup pleuré, après sa mort. »

Il opine et accepte ce que je lui dis. « Et votre relation avec votre père ?

— Il m'a enseigné tout ce qu'il savait sur les oiseaux, ça m'a été très utile.

— Et d'un point de vue émotionnel ? Diriez-vous qu'il était présent dans votre vie sur le plan émotionnel ? »

J'ai envie d'éclater de rire. Le visage de Papa m'apparaît : sérieux, les sourcils froncés par la concentration. *Présent* n'est pas du tout le terme approprié.

Je dis : « Il s'occupait de moi », en m'efforçant de garder un semblant de conviction.

« Et aujourd'hui, rétrospectivement, qu'éprouvez-vous à son égard ?

— Je vais bien. Je ne regrette pas un seul des jours que j'ai passés sur les îles. Aucun.

— Pensez-vous que l'isolement vous a affectée ? »

L'agacement enfle en moi. Je fais tout pour le réprimer et pour me rappeler que mes explosions ont des conséquences. Lentement, je réponds : « Pas de manière négative. J'aimais bien être seule. Déjà avant la mort de ma mère, j'aimais la solitude. Je suis quelqu'un de solitaire.

— Et pourtant vous avez commencé une relation avec Henry Hulham ?

— On peut apprécier la solitude et fréquenter d'autres personnes. »

Il ramène ses jambes sous son fauteuil. « De votre point de vue, que vous offrait Henry Hulham ?

— Je croyais qu'on devait parler de mon enfance.

— De votre histoire, Robin. Ça englobe tout ce que vous avez vécu et qui vous a menée ici. Mais nous pouvons nous concentrer sur votre enfance, si vous êtes plus à l'aise pour en parler. »

J'acquiesce.

« Vous avez toujours vécu seule avec votre père ? » Il parcourt ses notes. « Votre père n'a jamais rencontré personne après la mort de votre mère ? »

Je pense à Jane Marshall. À son rire râpeux et à son long visage dur. À la façon qu'elle a eue d'envahir notre existence en essayant de prendre ma place. Je secoue vivement la tête. « Jamais personne, non. » J'insiste sur le non.

Je mens ouvertement, mais sans mauvaise conscience. Elle n'a pas compté, et personne n'a jamais su qu'elle vivait avec nous. Papa et elle veillaient à ce que leur relation demeure privée, à perpétuer l'illusion du professionnalisme, et ça m'a avantagée au bout du compte. Je tâche de garder les idées claires au lieu de m'éterniser sur ces réflexions et je rate la question suivante, une inattention dont le docteur Holland ne manquera certainement pas de tirer des conclusions défavorables.

Il me demande : « Robin, est-ce que ça va ? J'ai l'impression que je vous ai perdue. »

Je lui offre mon plus beau sourire. « J'ai repéré un oiseau dehors, c'est tout. Une mésange charbonnière dans votre arbre. Mais je suis de retour. »

Le coin de ses yeux se plisse, il me surveille sans rien dire. C'est une sensation désagréable, d'être examinée de l'intérieur. Mais je n'ai pas de souci à me faire. Il croit qu'il me connaît, qu'il a tout compris. En fait, il ne voit que la pointe de la partie émergée. Le reste est caché, et ce n'est pas près de changer.

Sur le chemin du retour, je pense à Henry. Comment faire autrement ? Le docteur Holland a farfouillé dans mon passé, il m'a ouverte en deux et les souvenirs jaillissent de moi, indépendamment de ma volonté. Notre relation n'a duré que quelques mois, trois au maximum. Nous ne nous sommes pas beaucoup vus, seulement une poignée de rendez-vous dans des bars sordides, à bonne distance de chez lui. Au cinéma, une ou deux fois. Une fois au théâtre, et il a passé la soirée à regarder partout pour vérifier qu'il ne connaissait personne. Ensuite, nous rentrions systématiquement chez moi. Il fallait que ce soit chez moi, nous n'avions nulle part ailleurs où aller. C'était chaque fois de pire en pire. Une étreinte furieuse et brutale dans le noir, qui n'arrivait presque jamais jusqu'à la chambre. Avec le recul, je pense qu'il voulait que nos rapports demeurent animaux et dépourvus de sentiments. C'était toujours lui qui imposait ses termes.

Je me rappelle la première fois que je l'ai vu avec elle. Miranda, sa femme au long cou. Elle m'a fait penser à un violoncelle : lisse, une silhouette élégante et un gros derrière rebondi. Ils étaient au musée avec leurs enfants qui regardaient les vitrines, posaient leurs doigts sur le verre. Je l'ai salué et, pendant une seconde, il a eu l'air horrifié. Mais il a gardé son sang-froid et fixé le mur pour éviter mon regard. Miranda s'est montrée relativement cordiale, même si j'ai pu percevoir une hostilité voilée derrière sa politesse et sa réserve. La fille d'Henry s'est désintéressée de moi au bout de quelques secondes et elle est partie en sautillant vers l'autre bout de la pièce. Mais son fils est resté avec nous, maigre pour son âge et emprunté, affublé de binocles qui reflétaient les lumières. Je me souviens d'avoir remarqué le duvet sur sa lèvre. Un garçon à l'orée de la puberté.

Le seul à être suffisamment poli pour me dire au revoir en partant.

Il ne faut pas que je pense à ça. C'est trop. Il ne faut pas qu'il s'immisce dans mes pensées. Que tu t'immisces, je veux dire. Toi.

Je me force donc à être dans le moment présent et je me concentre sur mes pieds qui frappent le sol. Sur les flaques qui se sont créées dans les creux du pavage. Sur les voitures qui passent dans la rue. Tant que ça m'aide à arrêter de penser. Il y a des moments où je me dis que je préférerais encore la douleur physique. J'éprouve de la haine pour le docteur Holland, j'en prends conscience avec une clarté soudaine et violente. Ces séances ne visent pas à m'aider, mais à me coincer et à me faire douter de moi. C'est peut-être la prison qui cherche à me piéger pour que je révèle de nouveaux éléments. Je sais toutes les choses dont on me soupçonne. Plus j'y réfléchis, plus ça me paraît plausible. Je devrais savoir qu'il ne faut pas faire confiance aux gens.

Tout à coup c'est Bill qui m'apparaît. Ce crâne si parfaitement lisse et chauve, comme les bulles de mon bain. Ces dents que dévoile son sourire tordu. Son image atténue un peu mon ressentiment. Je suis convaincue que c'est quelqu'un de bien, un homme qui n'a pas eu une vie facile, tout comme moi. Je pourrai peut-être faire une exception. Lui accorder ma confiance.

Tu veilleras sur moi, murmure Ditz.

(C'est un rêve et je le sais. Ne la regarde pas. Ne…)

Oui. Toujours.

Au premier abord elle ne semble pas avoir changé, et puis sa langue sort de sa bouche et elle est gonflée de sang. Ses yeux sont plus grands qu'ils ne l'étaient de son vivant, deux globes saillants braqués sur moi. Je suis prise au piège. Cette cellule n'a pas de porte, uniquement des murs gris, un sol gris, un plafond gris. Tout cela se resserre sur moi et me tire vers elle.

Aide-moi. Elle me supplie. *Je veux ma sœur.*

Ses pieds se balancent et s'agitent et je me demande pourquoi ce n'est pas moi qu'elle réclame. Et puis je me souviens de ce que j'ai dit, qui l'a tant fait pleurer.

Toi aussi tu es là, même si je ne vois pas ton visage. Je sais où tu es, allongé sous le drap du lit. Je vois ta silhouette maigre, la pointe de ton nez, les bosses ingrates de tes articulations et de tes genoux. À tes pieds, il y a les ossements minuscules d'un oisillon. Chaque fois c'est l'oisillon. Je n'arrive pas à m'en détacher. Je n'arrive pas à crier. Je n'ai pas de gorge, pas de bouche, pas de corps. Je suis là sans y être.

Laissez-moi tranquille, tous les deux.

Laissez-moi…

Je me réveille en sursaut. Trempée de sueur encore une fois, tremblante dans l'obscurité. La housse de la couette est collée à mes jambes et j'ai froid, tellement froid que, si j'étais moins terre à terre, je pourrais croire que Ditz et toi vous m'avez suivie hors du rêve et que vous êtes là, toujours à me regarder fixement, toujours morts, toujours en train de m'accuser.

Je ne vais pas allumer. Je m'y refuse. Je ne suis pas une enfant, je n'ai pas besoin d'être rassurée pour savoir que ce rêve n'est pas la réalité. J'ai quand même beaucoup de difficulté à apaiser les battements de mon cœur. Il y a des formes dans le noir ; je sens qu'elles reculent. Pourvu qu'elles me laissent, c'est le plus important.

Je ne pourrais pas supporter leur présence beaucoup plus longtemps.

Je me sentirai bête quand le jour sera levé, mais ça ne m'aide absolument pas de le savoir. Ma santé exige que je me calme rapidement. Le risque de crise cardiaque est élevé chez les femmes de mon âge et je n'ai pas envie de mourir de cette façon, d'être une statistique funeste, un cadavre seul sur un lit. Sans compter que vous seriez capables de me retrouver dans la mort, Ditz et toi. Si ça se trouve, vous m'attendez patiemment, prêts à… Ces pensées non plus ne m'aident pas ; il faut que je me concentre sur autre chose. Aller à la salle de bains : oui, c'est une bonne idée. Un prétexte pour allumer la lumière. Je vais chercher mes cachets ; un ou deux de plus, c'est tout. Ce n'est pas grave si je n'émerge pas avant midi, je n'attends personne.

Le docteur Holland m'a recommandé d'éviter les cachets lorsqu'ils ne sont pas absolument nécessaires, à cause des interactions médicamenteuses notamment. Il ne comprend pas ; personne ne comprend. Sans eux, il n'y a pas de repos. Pas de répit.

Je suis obligée d'en prendre, malgré tout ce qu'ils me rappellent.

Quand je me réveille enfin, il est presque 13 heures. Je suis stupéfaite qu'il soit si tard, je suis rarement au lit passé midi. J'ai mal à la tête, j'ai peut-être pris trois cachets au lieu de deux.

Je me fais une omelette dont je carbonise le dessous. L'ouverture des rideaux m'apprend qu'il pleut, dans le jardin les plantes grelottent comme de petites choses apeurées et bousculées par le vent. Je n'ai plus de thé ni de jus d'orange, mais je n'ai aucune envie de faire une expédition au magasin, pas aujourd'hui. Je me sens à vif, nue d'une certaine façon, et je ne veux pas être vue.

Dans ces moments je vomis cette existence et son injustice. Il est aussi facile que douloureux d'imaginer ce qu'aurait pu être ma vie si j'avais eu plus de chance, ou si les autres avaient été moins cruels avec moi. Si j'avais trouvé un homme qui m'aimait au lieu de profiter de moi. Si mon ventre avait porté un enfant. Si je m'étais assuré une grande carrière, si j'étais devenue une professionnelle aussi respectée que Papa. Il y a une multitude de voies qui auraient dû s'ouvrir à moi, mais elles me sont toujours restées fermées. L'intelligence et le charme ne suffisent pas toujours. Il faut aussi avoir la chance de son côté. Sans elle, la vie ressemble à ce que je connais. Par certains aspects, c'est pire que la prison. Les barreaux demeurent, simplement ils ne sont pas visibles. Je n'en reste pas moins une créature en cage, dont les ailes ont été impitoyablement rognées.

Rogner les ailes. Il y a longtemps que je n'y ai pas pensé. Papa disait que ce n'était pas éthique, que les oiseaux n'avaient pas à être amoindris de cette façon. Il avait dû le faire une fois, à un hibou des marais blessé qu'il avait trouvé dans une grange désaffectée où l'oiseau hurlait et sautillait en rond. Il refusait d'accepter son statut de créature estropiée, j'en avais été impressionnée sur le moment.

Jane Marshall avait enveloppé l'oiseau dans une serviette puis elle s'était retournée pour m'empêcher de voir, même s'ils ne coupaient que les plumes primaires et pas la chair ni l'os. Papa, lui, voulait que je voie et m'avait montré les jeunes plumes en m'expliquant qu'il était vital de ne pas les couper. Autrement, le hibou se viderait de son sang. J'ai étudié les veines qui parcouraient le cou de Jane en me demandant si elles étaient comme ces plumes, si le sang en coulerait. Ses veines se gonflaient sous sa peau, comme si elles avaient conscience de mon regard. L'opération terminée, Jane a relâché le hibou sur la table de la cuisine et elle s'est frotté le cou avec la main. J'ai cru que le tranchant de mon regard avait réussi à l'entailler. Bien sûr, je sais aujourd'hui que ce n'était qu'un fantasme d'enfant.

C'est vers cette époque qu'elle a commencé à parler de pensionnat. Je dois avouer qu'elle était habile. Son discours était insidieux, camouflé sous un vernis de fausse sollicitude. Ça a commencé par *pauvre Ava, elle doit se sentir seule*, pour se muer en *ce n'est pas sain pour une fille de ne jamais voir personne*, et en *pense au retard qu'elle va prendre si on ne la met pas dans une bonne école.* Papa ne s'inquiétait pas pour ça. Il a toujours soutenu que la meilleure école était celle de la vie, pas les quatre murs d'une salle de classe. Je croyais être en sécurité, certaine que les manigances de Jane n'aboutiraient pas. Mais je me trompais. Elle était bien plus sournoise que je ne le pensais.

Le hibou m'a pincée ce jour-là, un coup de bec sur l'index quand j'ai avancé la main pour le calmer. Mon sang a coulé sur la table, le hibou l'a piétiné et étalé. J'aurais dû y voir un signe. Ne jamais s'offrir sciemment à un animal dangereux, et ne *jamais* faire confiance à rien ni à personne.

- 6 -

C'est une journée pourrie, donc je reste végéter dans le salon. Je regarde des émissions à la télé mais je zappe les infos, je n'ai jamais aimé voir les tragédies du monde se succéder sur l'écran. Je grignote quelques biscuits puis je somnole pendant environ une heure et demie pendant que la pendule de la cheminée tictaque avec une insistance grave.

On sonne à la porte. Je sursaute. Les derniers biscuits dégringolent sur la moquette.

Bill ? Presque 17 heures, il vient peut-être pour l'apéritif. Je suis submergée par l'excitation et la panique. Je ne suis pas présentable. À tous les coups mes cheveux sont aplatis sur mon crâne, et je sens que mes yeux sont secs et gonflés.

Je risque un regard vers la porte d'entrée. La silhouette derrière la vitre dépolie n'est pas celle d'un homme. Trop petite, des cheveux clairs. Cette personne colle maintenant son nez contre la vitre et ses traits m'apparaissent avec une netteté saisissante. Elle m'espionne comme un enfant effronté – qui pourrait faire une chose pareille, à part une personne qui sait qui je suis, qui me traque et qui…

Je m'oblige à respirer. Cette silhouette a quelque chose de familier, et puis je comprends. C'est Amber, la fille de Bill. Elle sait que je suis là, je le sens depuis l'endroit d'où je l'observe. Et puis le ridicule de la situation me heurte en pleine face. Je lisse mon chandail et je m'avance vers la porte d'un pas décidé. Elle m'épie ouvertement par la vitre, avec un air désapprobateur qui ne me plaît pas.

« On a besoin d'accéder à votre jardin, demain », annonce-t-elle sans préambule lorsque j'ouvre la porte.

Ce ton péremptoire me prend de court. « Pour quoi faire ?

— La clôture à réparer. D'après Papa, il faut changer le poteau et le fixer dans le ciment, sinon ça ne tiendra pas. Il a pris un type qui va venir le faire. Ils auront besoin de creuser un trou et ensuite ils apporteront la clôture. Il n'y a pas la place dans la cuisine de Papa à cause du bar, donc ils veulent passer par chez vous parce que vous…

— Bill n'aurait pas pu venir me le dire lui-même ? »

Son front se plisse. « Il ne peut pas sortir pour le moment. Stress post-traumatique. Ça lui arrive, des fois. Rien de personnel, ne vous en faites pas. »

Le son de sa voix me hérisse. « Je ne le prenais pas comme ça.

— Donc, on peut ?

— Quoi donc ?

— Accéder à votre jardin ?

— Oui. Non. » Mes joues commencent à chauffer. « Attendez, ce serait quand ?

— Demain. Dans la matinée. » Une pause. Elle plisse les yeux. « Vous pouvez me rappeler votre prénom ? »

Le vestibule rétrécit autour de moi. Les murs se rapprochent. Comme dans le rêve de la nuit dernière. Je réponds : « Robin », avec un peu trop d'empressement.

« Votre visage me dit vraiment quelque chose. Je me demandais si vous n'aviez pas été prof dans mon ancien lycée. Vous avez un truc.

— Quel truc ?

— Vous savez. *Le* truc. » Elle laisse passer un temps, puis elle éclate d'un rire dénué d'humour. « Un air à avoir bossé avec des gosses autrefois. »

La certitude qu'elle sait, encore une fois. Mes doigts se replient sur eux-mêmes, mes poings se serrent. Si elle sait, elle peut tout foutre en l'air. Elle peut le raconter à d'autres, à Bill, le dégoûter de moi. Ils feraient courir le bruit et tout le monde me tomberait dessus.

Fais-la taire, m'intime une voix. Empêche-la de parler.

Non, non, c'est idiot. Je dramatise. Elle ne sait rien. Si elle savait, elle ne serait pas en train de discuter clôture avec moi. Je surinterprète beaucoup trop, je me laisse emporter par la paranoïa. Le médecin de la prison m'avait avertie ; ses conseils étaient sensés et je ferais mieux de les suivre. Personne ne me traque ni ne m'en veut, voilà la vérité.

Je marmonne : « Pas de gamins », et puis j'ajoute, plus fort : « Je n'ai jamais travaillé avec des enfants. »

Elle hausse les épaules. « OK. Donc, demain vers 10 heures, c'est bon ? »

Je hoche la tête, incapable de trouver quelque chose à répondre.

Elle hoche la tête à son tour. Sèchement, elle conclut par un : « Bonne soirée. » Le soulagement que j'éprouve en la voyant partir est presque grisant. Cette femme est une chose malveillante, une créature ultra-privilégiée qui se dissimule derrière un beau visage. Je ne peux m'empêcher de lui souhaiter du mal, d'espérer qu'une voiture la renverse ou qu'un arbre s'abatte sur elle. Tout ce qui pourrait mettre fin à ses jours.

Ce sont des pensées toxiques. Je dois garder à l'esprit que, même cantonnées au silence de mon crâne, elles sont déplacées. Déjà parce que Bill serait malheureux de la perdre. Ce serait dommage. Le docteur Holland dirait que je dois l'admettre et comprendre qu'aucun acte n'est sans conséquences. Mais certains actes ne valent-ils pas leurs conséquences ? Le positif ne surpasse-t-il pas le négatif ?

J'ai toujours eu une vision utilitariste du monde. Les codes moraux sont des inventions de l'Église, en tout cas c'est ce que Papa aurait dit. Ils ont été instaurés pour asservir les masses incultes et sont en réalité parfaitement dépourvus de sens.

En somme, ils ne sont pas pour les gens comme nous.

Conformément à ce qu'a annoncé Amber, la sonnerie retentit à 10 heures le lendemain matin. Cette fois je suis mieux préparée : je suis coiffée et j'ai troqué mon chandail informe contre une chemise et un gilet.

Bill m'adresse un sourire d'excuse quand je l'invite à entrer avec l'artisan. C'est étrange, il a l'air d'avoir pris un coup de vieux ; peut-être le résultat d'une mauvaise nuit. Si c'est le cas, je compatis.

« Désolé, dit-il tandis que je mène les deux hommes vers la porte de derrière. J'espère qu'on ne vous dérange pas trop. »

De ma voix la plus enjouée, je réponds : « Mais pas du tout, vous plaisantez. Je préfère que la clôture soit réparée. Est-ce que je peux vous faire une tasse de thé ? »

L'artisan décline d'un mouvement de tête et sort dans le jardin. Bill lève le pouce en me souriant d'un air engageant. Il paraît déjà rajeuni. J'ai envie de croire que c'est moi qui produis cet effet sur lui. Je lui tends un mug et le reste des biscuits d'hier.

« Pile ce dont j'avais besoin, dit-il avec un soupir de gratitude. Ça va me redonner du poil de la bête.

— Qu'est-ce qui vous arrive ? » Je lui fais signe de s'asseoir.

Il se laisse tomber sur une chaise. « Comme d'habitude. J'ai des passages à vide. Et je repense à la rue, ce qui n'arrange rien. J'en ai bavé, vous savez. J'en garde des cicatrices – sur le corps et dans la tête.

— C'est affreux.

— Oui. La rue, c'est chacun pour soi.

— J'imagine. » Et je ne le sais que trop bien. C'était pareil en prison. Lutter pour sa survie, jour après jour. Bien sûr, Bill n'a pas besoin de le savoir. Plus que tout, je veux éviter qu'il sache combien j'ai souffert quand j'étais là-bas.

Il porte sa tasse à ses lèvres d'un geste étonnamment délicat, qui détonne avec sa peau tannée et ses grandes mains. « Une fois, j'ai cru que j'allais y passer, dit-il sur le ton de la conversation. À cause d'un mec ivre mort qui avait un couteau. Il ne m'a pas raté, en plein dans les côtes. »

Machinalement, je baisse les yeux vers son flanc. « Mais vous avez survécu.

— J'ai eu de la chance, un Ange de la rue m'a trouvé. Les bénévoles qui parlent avec les sans-abri, vous savez ? Mais la blessure continue à me faire souffrir, alors que ça fait presque dix ans.

— Heureusement que certaines personnes ont bon cœur.

— C'est vrai. Je ne comprends pas cette mentalité. Vous comprenez, vous ? »

Je me fige, la tasse près de la bouche. « Qu'est-ce que vous voulez dire ?

— Essayer de tuer quelqu'un. Il y a vraiment des gens qui ont des problèmes. »

Je ne réponds rien, non que je ne le veuille pas, mais j'en suis physiquement incapable. Je me sens mise à nu, exposée. Je dois garder un visage neutre.

« Est-ce que ça va ? demande Bill tout bas. J'ai dit quelque chose qui vous a blessée ? Je suis…

— Non, tout va bien. » Ma réponse est plus cassante que je ne le souhaitais. « J'ai mal à la tête, c'est tout. Je suis un peu dans le gaz à cause des cachets que j'ai pris. »

Il s'avance vers moi et me touche la main, une ou deux secondes, pas plus. « Je sais ce que c'est. Si vous voulez, on n'est pas obligés de parler. On peut simplement finir notre thé. »

Je souris. Il comprend. Évidemment, il comprend ; sa bonne nature apparaît dans tous les creux de son visage. Il est attentif aux autres. Il ne les considère pas comme des choses qu'il peut utiliser et rejeter à sa guise. Il *me* comprend, peut-être. J'en suis certaine, même si par moments son sourire devient carnassier et si ses yeux s'attardent de manière indécente.

Il vaut cent fois mieux qu'Henry. Non, mille fois. Cela dit, Henry ne plaçait pas la barre très haut.

Il ne savait montrer son affection que par des cadeaux. Un gâteau remonté de la cantine et déposé sur mon bureau. Un bracelet avec des breloques putassières. Il aimait que sa générosité se voie, et je croyais que c'était un aspect vital de sa personne, au même titre qu'un membre ou qu'un organe. Et puis j'ai compris avec quelle facilité ces objets pouvaient disparaître. Avec quelle rapidité il pouvait baisser le rideau, cacher les babioles témoins de sa tendresse et me renvoyer à ma solitude.

Il serait certainement enchanté d'apprendre que je n'ai plus personne. Que, même si je suis sortie de prison, je reste séparée du monde. Il n'a jamais compris que je suis solitaire par nature. Comme les oiseaux de proie, je survis mieux sans les autres. S'il croit que cette existence me pèse, c'est qu'il ne m'a jamais réellement cernée.

D'ailleurs, il l'a admis le jour où il m'a annoncé que c'était terminé, au milieu d'un tombereau de platitudes. Ce n'était pas ma faute, c'était la sienne. Il ne pouvait pas s'engager, sa famille aurait été anéantie. Ça avait été sympa, mais ces choses-là ne duraient jamais éternellement. Je lui ai rappelé que les albatros conservent le même partenaire toute leur vie. Un tic nerveux a agité sa lèvre, et il m'a répondu que nous n'étions pas des albatros et que nous vivions dans le monde réel. Et puis il a attrapé sa veste de costume qu'il avait posée sur le dossier de la chaise et il a fichu le camp. Il m'a laissée seule dans la pénombre, mon chemisier encore déboutonné jusqu'à la taille. Il avait satisfait son désir une dernière fois avant de partir, c'était bien son style. Avide et égoïste, du début à la fin.

Je me souviens d'avoir pleuré, mais pas tant que ça. Henry était un homme cruel et vil, il ne méritait pas mes larmes. Ce sont l'ignominie et l'humiliation, en revanche, qui m'ont fait fondre en larmes. J'avais succombé, encore et encore, à sa volonté, et je n'en retirais rien qui ait une quelconque valeur. Je n'étais même pas tombée enceinte ; d'ailleurs, je ne le voulais pas. Les femmes sont tout à fait capables d'être heureuses sans enfants, et j'aurais été écœurée de porter sa progéniture pendant neuf mois. Mais quand même. C'est étrange, les chemins que prend la vie.

Nous en avons parlé une ou deux fois, Ditz et moi, pendant ces matins froids dans la cour de la prison. Les bébés. Elle était heureuse de ne pas être tombée enceinte de son voisin qui l'avait violée, adolescente, un soir où elle avait dormi chez lui. La maternité devait être une chose éreintante. Ça nous avait rapprochées, ce moment entre femmes dans lequel aucun homme ne pouvait s'incruster. Dans ces instants, je crois que je la considérais presque comme une amie.

Je lui ai dit qu'il était préférable de rester seule, que j'étais bien placée pour le savoir. Mais elle ne m'a jamais vraiment crue.

C'est une bonne journée, je l'ai décidé. Froide et ensoleillée, aussi claire que le cristal. Trop froide pour ce début d'automne, diraient certains, mais j'apprécie cette fraîcheur. Elle me rappelle l'air piquant du large sur les îles de Jura ou de Sark, où les vents déchaînés charriaient une odeur de glace venue de l'Arctique lointain.

J'ai ma liste de courses. Elle est trop longue à mon goût, mais j'ai été paresseuse ces derniers temps et les besoins urgents se sont accumulés. Le thé, le lait, les petits biscuits, et aussi des gâteaux au citron, par pure gourmandise. Je préfère les acheter au magasin, mon dernier échec m'a ôté tout enthousiasme pour la pâtisserie. Je trouverai peut-être le courage d'appeler Bill tout à l'heure pour lui proposer de les partager avec moi. Du vin : deux bouteilles cette fois, car l'habitude de boire revient avec une facilité merveilleuse.

Je me sens presque heureuse aujourd'hui. Plus fraîche, à croire que mon corps se défait peu à peu de cette ancienne vie pour donner naissance à une nouvelle version de moi, plus éclatante. Mes sacs à provisions sont prêts, mon porte-monnaie est dans mon sac à main. La vie est belle.

Au supermarché, le jeune employé me tient la porte. Je le remercie et il me sourit. Le magasin est plus grand que l'épicerie de mon quartier, avec une enfilade d'armoires réfrigérées, de rayonnages, de bacs à fruits et légumes. Je navigue lentement, prends le temps de choisir. Il y a tant de choses qu'on ne trouvait pas autrefois. Les variétés de graines et de noix, par exemple : pistaches, cajous, macadamias. Avant, je n'aurais trouvé que des cacahuètes. Des montagnes d'olives de différents parfums et différentes tailles. Des types de pain dont j'ignorais jusqu'à l'existence. Le levain demeure un mystère ; il faudra que je goûte. Dans un esprit positif, je dépose une miche dans mon panier.

C'est un plaisir simple. Finalement, il n'est pas impossible que tout se passe bien. Comme l'a dit le docteur Holland, ce sont les petits pas quotidiens qui font la différence. Je paie avec ma carte, puis je range mes emplettes dans mes sacs et je ressors sous le soleil. Ça a été d'une simplicité enfantine.

D'abord j'entends le crissement des freins, et puis le hurlement. Un mouvement, une voiture trop proche, une voix de femme qui crie un prénom. Jordan ou Jayden. Un enfant passe à toute allure devant moi, un éclair de cheveux noirs et d'anorak trop grand. Instinctivement je tends la main, lui empoigne le bras et le tire en arrière. La voiture, le pare-brise est tout proche. Le vieux au volant paraît trop grand pour être réel, et le soleil se reflète dans les verres de ses lunettes. L'enfant se met à pleurer et je déglutis. La voiture pile à deux centimètres de ma jambe. Je ne sais pas par quel miracle j'ai réussi à ne pas lâcher mes courses.

Rien de cassé, rien de cassé, je me répète ces trois mots en inspectant mes genoux et mes sacs. Une main apparaît devant moi et s'empare de l'enfant. J'entends des phrases étranglées, un sanglot, et puis quelqu'un dit : « Merci. » Quelqu'un d'autre ajoute : « Vous avez sauvé la petite. »

C'est donc une fille. Je regarde enfin la créature, serrée dans ce que je devine être les bras de sa mère. Elle a un nez en trompette et les yeux chiffonnés, une substance rouge et poisseuse tartinée autour des lèvres.

« Vous avez sauvé la vie de mon bébé », dit la mère. Elle est mince, ses clavicules ressortent comme deux lames. « Jordan est partie en courant, je ne sais pas ce qui lui a pris. » Sans reprendre son souffle, elle se tourne vers le chauffard et lui déverse un torrent d'insultes. Le vieil homme tremble de tout son corps et s'efforce de sortir de sa voiture sans perdre l'équilibre.

« Est-ce que ça va ? me demande une autre femme. Vous avez des réflexes incroyables… la vitesse à laquelle vous l'avez attrapée.

— J'ai jamais vu ça », ajoute un homme.

J'acquiesce en évitant de les regarder. J'ai l'impression d'avoir la tête sous l'eau ; je dois être en état de choc, tout est arrivé si vite. Une autre personne, un jeune homme cette fois, pointe son téléphone dans ma direction. Une lumière vive m'éblouit. Il hoche la tête, range l'appareil dans sa poche et s'en va.

Je marmonne : « Je ferais mieux d'y aller. » Un attroupement se forme autour de moi, qui me met mal à l'aise. D'autant plus que je n'ai pas fait grand-chose, seulement choper la gamine quand elle est passée devant moi. J'étais à peine consciente de ce que je faisais.

« Je vous suis tellement reconnaissante, dit la mère. Je ne sais pas ce que j'aurais fait si vous n'aviez pas…

— Ce n'était rien, je vous assure. » Je commence à m'éloigner.

J'entends des chuchotements. Des remarques ébahies. En un sens, cette admiration me fait chaud au cœur. Il y a longtemps que je n'ai pas reçu de compliments. Mais leurs regards me rendent nerveuse. Je dois être invisible. Leur attention va à l'encontre de tout ce que je me suis entraînée à être : quelconque, fade, insignifiante. Tout ce que *Robin* est censée être.

Quelqu'un m'appelle, mais je fais mine de ne pas entendre et j'accélère. Mieux vaut qu'ils m'oublient tout de suite. Je n'ai surtout pas besoin qu'on s'intéresse à mon visage, même s'il a beaucoup changé depuis tout ce temps. Il faut que je rentre. Que j'arrive chez moi, et vite. La joie que j'éprouvais tout à l'heure me paraît maintenant risible ; un rêve puéril auquel je n'aurais pas dû me laisser aller. La vérité, c'est que je ne connaîtrai jamais la sécurité, pas tant que je serai de ce monde. Et je serais idiote de mettre en péril tout ce que j'ai déjà accompli.

- 7 -

Le lendemain, je reste au lit alors que le soleil est déjà haut dans le ciel. Ma couette est trop douillette, impossible de lui résister ; je me sens enveloppée et protégée dans sa douceur. Et puis, juste avant 11 heures, on sonne à la porte. Je sursaute. Je suis encore ébranlée par ma sortie en ville, et le moindre bruit imprévu semble indiquer que quelqu'un qui me traque a fini par me retrouver.

Et puis ça me revient et je lâche un juron étouffé. Margot. C'est sa visite hebdomadaire, et je ne suis pas encore habillée. Non seulement elle va se dire que je suis une souillon, mais elle va formuler d'autres jugements, plus inquiétants ceux-là : je n'arrive pas à assurer, je n'aurais pas dû être relâchée dans le monde. Je refuse que ça se produise ; je me suis trop battue pour ma liberté, avec toutes ces séances de psychothérapie inutiles, tous ces sourires et ces hochements de tête artificiels.

La sonnette retentit encore alors que j'attrape un pull dans l'armoire. Margot est pressée, c'est évident ; une femme occupée qui déteste qu'on la fasse attendre. Sans compter que j'ai l'obligation légale d'être présente. Pour le moment, je dois être là chaque fois qu'elle vient ou appelle. Plus tard, je devrai lui rendre visite à son bureau.

J'enfile un pantalon en manquant de me casser la figure, puis je descends les marches deux à deux et j'ouvre la porte. J'espère que je ne suis pas trop dépenaillée, même si je suis certainement hirsute.

Elle fronce les sourcils en me voyant, puis elle tapote sa montre. « Je vous réveille ? » demande-t-elle, et elle entre sans que je le lui propose.

Je fais la grimace. « J'étais réveillée. Je lisais au lit.

— Il y en a qui ont de la chance.

— Je suis vraiment désolée, j'avais oublié que vous…

— Ce n'est pas grave. » Elle va dans la cuisine d'un pas décidé et, avec un soupir, s'assied à la table. « Je n'ai pas le temps de prendre le thé aujourd'hui, je suis déjà à la bourre. »

Je m'assieds à côté d'elle. C'est le déroulement ordinaire de nos rendez-vous, mais je me sens horriblement mal préparée à encaisser sa présence brusque, pragmatique. Je préférerais tellement retrouver mon lit, laisser les restes de somnifères me porter dans une semi-inconscience.

Devinant son irritation, je demande : « Quoi de prévu, aujourd'hui ?

— Ravie que vous me posiez la question. Nous devons parler de vous trouver un boulot.

— Personne ne voudra m'embaucher. »

Elle a un petit rire. « C'est toujours compliqué pour les ex-détenus. Pas étonnant que les taux de récidive soient aussi élevés : ils ne trouvent pas de travail, donc ils repartent dans l'illégalité.

— Je n'ai pas l'intention de commettre un nouveau crime.

— Excellente nouvelle. » Elle fouille dans son sac et en sort des papiers. « Je veux que vous lisiez ces documents. Ils vous aideront à chercher un travail, à remplir des formulaires de candidature. Ce genre de choses.

— Je ne suis pas prête à recommencer à travailler.

— Si vous voulez recevoir l'intégralité de vos allocations, vous allez devoir prouver que vous cherchez activement. »

J'inspecte mes ongles. C'est plus facile que de soutenir le regard de Margot.

« Robin », dit-elle enfin, et j'y entends davantage un avertissement qu'une demande d'attention. « Je suis consciente que c'est une perspective stressante, mais l'objectif est que vous sentiez que vous êtes normale, que vous faites partie de la société.

— Sauf que ce n'est pas vrai.

— Vous n'êtes pas normale ?

— Je ne serai jamais normale. Je ne ferai jamais partie de la société. »

Elle pose les papiers devant moi. « Lisez-les. Ensuite, je cocherai les cases qu'il faut. »

J'y jette un œil. Des documents officiels, écrits dans la police de caractères réglementaire bleu marine, sans fioritures. J'ai toujours aimé cette absence de chichis. Au moins, le gouvernement nous dit les choses telles qu'elles sont, ce qui n'est pas toujours le cas de Margot. Ses intentions sont bonnes, mais elle a tendance à digresser.

Je lui dis que je les regarderai plus tard.

« Très bien. » Un sourire forcé. « Qui sait, vous allez peut-être trouver un travail qui sera parfait pour vous. Je vous verrais bien dans un magasin. »

Je réprime un sarcasme. Si elle me voit bien dans un magasin, c'est qu'elle me connaît encore moins que je ne l'imaginais, or je n'imaginais pas grand-chose.

Bill est dans son jardin, il peint la palissade. J'aperçois le sommet de son crâne qui brille et oscille d'un côté à l'autre, et le bout du pinceau chaque fois qu'il arrive en haut d'une planche. Ça me rassure de le savoir là. Je sortirai peut-être lui dire un mot tout à l'heure – peut-être même que je l'inviterai à boire un verre.

Je commence à le considérer comme un ami. Ça me fait bizarre de penser à quelqu'un de cette façon. Ditz a été une amie au début, je crois, avant que notre relation ne tourne au vinaigre. Sa dépendance était un sac de pierres suspendu à mes épaules. J'en ai parlé aux gardiens, sur la fin j'ai même demandé qu'ils la mettent dans une autre cellule tant elle m'épuisait. Ils ne m'ont accordé aucune attention. Ils n'écoutaient jamais ce que j'avais à dire.

Je m'interroge : est-il possible de devenir amie avec un homme tel que Bill ? Je ne suis même pas certaine du protocole à suivre pour nouer une amitié. Si cela suppose de dévoiler des éléments de mon passé, alors c'est hors de question. Je dois rester Robin et ne pas redevenir Ava, même si j'adorerais qu'il connaisse mon vrai nom. Je ne veux pas qu'il sache que j'ai fait de la prison. Il s'imaginerait des femmes sales en tenues hideuses, coincées dans leurs cellules. Des femmes grossières, désagréables, au corps tatoué et au tempérament violent. Je sais qu'il a été à la rue et qu'il a certainement connu des femmes de ce genre. Mais je ne veux pas qu'il croie que j'en fais partie. Je veux qu'il sache que je vaux mieux que ça.

Et, surtout, il ne doit pas savoir de quoi j'ai été accusée. Il ne doit jamais apprendre ton existence, ni ce qui est arrivé ce jour-là. S'il l'apprenait, il commencerait à fourrer son nez partout. Il lirait de vieux articles et chercherait des choses sur son ordinateur. Il aurait accès à tous les mensonges que les journalistes ont montés en épingle et il les croirait parce que *tout le monde* les a crus. Et, pour finir, il me haïrait. Mon avocat, un commis d'office gris et usé, m'a glissé, juste avant le début du procès, qu'il avait reçu des menaces de mort. Pas uniquement dirigées contre moi mais aussi contre lui, pour avoir accepté mon dossier. Plusieurs avaient été déposées dans la boîte aux lettres de son cabinet. L'une était arrivée chez lui et menaçait également ses enfants. Les gens sont si prompts à juger et à pointer du doigt.

Je ne veux pas risquer de découvrir que Bill leur ressemble. J'en aurais le cœur brisé. Mais ça n'empêche pas que nous puissions avoir une relation, sous une forme ou une autre. Nous pourrions parler du présent, de notre jardin, de notre maison, de notre manière de reprendre nos marques dans cette nouvelle vie. Nous pourrions même regarder un film ensemble, à l'occasion. Je me demande s'il aime les classiques autant que moi. Il faudra que je lui demande ; ça nous fera un autre sujet de conversation.

Mais je ne sortirai pas dans le jardin pour lui parler. Il disparaît en milieu d'après-midi, et une heure et demie plus tard j'entends qu'on frappe à la porte. Je devine que c'est lui au rythme jovial de ses coups. Il porte une chemise à carreaux, col déboutonné et manches retroussées jusqu'aux coudes. Une boîte de chocolats sous le bras. Un sourire illumine son visage et je sens que je l'imite instinctivement.

Je le fais entrer et demande : « C'est pour moi ?

— Pour nous deux », répond-il en riant et en essuyant soigneusement ses pieds sur le paillasson. « Ma sœur me les a envoyés par la poste. Elle m'envoie des provisions de temps en temps, pour être sûre que je ne me laisse pas dépérir.

— C'est gentil de sa part.

— Je ne le mérite pas. Je me demandais ce que vous aviez prévu aujourd'hui, si vous auriez envie de faire un tour. Ça pourrait être sympa de profiter du soleil pendant qu'il est encore là. »

J'y réfléchis. L'idée de mettre le nez dehors continue à me tendre, mais je sais que je dois affronter mes peurs, comme me l'a dit le docteur Holland. Je ne peux pas passer mes journées enfermée – je mourrais de faim, et en plus il faut que je fasse renouveler mon ordonnance. Hors de question que ma réserve de *petits amis* s'épuise.

Lentement, je dis : « D'accord. Mais pas longtemps. Mes jambes ne sont plus ce qu'elles étaient. »

Il a un grand sourire. « Les miennes non plus. C'est déprimant de vieillir, non ? » Il dépose les chocolats sur les marches de l'escalier, puis me fait signe de sortir. « On y va ?

— Quoi, tout de suite ?

— Pourquoi pas ? Comme ça on aura le temps de discuter un peu en rentrant. »

Une partie cachée de moi se déride légèrement à cette idée. *Discuter un peu.* Comme ça paraît simple, gratuit. Une chose que font les gens qui ont des amis. Une image paisible m'apparaît, nous sommes assis dans le canapé, nous rions ensemble et il me tapote l'épaule, touche peut-être mes cheveux… Non. Pas ça. Quelle idée stupide. Je sens que mes joues s'embrasent et je bats vivement en retraite pour aller chercher un blouson. Il fait doux, mais j'ai souvent froid. Et puis j'éprouve un soudain besoin de me barricader, de me sentir en sécurité.

Il attend patiemment que je sois prête, aussi immobile qu'un totem sur le pas de la porte. Ses rides semblent presque gravées dans sa peau, sculptées dans son bois. Il est stoïque. Intemporel.

J'agite mon trousseau de clés et je lance : « C'est parti ? »

— Après vous, Madame », me répond Bill avec un clin d'œil.

Je ne m'étais pas rendu compte qu'il faisait aussi chaud, que l'été jetait ses dernières forces dans la bataille contre l'automne qui arrive. Il n'y a pas un souffle de vent, pas un bruit à part le chant guilleret d'un merle. Quelques goélands qui tournoient dans le ciel me ramènent en enfance, l'espace d'une seconde.

« Vous êtes plongée dans vos pensées, dit Bill pendant que je ferme la porte à clé.

— Ah bon ?

— Oui, souvent. Vous n'êtes pas quelqu'un d'ordinaire, ça c'est sûr. On dirait presque que vous cachez quelque chose.

— Pas du tout. » Je me suis raidie sans le faire exprès.

Il m'emboîte le pas dans l'allée et jusqu'au trottoir. « Je me demande si vous n'avez pas été actrice, vous avez eu un peu de succès à Hollywood, et un jour vous avez décidé de mener une vie anonyme en Angleterre. Amber a l'impression de vous avoir déjà vue, je parie qu'on a percé votre secret. »

Non, non, non. Cette conversation part très mal. Mon estomac se serre un peu plus à chaque mot, j'ai envie de rentrer en courant. Margot et les autres peuvent dire ce qu'ils veulent, je n'aurai jamais une vie normale.

« J'ai découvert le pot aux roses, Robin ? » Sa voix est trop forte au milieu du calme de cette après-midi.

Je lui dis : « Je serais incapable de jouer la comédie, même si ma vie en dépendait. » Ce n'est pas tout à fait vrai : chaque journée en prison était à sa manière une comédie, que je jouais par volonté de survivre. Dans le fond, la vie n'est pas autre chose que ça, une grande comédie.

« Peut-être une chanteuse, alors ? Ou une scientifique célèbre ? Amber est curieuse de…

— Amber est une fille très curieuse, non ? »

Il se gratte le menton. « Comment ça ? »

Respire. Je discerne une nervosité chez lui, une réaction inconsciente à ma propre attitude défensive. Il ne fait que se montrer chaleureux. Amber est une fouineuse horripilante, mais elle n'a rien contre moi. Il est capital que je garde tout ça à l'esprit.

« Je voulais dire de plus en plus curieuse, comme Alice. » Je me force à adopter un ton léger. « Ça semble être une chouette fille. » Mon sourire est vissé sur mes lèvres.

« Oui. D'ailleurs, elle va rester un moment avec moi. M'aider à repeindre le salon et la cuisine. Elle vient de traverser une rupture difficile, un peu de soutien ne lui fera sûrement pas de mal. Elle a des difficultés à côtoyer d'autres personnes, par moments. »

S'il espère que cette révélation va m'attendrir, il se fourre le doigt dans l'œil. Mais je suis consciente qu'il me faut répondre de manière appropriée. Je m'efforce de donner l'impression que j'en ai quelque chose à faire.

« C'est triste pour elle. Il était violent ? »

Il me regarde bizarrement. « Non, pas du tout. Elle a du mal à être en couple avec quelqu'un, et je n'ai pas été un très bon exemple de ce que doit être un compagnon.

— Vous n'y êtes pour rien. » Je vais pour lui toucher le bras, je me sens soudain plus sûre de moi, plus hardie.

Il regarde ma main et sourit. « Vous êtes sûre que vous n'avez jamais travaillé à Hollywood, Robin ? Vous avez ce petit côté glamour. »

Glamour. Un choix de mot ironique lorsqu'on sait que, à l'origine, il signifiait « enchanter l'autre ». L'ensorceler. N'est-ce pas ce que je suis en train d'essayer de faire ? Le charmer, le soumettre à ma volonté ? Peut-être, au fond. Il ravive une chose en moi que je croyais morte et enterrée depuis longtemps.

Je lui dis : « Personne ne paierait pour me voir dans un film.

— Je pense que vous vous trompez. Vous avez une beauté classique. De la classe. De l'élégance.

— Vous êtes beaucoup trop généreux. Je suis une femme qui n'est plus toute jeune et qui n'a rien de spécial.

— Je ne suis pas d'accord. Et de toute façon la beauté n'a pas d'âge. »

Cette fois je deviens rouge pivoine. C'est dangereux, mais c'est aussi exaltant, grisant. Je me sens légère comme un ballon, prête à m'envoler. Ce n'est qu'un flirt inoffensif, mais il me remplit d'émotions que je n'ai plus ressenties depuis longtemps.

Que je n'ai *jamais* ressenties. Avec Henry, c'était très différent.

Je dis : « Vous êtes un vieux charmeur. »

Il me répond d'un air entendu : « Donc j'en déduis que vous me trouvez charmant.

— Peut-être. Un petit peu. »

Au-dessus de notre tête, un goéland pousse son cri. Bill m'attrape la main, la glisse dans le creux de son bras et me sourit. Son corps est chaud contre ma paume. Avec un regard que je n'arrive pas à décrypter, il répond : « Je m'en contenterai pour le moment. »

J'ai l'impression d'être à nouveau une jeune fille. C'est terrifiant et enivrant à la fois.

Le soir, en me couchant, je remarque combien mon lit est vide. L'étendue du matelas deux places, la mer de coton qui le recouvre. Tout ça pour moi seule. En arrivant ici, j'étais emballée d'avoir tout cet espace. Maintenant, c'est son vide qui me frappe. Me donne l'impression de rétrécir.

J'imagine Bill dans ce lit, la couette jusqu'au ventre. Je parie qu'il a des muscles bien dessinés ; il a un côté sec, malgré ce petit ventre que je devine. Je me demande s'il a du poil sur la poitrine, des poils noirs qui grimpent de ses tétons vers son cou, ou bien s'il a une peau claire de poulet plumé. Je pense à d'autres endroits de son corps. Des endroits auxquels il y a bien des années que je n'ai pas pensé. Je me sens bête, autant à cause de ma pudibonderie que de mes pensées dévergondées. J'ai passé les cinquante ans. Mon corps n'est plus qu'une chose fonctionnelle dénuée de beauté. Et puis ma voix intérieure me rappelle, *Mais tout à l'heure il a dit que tu étais belle.*

Comme ce serait facile, dans un moment pareil, de laisser descendre ma main. De me caresser en pensant à lui, à lui qui me touche, qui m'embrasse dans le cou, à son corps contre le mien. Mais je sais aussi que ce serait absurde. Tout du long, des images défileraient dans ma tête, j'en suis sûre. Le rictus de Papa, dégoûté par mon incapacité à me maîtriser. Henry, affligé par ce que je suis devenue : une créature triste, entre deux âges, assoiffée de contact. Je me glisse entre les draps et remonte la couette jusqu'à mon menton. Emmitouflée comme une momie prête à être inhumée. Enfin, une chose morte, dépourvue de sexe.

Tu reviens encore me harceler, quelque part dans l'obscurité de la nuit. Ça ne me surprend pas, même dans mon rêve. Je sais que le bonheur ne sera pas pour moi, que la vie a décidé, à un moment, de m'en priver pour me faire expier mes fautes. Mes fautes. Et celles de ton père, alors ? Quelle place pour Henry dans ce tableau ? Je crois que je te hurle ces mots à travers l'atmosphère trouble et viciée du rêve, mais tu ne réponds pas. Tu ne m'entends peut-être pas. Tu as les yeux fermés. Tu ne te réveilles pas. Tu es sur la moquette, pareil que ce jour-là, et j'ai beau te secouer, tu n'ouvres pas les yeux. Je sens tes os se briser sous mes doigts. Non, ils ne se brisent pas : ils s'émiettent. Ils tombent en poussière, comme tout le reste de toi. Et je crie, *Je suis désolée* parce que je le suis, vraiment. Pourquoi refuses-tu de me croire ?

Ditz aussi est là, pendue au plafond. Ses pieds tombent près de mon visage. Mais elle rit et elle me montre du doigt parce qu'elle sait que je ne supporterai pas ça très longtemps. Son visage mute ; elle est un million de femmes tissées en une. Les salopes de la prison, balafrées et tranchantes comme des lames. Ma mère avec son menton fuyant, son regard perdu dans un horizon lointain où elle est seule. Jane Marshall, son visage de cheval et sa suffisance. Miranda, son long cou étiré presque à se rompre. Et toutes, toutes, elles rient, rient, rient…

(Réveille-toi, il faut que tu te réveilles.)

Tu ne te réveilles pas. Les autres non plus. Moi non plus, je n'en ai pas envie. Je le veux. Il le faut.

Mes yeux s'ouvrent. Je suis dans ma chambre. Il n'y a pas de pieds qui pendent. Pas d'adolescents immobiles et tristes, intolérables à regarder. Rien que moi, seule dans ce grand lit froid.

Il y avait longtemps que je ne t'avais pas vu en rêve. Généralement cette horreur m'est épargnée. Mais j'ai été heureuse dans la journée, avec Bill. C'est peut-être la manière que la vie a trouvée pour rétablir l'équilibre, me rappeler que je n'ai aucun droit à la joie.

Je me souviens d'y avoir pensé, à un moment de mon sommeil. J'ai perdu ce privilège il y a bien, bien longtemps.

Je regarde le réveil sur la table de chevet. À peine 2 heures du matin. Il me reste une foule d'heures noires avant de pouvoir légitimement sortir de ce lit, et je ne peux plus prendre de somnifère, ça ferait trop. Un grincement étouffé transperce le silence, suivi par une toux grave. L'espace d'une seconde je me dis que c'est toi, que tu t'es échappé de mon subconscient dans la réalité. Et puis je comprends que c'est Bill, tout juste audible à travers le mur. Sa chambre doit être collée à la mienne, comme souvent dans les maisons mitoyennes. Il est là. Ça me rassure peut-être un peu.

J'allume la lampe et je prends mon livre. L'histoire d'un voyageur solitaire qui explore les Hébrides extérieures. Un vieux bouquin, légèrement tavelé par le passage du temps ; je l'avais aimé quand j'étais jeune et je l'ai exhumé de mes cartons. Il m'offre un semblant d'évasion. Et, pour le moment, c'est tout ce que j'ai.

Le lendemain matin, la sonnette tinte à nouveau de bonne heure. Je commence à prendre l'habitude d'avoir de la visite. J'aperçois déjà le grand sourire de Bill derrière la vitre dépolie. Il agite quelque chose. Une feuille de papier, peut-être.

Je retape ma coiffure en regrettant de ne pas avoir le temps de me mettre un coup de baume à lèvres. Je me sens crevée et j'espère seulement que ça ne se voit pas trop, que je ne vais pas rebuter Bill. J'ouvre la porte et j'ai un mouvement de recul lorsqu'il me tend un journal.

« Vous êtes célèbre, dit-il en entrant. Regardez !

— Alors ça, ça m'étonnerait. » Je ne voulais pas être aussi cassante. Sa présence dans mon vestibule exigu m'oppresse. Je me sens toute petite, aussi impuissante qu'un faucon sous son capuchon.

Il tape sur le journal avec son doigt. Je regarde de plus près, mon souffle se bloque dans ma gorge.

C'est moi. C'est une photo de moi. Un peu floue, et ma main cache une partie de mon visage, peut-être pour me protéger. Mais pas de doute, c'est mon visage que j'ai devant moi, et ce sont mes yeux qui me regardent.

Je me recule et je dis : « C'est pas ce que vous croyez. Je ne sais pas ce qu'il y a d'écrit, mais…

— Ça dit que vous avez sauvé la vie d'une petite fille, Robin. C'est génial ! »

J'inspire profondément. Les mots qu'il vient de prononcer font vibrer un fil dans ma mémoire. Une petite fille. Sauver une vie. Des gens qui parlent autour de moi. Une voiture qui pile, des pneus qui crissent. *Jordan.* La mère qui me remercie. Un flash, quelqu'un qui braque un téléphone portable sur moi ; c'est sûrement de là que vient la photo.

« C'était pas grand-chose. » Je suis tellement soulagée que j'en perds toutes mes forces. « Je l'ai attrapée instinctivement.

— Il y a écrit que, sans vous, la petite fille aurait été renversée par la voiture.

— Non. Elle ne risquait rien. »

Il hausse un sourcil. « Vous n'aimez vraiment pas qu'on s'intéresse à vous, hein ? À votre place, je serais en train de le crier sur tous les toits. » Il me montre encore le journal. « Ici, c'est écrit que vous êtes une *héroïne anonyme*. Regardez, là. Une héroïne !

— Je ne suis pas une héroïne. » Je ne veux pas regarder – je ne pourrais pas lui expliquer la gêne que j'éprouve à voir mon visage étalé sur la page –, mais quelque chose me pousse à lire cet article. Il faut que je sache ce qu'il y a dedans et s'il représente un risque pour moi. Ce n'est certainement pas une bonne chose que ma photo soit imprimée, elle pourrait faire resurgir des souvenirs chez certaines personnes qui commenceraient alors à fourrer leur nez dans ma vie.

Par chance, le texte est court. Je remercie le rédacteur en chef de l'avoir enfoui à la page 12, en compagnie d'un papier sur un petit incendie à l'autre bout de la ville et d'une histoire de chien adopté. Des bribes de phrases me sautent au visage. *Femme au grand cœur. Sauvé la vie. Humble. Partie en refusant de donner son nom.* Je suis horrifiée par cette exposition, mais je dois aussi admettre qu'elle me fait chaud au cœur. Ces gens m'ont *aimée*. Ils éprouvent de la gratitude pour ce que j'ai fait. Jusque-là, les seuls à m'avoir témoigné de la gratitude étaient les oisillons auxquels je donnais des miettes dans leur nid délabré. Les humains, eux, ont toujours fait comme si je n'existais pas.

Je rends le journal à Bill en disant : « Personne ne va lire ça. C'est un non-événement.

— Je ne pense pas. » Il reprend le journal, le plie et le coince sous son aisselle. « Vous êtes plus remarquable que je ne le croyais, Robin Smith. »

Remarquable. C'est la première fois qu'on dit ça de moi. Je n'arrive pas à réprimer le sourire qui éclôt sur mes lèvres.

Je marmonne un merci et je détourne les yeux. Cette bouffée d'émotion me submerge presque.

Il pose une main sur mon épaule et attend patiemment que je relève le menton et laisse mon regard se river tranquillement au sien. « Ce n'est rien, dit-il. Est-ce que je pourrais avoir l'audace de vous inviter quelque part, en l'honneur de votre bon cœur ? Une soirée en bonne et due forme, pas juste une tasse de thé rapide.

— Un rendez-vous, vous voulez dire ?

— C'est exactement ce que je veux dire. Au restaurant, peut-être.

— Est-ce que nous en avons les moyens ? »

Il a un petit rire. « Mes allocations devraient être juste suffisantes pour financer une grande occasion. Qu'est-ce que vous en pensez ? »

Je déglutis. Et en même temps que le liquide accumulé dans ma gorge, j'avale mes peurs, mes défenses et mes doutes. Je les enfouis loin en moi parce que je veux recommencer à vivre. Je veux être la personne que j'étais il y a toutes ces années. J'en ai marre d'être rongée par la tristesse et la peur.

Je propose : « Demain soir ?

— Marché conclu. Je passerai vous chercher à 18 heures ; on pourra aller en ville à pied tous les deux. »

Aller en ville à pied tous les deux. Remarquable. Tout cela est effectivement remarquable. C'est plus fort que moi, je souris comme une démente pendant qu'il s'éloigne à reculons en agitant joyeusement la main.

- 8 -

« Alors, qu'est-ce que ça vous fait d'avoir un rendez-vous ? » me demande le docteur Holland en se penchant vers moi et en posant les mains sur ses genoux. Il est visiblement ravi de changer de sujet. Je ne peux pas lui en vouloir : parler d'événements qui remontent à des années peut se révéler ennuyeux à la longue.

Je hausse les épaules. « Ça me fait plaisir, je crois.

— Et c'est bien sûr un pas en avant. Mais avez-vous réfléchi à lui parler de votre passé ?

— Comment ça ?

— Si votre relation commence à devenir un peu sérieuse, vous devrez lui raconter certaines choses. Ce ne sera pas une conversation facile. »

Je sens que ma mâchoire se crispe. « N'allons pas trop vite. C'est seulement un premier rendez-vous.

— Mais tout à l'heure vous avez laissé entendre que vous aviez déjà de l'affection pour lui.

— C'est mon voisin. C'est quelqu'un de bien.

— En effet. À votre avis, comment est-ce qu'il réagira lorsqu'il apprendra à mieux vous connaître ? C'est un sujet qu'il pourrait être intéressant d'aborder ici, dans un cadre plus confortable.

— Je pense qu'il est trop tôt pour se poser cette question. » La vérité est que je ne veux pas y penser. Ce n'est pas nécessaire. Dans mon imagination, Bill et moi pourrions partir ensemble, voyager dans les îles écossaises, loin de tout. Nous serions seuls, lui et moi, et le fait que je sois Robin ou Ava n'aurait aucune importance. Il n'apprendrait jamais l'existence de mes erreurs passées, et ce serait très bien comme ça.

Le docteur Holland me fixe d'un air pénétrant. « Ce n'est qu'un aspect d'un problème plus large. Tout ce processus exige notamment que vous preniez conscience de ce qui s'est produit. Nous en avons souvent parlé. Si vous vous rapprochez de cet homme, il aura le droit de savoir, vous ne pensez pas ? »

Un *droit*. Il parle de droit, lui qui, du fait de son sexe, de la couleur de sa peau et de sa situation sociale, a toujours tout eu sur un plateau. Et d'ailleurs, qu'est-ce qu'un droit ? Avais-je un droit à ne pas être traitée comme je l'ai été par Henry ? Un droit à ne pas perdre ma vie en prison ?

Il fronce les sourcils. « J'ai dit quelque chose qui vous a froissée, Robin ? »

Je m'appelle Ava. Je resterai toujours Ava. Je me force à sourire. « Non, je digère l'information, c'est tout. » Aussi désinvolte qu'une lycéenne. « Vous avez sûrement raison. Comme d'habitude.

— C'est gentil de votre part. N'oubliez pas, la clé de la guérison, c'est l'honnêteté avec vous-même. Et avec les autres.

— Bien sûr. » Et en disant cela, je songe que les personnes qui ont été réellement honnêtes avec moi doivent se compter sur les doigts d'une main.

Je n'arrive pas à décider ce que je vais mettre ce soir. Ma jupe pourpre me paraît trop osée et mon pantalon de velours fait mémère avec sa taille très haute. J'ai acheté un chemisier écossais à ma sortie de prison, mais je n'arrive toujours pas à le porter. Il ressemble bien trop à ce que mettait Jane Marshall. Peut-être un pantalon et un haut noirs. Quelque chose de neutre. Qui mettra en valeur le collier en argent qui a patienté toutes ces années en garde-meubles, un des rares objets de ma mère que j'ai été autorisée à conserver. Sans compter que le noir amincit, c'est ce que les femmes disent toujours.

Quand je me regarde dans le miroir, j'entrevois ma mère dans mon reflet. Mon visage est plus charnu, mais il y a une terreur tapie dans mon regard qui me fait penser à elle. Qu'est-ce qu'il adviendra de moi si je me couvre de ridicule ce soir, ou si je ne dis pas ce qu'il faut ? Si Bill réussit à deviner que j'ai fait de la prison ? Sans m'en rendre compte, j'ai peut-être perdu ma bonne éducation. Adopté une manière inélégante de tenir ma fourchette ou de m'essuyer la bouche avec les doigts, autant d'attitudes qui trahiraient mon passé criminel.

Il ne faut pas que j'y pense. Ça risque de me miner, et je ne le supporterais pas après tout ce chemin parcouru. J'ai déjà prouvé ma résistance et je le referai. C'est ma nature, après tout. C'est ce que Papa m'a enseigné.

Je me demande si j'ai ressenti la même chose la première fois que j'ai retrouvé Henry après le travail. Ce trac. Cette excitation. Cette panique. C'est si vieux, je ne m'en souviens plus. Je me rappelle seulement la lumière ambrée du bar et la condensation qui ruisselait sur mon verre de vin. L'odeur des cigarettes, le brouhaha. Des petits détails, pas une vue d'ensemble, et c'est probablement aussi bien.

Le visage d'Henry m'apparaît – un autre épisode, affreux et pénible. Les lèvres pincées, les doigts serrés sur le battant de sa porte, il était furieux. *Qu'est-ce que tu viens faire ici ?* J'entendais des voix quelque part dans la maison. Sa fille, qui demandait où était sa Barbie ballerine. La réponse cinglante de Miranda, étouffée par plusieurs murs. Je ne sais plus ce que j'ai répondu. Un reproche quelconque, certainement. Il m'a ordonné de partir au moment où la tête de Miranda apparaissait dans l'encadrement d'une porte un peu plus loin dans le couloir, sourcils froncés, tendue, suspicieuse. Elle a demandé, *Qu'est-ce qui se passe ?* ; moins une question qu'une accusation portée contre moi. *Henry ?*

J'avais l'intention de lui dire ses quatre vérités sur le pas de sa porte, de lui montrer qu'il n'avait pas le droit de séduire une femme pour s'en débarrasser quelques mois plus tard. Que ce n'était pas juste ; que c'était moralement condamnable, odieux. Le genre de comportement qui, d'après Papa, aurait mérité qu'il soit éventré et écartelé. J'en suis convaincue. *À moins que ?* Je repense à Jane Marshall, à son sourire éclatant. À Papa qui enroulait ses bras autour de sa taille pendant qu'elle faisait la vaisselle.

Non. Papa n'était pas comme Henry. Entre Henry et Jane, par contre, il y avait un air de famille. Deux parasites qui se nourrissaient de la vie de leur entourage. Ils ne valaient pas mieux l'un que l'autre.

J'ai tellement voulu tuer Henry pour ce qu'il a fait. Je n'en parlerai jamais au docteur Holland ni à personne, mais quand je suis dans mon lit sans pouvoir fermer l'œil, il m'arrive souvent d'imaginer que je l'emmène sur l'île de Skye, de Rum, de Lundy, que je vais avec lui jusqu'au bord de la falaise et que je le fais basculer. Histoire de voir si son arrogance lui fait pousser des ailes. De voir son corps exploser sur les rochers, loin en bas.

Ce sont des idées trop sombres, surtout dans un moment comme celui-ci. Je vais vers la commode et j'allume la radio. Un bavardage insipide comble le silence, des rires enregistrés. Une publicité pour un fabricant de carrelage, une autre pour une aire de jeux sécurisée dans mon quartier. Tous ces enfants. Les enfants d'Henry. L'enfant que j'ai été, aussi. Seule, toujours seule.

Je décide que, ce soir, je vais me maquiller. J'ai retrouvé un eye-liner dans un de mes cartons. À ma surprise il est encore à peu près bon. Le fond de teint était fichu mais j'ai une peau acceptable. Si ce rendez-vous se passe bien, j'irai peut-être en ville demain pour m'offrir deux ou trois bricoles – un rouge à lèvres ou du fard à paupières. Pas de folies ; je ne suis pas très coquette.

Tout en cherchant l'eye-liner dans mon tiroir je me répète, *Seule*. Les choses auraient-elles pu être différentes ? Oui, j'en suis sûre. Oui.

« Qu'est-ce que vous en pensez ? » me demande Bill en me tenant la porte.

Il fait sombre dans le restaurant. C'est la première chose que je remarque. Je crois qu'on appelle ça une ambiance tamisée. De fausses bougies clignotent sur les tables, des rideaux à festons occultent les fenêtres qui donnent sur la rue.

« Ils ont une bonne note sur TripAdvisor », continue Bill, visiblement aussi nerveux que moi. Il n'a pas l'habitude de ce genre d'endroit, ça saute aux yeux et ça le rend d'autant plus charmant.

Une serveuse s'empresse de nous accueillir, la taille serrée dans une jupe noire, l'expression du visage déjà blasée. Elle me paraît incroyablement jeune, et puis je me rends compte qu'elle a une vingtaine d'années, l'âge que j'avais quand j'ai mis les pieds en prison. Je me demande comment cette minette tiendrait le coup enfermée dans une cellule du matin au soir, et si elle y survivrait. J'en doute. On n'est pas nombreuses à y parvenir.

« Vous avez réservé ? » demande-t-elle en parcourant le carnet sur son pupitre.

Bill tape du doigt sur une feuille. « C'est nous. 19 heures pile. »

Un sourire forcé. « Parfait. Venez avec moi. »

Je la suis vers le fond du restaurant. Une table isolée, s'il vous plaît. L'ironie de la situation ne m'échappe pas. Ce pourrait être la table à laquelle nous avons pris place, Henry et moi, il y a si longtemps. Même banquette pourpre, mêmes reflets boisés. La musique aussi est identique : un piano élégant en sourdine. Décidément, le passé ne peut pas s'empêcher de me tourmenter.

« Tout va bien ? me demande Bill pendant que je m'installe.

— Oui, c'est superbe. » Je lisse mon haut. Tout compte fait, le noir n'était peut-être pas un si bon choix. La moindre tache de nourriture se verra. J'ai du mal à soutenir le regard de Bill, et son attitude me rappelle celle d'Henry, sans que je sache trop pourquoi. Peut-être ce coude de propriétaire qui occupe une place excessive sur la table.

Et puis il se recule et l'illusion se dissipe. « Vous êtes encore plongée dans vos pensées, dit-il. Je commence à m'y faire. Vous partez loin dans votre tête et vous disparaissez.

— Pardon. J'ai trop l'habitude d'être seule avec moi-même. Quelquefois j'oublie les autres.

— Ne vous excusez pas. Promettez-moi seulement de me le dire si je vous embête.

— Comment ça ?

— Il y a des moments où vous avez l'air malheureuse. Et ce soir, il est hors de question que l'héroïne de la ville soit malheureuse, d'accord ? »

Je m'oblige à rire. « Arrêtez avec ça.

— Oh non, je vais continuer à vous bassiner. C'est pas rien ! Le problème, c'est que, maintenant, Amber est encore plus convaincue de vous avoir déjà vue quelque part. Elle n'arrête pas d'examiner votre photo en marmonnant quelque chose à propos de vos yeux. »

Ses yeux froids. C'est ce que les journaux disaient, autrefois. *Ses yeux froids et durs. Dépourvus de remords. Dépourvus d'émotion. Froids.* Comme s'ils pouvaient savoir ce qui se passait derrière ces yeux. Je frissonne malgré la chaleur.

« Vous êtes encore partie loin », commente Bill en m'observant fixement.

La serveuse nous interrompt pour nous demander si nous souhaitons boire quelque chose. Bill commande une bouteille de vin ; la moins chère, et ça n'a pas la moindre importance. Nous connaissons notre situation financière respective.

La serveuse apporte la bouteille dans un seau argenté et je dis : « À une époque, j'aurais pu vendre mon âme pour un verre de pinot grigio. » Une plaisanterie avec Ditz, un moment de camaraderie au milieu de la lassitude et du malheur.

Bill me sert, puis il remplit son verre. « Pourquoi, il y avait une pénurie ? »

Encore une remarque destinée à me détendre.

« J'ai été abstinente pendant un moment. » Au moins, ce n'est pas un mensonge, j'ai été contrainte à la sobriété pendant vingt-cinq ans.

Il opine. « Ce n'est pas grave si vous avez eu des problèmes d'alcool, vous savez. Moi aussi j'en ai eu. Maintenant, je ne m'autorise plus que quelques verres de temps en temps. Je connais mes limites.

— Qu'est-ce qui vous est arrivé ?

— Pour que je me mette à boire ?

— Pour tout. La rue, la drogue… qu'est-ce qui s'est passé ? »

Il me dévisage un moment, puis il boit une gorgée de vin. « Vous savez quoi, dit-il. Je vais vous le dire, mais à condition que ça marche dans les deux sens. Vous pouvez me faire confiance, vous savez. Je ne vous jugerai pas ; je suis le dernier à pouvoir vous juger. »

Oh, mais si, vous allez me juger. Cette pensée me donne la nausée, parce que je sais que c'est la vérité. Cela dit, je pourrais peut-être lui révéler quelques fragments de mon passé qui ne risqueraient pas de nuire à la chose fragile qui grandit entre nous.

Je réponds : « D'accord, allez-y.

— J'ai été idiot, dit-il d'un ton grave. C'est de là que tout est parti. J'avais un bon travail, j'étais chauffagiste, j'avais ma propre société. Une jolie maison. Un mariage solide et une fille pleine de vie, même si elle avait aussi ses problèmes, la pauvre. Mais j'ai tout fait foirer.

— Comment ?

— Vous êtes sûre que vous voulez le savoir ? » Il s'agite sur son siège. « J'ai envie d'être honnête, mais j'ai peur que ça vous donne une mauvaise image de moi. Je vais être franc avec vous, votre gentillesse me réchauffe le cœur. Je ne veux pas que vous vous disiez que je suis un sale type.

— Je vois ce que vous voulez dire. » Et je suis sincère. « Vous avez promis que vous ne me jugeriez pas, et je ne vous jugerai pas non plus. Allez-y. »

Il inspire profondément. « J'ai commencé à m'ennuyer. J'ai honte de l'avouer, mais j'ai commencé à draguer des filles dans les bars. Je ne les revoyais jamais : ce n'étaient jamais vraiment des liaisons. Seulement des histoires d'une nuit qui finissaient par me dégoûter de moi-même. J'ai touché à la drogue, aussi. Tout ce qui pouvait me donner un coup de fouet, un petit frisson. Ma femme s'en est rendu compte. Elle m'a foutu à la porte et elle a eu raison. Après ça, j'ai fait le tour des canapés et des chambres d'amis des copains, jusqu'au jour où eux aussi en ont eu marre.

— Et ensuite ça a été la rue ?

— Pas tout à fait. Ma femme a bien voulu que je revienne un petit moment. Mais vous n'allez pas me croire : j'ai tout fait foirer une deuxième fois. Quel abruti. » Il lève les yeux, il a les mâchoires serrées. « J'ai appris de mes erreurs. J'ai touché le fond et j'ai tout perdu. Je ne serai plus jamais l'idiot que j'ai été. »

Je tends une main vers la sienne et je la serre. « Je vous crois. »

Il ne répond rien, mais un éclat dans son regard trahit son émotion. *Il n'est pas comme Henry.* La force de cette conviction me surprend. Henry ne se serait jamais ouvert de cette façon. Il était fermé comme une huître et il prenait plaisir à tout faire pour dissimuler ce qu'il était.

« À vous, maintenant, dit Bill en me tapotant les doigts. Vous avez promis, n'oubliez pas.

— Qu'est-ce que vous voulez savoir ?

— Vous pourriez commencer par votre enfance et remonter jusqu'à aujourd'hui. »

Je fais non de la tête. « On en a pour la nuit.

— D'accord, alors la version abrégée. L'histoire de Robin Smith en cinq minutes. Ça vous paraît bien ? »

Ça me paraît surtout être un mensonge. La comédie d'un personnage mal écrit. Je peux jouer ce rôle, une fois et une seule. Mais il faudra que je mémorise les détails, pour plus tard. Je refuse d'être prise la main dans le sac.

« J'ai eu une enfance parfaitement normale », et, tout de suite, les mots sonnent faux à mes oreilles. « Ma mère et Papa étaient des gens ordinaires. On avait une jolie maison dans un quartier populaire, j'allais à l'école. »

Il éclate de rire. « Même là, vous ne me dites pas grand-chose.

— Il n'y a pas grand-chose à dire. Je vous avais prévenu, j'ai eu une vie ennuyeuse. Ensuite, j'ai trouvé un travail dans un bureau…

— Vous étiez dactylo ? Secrétaire ? »

Je m'agace que ce soient les seuls métiers auxquels il pense, mais ce n'est pas la peine de relever. Moins je donnerai de détails, moins il posera de questions, et mieux ce sera. « Je travaillais sur des dossiers administratifs. Je ne gagnais pas grand-chose. »

Il hoche la tête.

Je continue, je commence à me prendre au jeu. « Je n'en suis pas fière, mais j'ai volé de l'argent à l'entreprise. Pas mal d'argent, même. Je me suis fait pincer. La police est venue. Ça a été dur. »

Il plaque une main sur sa bouche. « Vous êtes allée en prison ? »

Je prends une grande inspiration. Parfois il est plus facile de recourir à une version édulcorée de la réalité qu'à un mensonge. « Oui. » Je baisse les yeux. « Je suis désolée de ne pas vous l'avoir dit plus tôt. J'ai fait quelque chose de terrible, et à cause de ça j'ai passé un bon moment en prison. »

Il fronce les sourcils. « Je croyais que les peines n'étaient pas très longues pour ce genre de délits. »

Je me maudis intérieurement. A-t-il compris que je viens d'être libérée ? Est-ce que je peux essayer de lui dire que ça remonte à des années ? Mon esprit s'emballe, je bois une gorgée de vin pour me calmer.

Les yeux toujours baissés, je dis : « Si vous saviez comme ça me gêne. En fait, il n'y a pas eu qu'une seule fois. J'ai récidivé, et je suis repartie en prison. Mais j'avais énormément besoin d'argent. Mes parents étaient morts, je n'avais personne pour m'aider. Et j'étais avec un homme violent. »

Bill se redresse sur sa chaise. « Je me demandais justement s'il y avait un homme dans l'histoire. »

Il y a toujours un homme dans l'histoire. Je lève les yeux et je croise son regard. Il paraît plus soucieux que révolté. En outre, il a l'air tout à fait convaincu par mon récit, merci mon Dieu.

Je réponds simplement : « Je l'aimais. J'étais persuadée qu'il m'aimait lui aussi, alors qu'il voulait juste se servir de moi. Après, je suis restée sans rien. Donc j'ai recommencé à voler. Et cette fois, la peine a été beaucoup plus lourde.

— Dans quelle prison est-ce que vous étiez ? »

Je me fige. Je ne peux pas le lui dire. « Ça vous ennuie si je garde ça pour moi ? » Je m'essuie les yeux. « Je sais qu'on a décidé d'être honnêtes, mais j'ai tellement honte. Et ça a été très difficile pour moi, là-bas. »

Il acquiesce. « Je comprends. Robin, je vous trouve très courageuse de m'en parler. Il n'y a pas beaucoup de gens qui l'auraient fait, j'en suis conscient. Je sens qu'on est pareils, tous les deux. Vous assumez vos erreurs et vous allez de l'avant.

— J'essaie. Mais ce n'est pas facile. Les gens sont horribles, ils vous jugent, ils croient qu'ils vous connaissent, mais…

— Je le sais. Croyez-moi, je le sais. Dès que les gens découvrent que j'ai vécu dans la rue, ils me regardent différemment. Comme si j'étais un déchet qui aurait dû finir dans le caniveau depuis longtemps. C'est rare qu'ils prennent le temps de me demander ce qui s'est passé.

— Ils ne vous parlent plus comme à un être humain. »

Je relève le menton.

Il me regarde avec un grand sourire, ce sourire qui me suggère que, finalement, ça va peut-être aller. « Vous savez ce que c'est, dit-il comme s'il avait eu une révélation. Vous comprenez. Robin, je crois que c'est grâce à ma bonne étoile si la mairie m'a attribué la maison à côté de la vôtre. »

J'opine. « Je pense la même chose.

— Qui se ressemble s'assemble. »

Je lève mon verre et je trinque avec lui. « Qui se ressemble s'assemble. Vous avez parfaitement raison. »

À quoi j'ajoute pour moi-même, *Et ce n'est que le début*. Parce que je veux qu'il soit à moi, c'est décidé. Il aime ce que je suis et je n'ai pas l'intention de le laisser filer, quoi que l'avenir nous réserve. Comme n'importe qui, j'ai besoin d'un compagnon.

- 9 -

Je suis heureuse. Véritablement, *réellement* heureuse. La nuit dernière, je n'ai pas eu besoin de prendre mes somnifères. Et je n'ai pas rêvé non plus, je me suis réveillée tranquille et reposée. Soulagée, comme si une tension douloureuse en moi s'était relâchée. Il y avait longtemps que je ne m'étais pas sentie aussi bien.

Je consacre la matinée à *Nature's Home*, lis attentivement un article sur la monogamie chez les oiseaux de mer et pense à Bill. La soirée d'hier a été une parade nuptiale et il m'a impressionnée en bien, pas uniquement par ses manières et sa conversation, mais aussi par ses *attentions*. Je ne crois pas m'être jamais sentie à ce point écoutée par un homme. Nous sommes peut-être deux albatros qui se sont trouvés sur le tard. Je suis bien consciente que c'est une idée saugrenue, mais pourquoi pas ? On aurait déjà vu plus étrange.

J'entends le claquement de la boîte aux lettres juste après le déjeuner. C'est curieux, généralement le facteur passe tôt le matin. Je traverse le couloir en m'attendant à trouver un prospectus pour une société du coin ou un catalogue demandé par les locataires précédents.

Mais c'est une enveloppe que je découvre. Pas blanche, crème, et tombée face cachée sur le paillasson.

D'abord je me dis, *Bill*, mais ce n'est pas son genre. Il aurait toqué et serait resté discuter un moment. C'est donc quelqu'un d'autre. Ma colonne vertébrale se tend, sur le qui-vive. Mon corps paraît en avance sur mon esprit, qui assimile lentement les différentes possibilités. Je me baisse et ramasse l'enveloppe. Ce n'est rien, j'en suis sûre. Une combine marketing d'un agent immobilier. Un mot d'un voisin à propos d'une réunion de quartier. Quelque chose d'innocent, c'est certain. C'est certain.

Un seul mot au recto. Un prénom, plus précisément. Trois lettres toutes simples, écrites avec force au stylobille.

AVA.

Un petit cri s'échappe dans le silence. Je me rends compte qu'il vient de moi, d'une enfant qui a peur des monstres invisibles. Sauf que le monstre est dans ma tête, et il est à la fois minuscule et plus grand que tout. *Ils m'ont retrouvée.* Ma salive reste bloquée dans ma gorge. *Je savais que ça finirait par arriver, c'était seulement une question de temps.*

Je lâche l'enveloppe. Elle tombe sur la moquette, et pendant un instant mes doigts me brûlent. Je voudrais ne l'avoir jamais vue, retourner dans la cuisine, me rasseoir et reprendre mon magazine. Si j'ignore sa présence, elle arrêtera peut-être d'exister. C'est ce que faisait Ditz quand son compagnon levait la main sur elle : elle serrait fort les paupières pour qu'il devienne moins réel.

Mais nous sommes des scientifiques, me rappelle la voix de Papa. *Nous rassemblons les informations disponibles, nous étudions les faits, nous ne reculons* PAS *devant la vérité, quoi qu'il...*

Je plonge mes ongles dans la paume de mes mains et je murmure : « Du calme. » Je ramasse l'enveloppe.

AVA.

Je me sens observée. Harcelée, même. Si ça se trouve, quelqu'un m'espionne en ce moment même, pendant que je triture le rabat de l'enveloppe en essayant de l'ouvrir. Mes mains tremblent. Je *savais* que ça arriverait, qu'ils me retrouveraient. Henry est peut-être derrière tout ça, ou sa femme. Toutes ces foutaises de protection, de changement de nom, toutes ces *conneries* pour rien.

Il faut que je me ressaisisse. Ce n'est qu'une enveloppe.

Elle ne peut rien contre moi, à moins qu'ils n'aient mis quelque chose à l'intérieur. Je renifle le papier, mais bien sûr c'est stupide : s'il y avait un produit invisible là-dedans, il aurait été libéré à l'instant où j'ai soulevé le rabat. L'enveloppe ne contient qu'un morceau de papier. Plutôt petit. Plié avec soin. Avec précision. Ça m'indique à qui j'ai affaire.

Lis-le, souffle encore la voix de Papa, loin en moi. *Identifie les obstacles, puis trouve la manière de les surmonter.*

Je déplie le papier. La violence de l'écriture me coupe le souffle, ma vision se brouille quelques secondes. Le stylo a creusé le papier, la pointe l'a même transpercé par endroits. Ils veulent me faire ressentir leur haine qui suinte de chaque ligne.

JE SAIS QUE TU VIS ICI. TU DEVRAIS ÊTRE MORTE. SALE MEURTRIÈRE, POURRITURE MALFAISANTE. TU AURAIS DÛ ÊTRE

EXÉCUTÉE. SUICIDE-TOI. TU MÉRITES DE SOUFFRIR POUR CE QUE TU AS FAIT. METS FIN À TES JOURS OU QUELQU'UN D'AUTRE S'EN CHARGERA.

« Eh ben alors, c'est même pas signé ? » Un éclat de rire hystérique fuse, claque comme un coup de feu. Il paraît déplacé dans ce silence.

C'est une femme qui a écrit ça. Je le devine aux *I* tailladés, à la forme dentelée des *C* et des *S*. Une personne qui toute sa vie a souhaité du mal aux autres. Qui jadis aurait été brûlée sur un bûcher. Elle croit qu'elle va réussir à me faire peur.

Elle m'a fait peur, dit une petite voix cachée en moi. Puis c'est à nouveau Papa qui intervient. *La peur est une chose irrationnelle, provoquée par l'ignorance et le manque de confiance en soi. À partir du moment où tu défies ta peur, elle ne peut plus rien contre toi.*

Cette lettre ne contient pas que de la haine. Elle symbolise tout ce que je risque de perdre.

Tu as peur de le perdre, a dit Jane Marshall ce jour-là, quand nous nous sommes disputées près du bois à l'arrière de la maison. Elle osait montrer les dents parce que Papa n'était pas dans les parages. Naturellement, il n'a jamais rien su de cette altercation. Il n'a jamais su non plus ce qu'elle était réellement, ce dont ces femmes-là sont capables.

J'avais souvent peur à cette époque. Cachée sous le lit, les genoux contre la poitrine, je les écoutais dans leur lit, Papa et elle. En entendant les ressorts gémir je croyais qu'elle le tuait, et je ne savais pas s'il fallait que j'aille à son secours ou que je la laisse faire. Ensuite, jeune adulte, j'ai eu peur de rester seule.

Une morsure qui me blessait chaque fois que je voyais Henry avec sa famille, que je les épiais derrière l'arrêt de bus en face de leur maison.

Mais tout ça, c'est le passé. Aujourd'hui les choses ont changé et je n'ai *pas* peur. Cette lettre ne va pas prendre le dessus sur moi. Je passais une bonne journée, une des meilleures journées dont je me souvienne. Elle ne va pas m'enlever ce plaisir, elle ne va pas faire remonter ces émotions épouvantables. Je devrais la déchirer et la jeter à la poubelle avec le reste des ordures. Je devrais la brûler. Ou bien la garder, pour me rappeler que je ne serai jamais en sécurité mais que je peux surmonter cet obstacle. Il serait tout de même plus sage de montrer cette lettre à Margot. Si je l'informe que le programme de protection n'a pas fonctionné, alors je pourrai peut-être récupérer mon nom. Mais je redoute les répercussions. Le service de liberté surveillée pourrait me faire déménager à nouveau. Je ne veux pas être déracinée une deuxième fois.

J'ai besoin d'un verre. C'est seulement le début de l'après-midi, mais j'en ai besoin. Un grand verre de vin qui va me calmer, m'empêcher de trembler. Sauf que ce n'est plus la peur qui fait trembler mes membres. Elle a été remplacée par une colère pure et incandescente.

Je me répète que je serai plus forte, même si les voix en moi ne sont pas du même avis.

Je *serai* plus forte.

Je coince la lettre derrière un pot de fleurs sur la fenêtre de la cuisine, mais un coin dépasse et semble se moquer de moi. Je préférerais m'en débarrasser, mais elle pourra constituer une preuve utile si je décide d'en parler à quelqu'un. On y détectera peut-être des empreintes digitales qui permettront d'intenter une action en justice contre son auteur.

Cela dit, c'est probablement un vœu pieux. Le docteur Holland aime me rappeler combien il est important de ne pas mélanger les faits et les souhaits. Personne ne fera rien, parce que je ne vaux rien aux yeux de la société. Pire, je suis un poids. Un déficit sur le bilan. Dans leur for intérieur, les gens partagent sûrement l'avis de la créature qui a écrit cette lettre, et ils estiment sans me le dire que je ferais mieux d'en finir, parce que les personnes comme moi ne servent à rien.

Pendant une fraction de seconde, j'imagine que je fais la même chose que Ditz. Des vêtements solidement noués les uns aux autres, un nœud coulant. Une boucle autour du plafonnier. Une chaise renversée d'un coup de pied, et ce serait terminé. Je ne manquerais à personne.

Mais Bill l'apprendrait. Les journaux en parleraient, toute cette histoire sordide serait déballée, il lirait des articles et il dirait aux journalistes qu'il ignorait toutes ces horreurs. Et sa pimbêche de fille acquiescerait et déclarerait qu'elle s'en doutait depuis le début. Je suis pétrifiée. Amber. Ses soupçons et ses regards de travers. Depuis le début, elle est bizarre avec moi. Et si c'était elle qui avait écrit cette lettre ? Elle n'arrête pas de dire à Bill qu'elle m'a déjà vue. Et si elle avait commencé à faire des recherches sur Internet ? Est-ce que ça pourrait être sa manière de me torturer ? La coïncidence est troublante, vu que je suis sortie dîner avec son père hier. Je repense à mon enfance, à ma haine de devoir partager Papa avec Jane Marshall. Peut-être qu'Amber est comme moi : possessive, prête à tout pour que son père ne pense à personne d'autre qu'elle.

Le docteur Holland jugerait que c'est de la paranoïa. Et il aurait raison. Il le faut. Je ne suis pas dans un roman de gare, dans un mauvais policier. Amber est une saleté, c'est vrai, mais serait-elle capable d'aller jusque-là ?

Méfie-toi de ceux qui ont l'air le plus innocents, m'a dit un jour Papa pendant que nous baguions des cormorans. *Ces oisillons sont capables de te blesser jusqu'au sang avec leur bec.*

Ou alors c'est un oiseau plus grand. Miranda. Son visage aussi inflexible et glacial que le granit, son rictus et les mots qu'elle me crachait pendant qu'elle me traitait de monstre. Les autres détenues nous avaient observées, et par la suite elles en avaient ri. M'avaient dit que je l'avais mérité.

Non, ça ne peut pas être elle. Elle est assez méchante pour me haïr, mais ça ne lui ressemblerait pas. Je suis à bout de nerfs. J'ai besoin d'un bon bain et de me changer les idées. Voilà une idée rationnelle. Je fais preuve d'une attitude sensée et je suis certaine que le docteur Holland m'en féliciterait. Hélas, même dans ma baignoire, au milieu des reflets des bulles soyeuses, je n'arrive pas à me défaire de l'intuition que j'ai découvert quelque chose sur Amber. Je ne peux pas encore en avoir la certitude. Si c'est elle, elle aura effacé ses traces. Les femmes peuvent se montrer bien plus rusées que ne le soupçonnent les hommes.

Mais si c'est elle, je le prouverai. Je me le jure.

- 10 -

J'ai retrouvé quelques vieilles photos dans leur pochette brillante, tout au fond d'un de mes cartons. Je me souviens vaguement de les y avoir mises il y a longtemps. Une sélection que j'ai conservée pour sa valeur sentimentale. Sur l'une d'elles, je suis près d'un sapin de Noël, en dessous d'une kyrielle de guirlandes et de boules multicolores. Une fête à Skye, si ma mémoire est bonne, dans la sacristie d'une église. Nous y étions allés en bateau, Papa et moi. C'était peu de temps après notre premier emménagement sur une île, à une époque où la vie était encore une grande aventure. J'étais une enfant douce, il me semble. Dans une main, je serrais un paquet enveloppé dans du papier d'alu, l'air de ne pas très bien savoir s'il m'était réellement destiné. Sur une autre photo, je pose devant une colonie de goélands. Immense étendue blanche et noire, rangées de becs jaunes. J'ai l'air un peu perdue sur celle-là. Je me demande si c'est vers cette période que Jane Marshall a fait son entrée en scène. Elle était peut-être à côté de Papa lorsqu'il a pris la photo, même si je n'en ai aucun souvenir.

Il n'y a aucune photo d'Henry, évidemment. Il s'y serait opposé. Mais il y en a une de moi lors d'un pot au bureau. L'expression de mon visage me donne envie de pleurer, pas de nostalgie mais parce que je n'étais pas consciente de ma beauté. Des grands yeux. De l'allure, de l'élégance. De la douceur. Cette douceur existe encore, quelque part. Bill l'a entrevue l'autre soir. Il l'a extraite de moi, petit bout par petit bout, au lieu de s'en emparer comme l'avait fait Henry.

D'ailleurs, Henry devait être présent lors de ce pot. Nous n'étions pas encore ensemble, mais cela n'empêche qu'il devait être présent. Peut-être près du saladier de punch, ou en train de grignoter des canapés. Il a toujours aimé boire et manger, satisfaire ses considérables appétits. Tout le monde l'adorait. Je pense qu'on peut le ranger parmi ces personnes hors du commun qui attirent les autres comme des aimants. Mais les autres ne voyaient que son sourire engageant, n'entendaient que ses mots joyeux. Ce n'est pas ce qu'il était en réalité ; on le devinait à ses interactions avec sa femme et ses enfants, avec moi. Au fond de lui, Henry était égoïste et froid.

Lors du procès, son avocat a dit au jury que j'avais traqué la famille après la fin de notre liaison. J'ai toujours détesté ce terme, *traquer*. Il comporte une idée de menace, de prédation, qui ne me correspond pas du tout. J'avais simplement besoin de savoir pourquoi il m'avait fait ça. Je voulais entrer dans sa tête. Certains journaux ont soutenu que j'avais eu un coup de cœur pour le fils d'Henry. Pour toi. D'autres ont raconté que je m'étais servie de toi pour me venger. Rien de cela n'est vrai, et j'espère que tu le sais, où que tu sois maintenant. Il n'y avait rien de pervers, et prétendre le contraire revient à corrompre tout ce que notre amitié avait de beau. Nous étions amis, malgré ce que racontaient les autres. J'éprouvais une authentique affection pour toi.

La première fois que nous avons vraiment parlé ensemble, c'était dans un supermarché, un de ces monstrueux entrepôts dédiés à l'alimentation. Dans mon souvenir il était flambant neuf et grouillait de clients pressés de se vautrer dans la surabondance des fruits et légumes en promotion. Vos parents vous avaient envoyés choisir des barres de chocolat, toi et ta sœur. Sans hésiter, elle avait jeté son dévolu sur un Curly Wurly. Toi, il te fallait plus de temps, tu parcourais lentement le rayon et étudiais méthodiquement les rayonnages, le front plissé par la concentration.

À cette époque il était rare que je fasse le premier pas vers les autres. Je préférais les laisser approcher : de cette façon, je risquais moins d'être rejetée. Mais ton visage m'était si familier – la mâchoire bien dessinée, la légère fossette dans une joue, la mèche sur le front. Tu étais Henry, la méchanceté en moins. Ce qu'il aurait pu devenir, des années plus tôt, s'il n'avait pas cédé à son avilissement. Je t'ai demandé si tu te souvenais que nous nous étions rencontrés au musée, puis je t'ai dit que je travaillais avec ton père. Tu as immédiatement souri et hoché la tête, et tu m'as dit que tu avais eu un cours sur les oiseaux migrateurs. Comme tu étais chaleureux et poli. Si j'avais eu des enfants, ils auraient été comme toi.

Au bout d'un moment, ta sœur a commencé à te tirer par la manche. Tu t'es excusé et m'as dit que tu devais y aller. J'ai été tentée de te demander de ne pas parler de notre conversation à ton père, mais cela n'aurait pas été juste. Ce n'était pas ta responsabilité. Je suis certaine que, lorsqu'il a appris ma présence dans le magasin, ça lui a fait un choc. Il s'imaginait sûrement que je m'étais évaporée à l'instant où il m'avait laissée tomber.

J'aurais aimé avoir une photo de toi. Ils diraient tous que c'est honteux, mais ils se tromperaient. Je la regarderais pour me rappeler combien tu étais pur et gentil, alors que personne d'autre ne l'était. Pour me rappeler notre merveilleuse entente, et les confidences que tu me faisais. En lisant entre les lignes, je devinais que tes parents te traitaient mal. Tu avais suffisamment confiance en moi pour me laisser entrevoir la dureté d'Henry et de Miranda, qui ne méritaient pas un enfant tel que toi.

Je te remercie pour tout ça. Encore aujourd'hui, quand j'ai des coups de mou, ces souvenirs me réconfortent.

J'attrape des mouchoirs et du baume à lèvres, puis je vérifie que j'ai bien ma carte bancaire. J'ai décidé qu'il fallait que je sorte. Hors de question de vivre dans la peur. Si quelqu'un surveille la maison, cette personne me verra en sortir la tête haute. Ça lui montrera à qui elle a affaire.

Mon blouson. Ai-je besoin d'un blouson ? En le prenant dans le placard, je remarque que mes mains se sont remises à trembler. Ce n'est pas grave, je n'aurai qu'à les mettre dans mes poches. Je ferai en sorte que ma nervosité ne me trahisse pas.

J'ouvre la porte. Le temps s'est refroidi, l'air est piquant. L'été tire bel et bien sa révérence. Par bonheur, la rue est déserte. Un peu trop, peut-être. Ce silence est troublant. Je n'entends même pas les oiseaux chanter. Je me sermonne. Allez. Fini d'être Robin la froussarde. Rappelle-toi qui tu es vraiment. Je sors et ferme à clé derrière moi. Jusqu'ici tout va bien : personne ne m'a sauté dessus, le silence n'a pas été brisé par des cris indignés.

C'est toi qui l'as forcée à le faire, a crié une détenue pendant que le corps de Ditz était emporté hors de sa cellule. *Tu l'as tuée, espèce de bouchère.* Ce n'est pas du tout ce qui s'est passé, mais tout le monde s'en moquait. Les gens jugent ; ils prennent plaisir à juger rapidement, sans connaître les faits. Ditz était une cause perdue, elle n'aurait pas eu de vie après la prison, mais ce n'est pas moi qui lui ai passé la corde au cou. Pas moi qui ai retiré la chaise. Tout ça, c'était elle, et elle seule. Et pourtant, ce cri résonne encore en moi. *Sale chienne.* Chienne. Femelle du chien, qui aboie et qui mord. Je n'étais pas comme ça, elles se trompaient toutes. Il y a quantité de femmes qui sont comme ça, mais pas moi.

Je marche d'un bon pas à présent, le sac bien calé sous le bras, le blouson fermé jusqu'en haut. Je dépasse l'épicerie. Je dépasse l'homme qui semble être tout le temps là avec son gamin qui braille dans le porte-bébé. Je gagne la grand-rue en passant par la ruelle. Là, je me retrouve au milieu des voitures et de leurs râles. Gaz d'échappement. Feux de circulation, étudiants qui discutent et vont en cours sans se presser. Chacun se soucie uniquement de son petit monde à lui. Personne ne peut m'atteindre ; j'évolue dans une vitrine, protégée par mes pensées. Je suis en sécurité, je suis en sécurité. Je vais aller au magasin, je vais chercher mes somnifères à la pharmacie, je vais encore faire quelques boutiques et puis je vais rentrer. Aussi simple que ça.

Il y a foule dans le premier magasin, bien trop de monde à mon goût. Les gens s'affairent, choisissent des sandwichs, ils ont les bras chargés de boîtes de teinture pour les cheveux ou de serviettes hygiéniques. J'entends des bruits, tant de bruits. Le tumulte incessant des conversations me trouble, un éternuement non loin me fait sursauter. Les caisses bipent sans répit, semblables à des appareils médicaux. Je prends un parapluie télescopique, il me servira cet automne, et un flacon de gel douche. C'est bon. J'ai déjà réussi à faire ça, je peux y arriver cette fois encore.

Et si quelqu'un crie mon nom – Ava ? Ou me traite de meurtrière ? Et si...

Non. Ça ne se produira pas, parce que l'auteure de cette lettre est probablement loin à l'heure qu'il est, dans la boîte moderne et sans âme où elle habite, en train de tapoter la table de sa cuisine avec ses faux ongles. Une amie d'Henry, peut-être. Ou une fouineuse qui se croit investie du devoir de détruire les anciens criminels sans connaître la vérité sur leur passé.

Ou bien Amber. Ça pourrait être elle. Non. Pourquoi ferait-elle ça ? Parce qu'elle ne m'aime pas. Elle me déteste.

« Excusez-moi, je voudrais accéder à cette étagère. »

Je cligne des yeux, je dois avoir une tête de merlan frit. Une femme tartinée de maquillage indique un article derrière moi. Elle paraît gênée.

Je redescends sur terre et je m'écarte. « Oui, bien sûr. Désolée.

— Pas de problème. Moi aussi, ça m'arrive d'être plongée dans mes pensées.

— Pardon ? »

Elle est mal à l'aise. Il y a visiblement quelque chose dans mon apparence qui la dérange, et je sens que ça me fait rougir, d'autant plus que son regard devient plus inquisiteur, plus méfiant. Est-ce que ce serait elle, le corbeau ? Est-ce une ruse élaborée ? Est-ce qu'elle va dégainer un couteau et me le plonger dans le corps ?

« Je vais juste… » commence-t-elle, mais elle ne va pas au bout de sa phrase. Elle attrape des flacons sur le rayonnage et les examine pour se donner une contenance. J'acquiesce, mais elle ne me regarde plus. Il faut que j'aille chercher mes somnifères, que je trouve des calmants et que je rentre. C'est trop pour moi ; si je reste ici, je vais tomber en morceaux. Dans ma tête, je psalmodie, *Les somnifères, les somnifères*. C'est tout ce qui compte. Je veux dormir, dormir le plus vite possible et oublier ce moment.

Tu n'avais pas envie de dormir, mais j'y ai remédié. Mes intentions étaient bonnes, sincèrement, honnêtement bonnes. Tu le savais, je pense. Je te l'avais expliqué bien en détail. Il faut dormir, sinon on tombe malade. Et tu n'allais pas bien à ce moment-là, tu te serais fait du mal. Tu avais bien meilleure mine une fois que tu avais sombré dans le sommeil et que j'avais posé le couvre-lit sur toi pour te tenir chaud. Ta tête paraissait moins…

Ce n'est pas le moment de penser à ça. Je ferais mieux de me concentrer sur le sommeil, parce que le sommeil est un acte de bonté. C'est la couverture qui nous enveloppe et qui éloigne tout ce qui nous fait du mal.

Il faut que je rentre. Tout de suite.

Je prends davantage de comprimés que prévu.

Ensuite je dors. Pas d'un sommeil tourmenté ; tu n'es pas là, Ditz n'est pas là. Je n'ai pas à me tracasser à cause d'une lettre anonyme. Il n'y a qu'une immense étendue de néant et de solitude, plus sombre encore que le ciel des îles en hiver, plus vide que le temps lui-même. Ce vide est une bénédiction. La nuit s'étire à l'infini. J'entends vaguement des coups au rez-de-chaussée. Ça ressemble à un marteau qui tape sur du bois. Je n'arrive pas à ouvrir les yeux et l'obscurité me retient en elle. Alors je me rendors ; ça ne sert à rien de lutter.

Il fait sombre quand j'ouvre péniblement les paupières. Ce n'est donc pas le matin. Je n'ai aucune idée de l'heure qu'il peut être. J'ai perdu le sens de tout. Suis-je encore chez moi, ou de retour dans ma cellule ? Suis-je une femme adulte ? Une petite chose instable de vingt ans à peine ? Une enfant cramponnée à sa couette ? Il ne devrait pas faire nuit, parce que j'ai pris les somnifères peu après 17 heures et qu'une dose normale me fait dormir au moins douze heures. La quantité que j'ai prise aurait dû m'assommer jusqu'au lendemain matin, sinon plus tard.

Je m'assieds dans mon lit. J'ai la tête pleine de coton, les lèvres sèches et gercées. Une légère nausée. Je n'aurais pas dû en prendre autant ; je le savais déjà en avalant une bonne gorgée d'eau pour faire glisser les comprimés. Je n'en ai jamais pris autant. Mais je voulais que mon esprit cesse de s'agiter, et c'était le seul moyen.

Si ça se trouve, j'aurais pu y rester.

L'ironie de la chose ne m'échappe pas. Ces médicaments peuvent tuer. Certes, ils sont tout petits et paraissent innocents, mais leur puissance est mortelle, surtout quand on les prend en grande quantité. C'était encore pire quand j'étais jeune, quand les réglementations étaient moins strictes. Si petits et si dangereux. Soudain mon estomac se tord et je me plie en deux comme une crêpe dans la poêle.

J'ai tout juste le temps de courir aux toilettes. Un liquide infect jaillit de moi sans s'arrêter. Ça monte en moi comme un geyser, et je vomis en aspergeant mes doigts et le sol. Tout mon corps se contracte dans un réflexe primal et je me sens violentée par ma propre humanité brute. Et puis les vagues s'apaisent. Le calme finit par arriver, et avec lui l'impression d'avoir survécu à une tempête. Mais cette obscurité continue à me tracasser. Il peut être 10 heures du soir comme 4 heures du matin ; impossible de savoir. Ai-je dormi seulement une dizaine d'heures, ou ai-je réussi à dormir bien plus ?

Je tire la chasse, essuie les alentours et me nettoie du mieux possible. Ensuite j'allume dans le couloir et vais chercher mon vieil ordi portable dans la pièce du fond. Je me souviens qu'il affiche la date. Il me dira quel jour on est. Sans surprise, les chiffres en bas de l'écran confirment ce que je suspectais : j'ai perdu une journée entière et dormi un temps effarant. Savoir que j'ai arnaqué ma conscience et volé un supplément d'obscurité réconfortante a quelque chose de jubilatoire et d'affreux à la fois, car je n'étais plus aux commandes de rien. Il aurait pu arriver n'importe quoi pendant ce laps de temps. J'aurais pu cesser de respirer sans m'en rendre compte. Quelqu'un aurait pu entrer par effraction, m'agresser, m'envoyer dans le néant pour toujours.

Je pourrais être morte. Morte. Aurais-je découvert que tu m'attendais de l'autre côté ? Et Ditz ? Et peut-être d'autres aussi ?

Ces pensées ne sont pas saines. Mon *esprit* n'est probablement pas sain. Non, tout va bien chez moi, hormis une inquiétude compréhensible à l'égard du passé. Je referme l'ordinateur d'un geste assuré. Il faut que je dorme encore un peu ; les comprimés continuent à m'assommer. Du reste, ça ne sert à rien de rester éveillée alors que le monde est encore plongé dans le noir.

Je me réveille. Une maigre lumière se devine derrière les rideaux : il me faut un instant pour me rendre compte que c'est le soleil. Enfin le matin. *Et les cachets ne m'ont pas tuée !* Un rire se forme dans ma gorge. Dans l'ensemble je suis toujours vivante, même si ça n'enchante pas le reste du monde. Je m'assieds dans le lit, et alors un violent mal de crâne me frappe et m'oblige à appuyer sur mes tempes. La déshydratation. C'est forcément ça, après mes nausées de la nuit. Cependant j'ai faim et c'est une bonne chose. Si mon corps réclame de la nourriture, ça veut dire que je ne l'ai pas trop esquinté.

En descendant, je remarque quelque chose sur le paillasson. L'espace d'un instant je redoute une nouvelle enveloppe, un nouveau déversement d'injures. Mais cette fois c'est un petit mot à l'écriture tremblante et allongée, déposé avec délicatesse dans ma boîte aux lettres.

Chère Robin,

J'espère que vous allez bien. Je suis passé ce soir et vous n'avez pas répondu, et puis j'ai réessayé à 10 heures et vous n'avez toujours pas répondu. Je m'inquiète un peu. Si vous ne voulez pas me voir, je comprendrai (même si j'avais l'impression que nous avions passé une bonne soirée tous les deux), mais est-ce que vous pouvez me dire si tout va bien ?

Amicalement,
Bill

Je souris. Je suis importante à ses yeux, suffisamment pour qu'il s'inquiète de ma santé ou redoute que son intérêt ne soit pas réciproque. C'est grisant. Le monde entier peut bien conspirer contre moi, j'ai la certitude que lui sera là. Un soutien robuste et stoïque dans la tourmente. Il y a aussi un certain pouvoir là-dedans. Les relations ne sont jamais égalitaires, et c'est enivrant d'avoir le dessus.

Oubliant ma faim, je remonte dans ma chambre, je m'habille et me brosse rapidement les dents. Il faut que je le voie tout de suite, que je le rassure et que je lui fasse savoir que j'apprécie sa sollicitude. C'est un homme bien. Peut-être un des derniers qui restent en ce monde.

La température a baissé, il y a dans l'air une fraîcheur qui m'évoque les feuilles qui tombent, les flaques et les bottes en caoutchouc. Les oiseaux migrateurs aussi, qui partent vers des latitudes plus clémentes. Je pousse le portail de Bill et remarque les sacs-poubelle noirs dans le jardin, la chaise en plastique abandonnée contre le mur. Il aurait bien besoin d'une femme pour l'aider à s'organiser, et Amber n'est de toute évidence pas à la hauteur de la tâche.

Il ouvre presque immédiatement et un sourire apparaît sur son visage.

« Je me faisais du souci pour vous, dit-il en m'invitant à entrer. Vous m'avez dit que vous n'aviez pas de famille, donc ça m'étonnait que vous ayez passé la nuit ailleurs. »

Son couloir est identique au mien mais inversé, les portes s'ouvrant sur la droite et non sur la gauche. Mais les murs sont plus sales, et je suis saisie par une odeur d'humidité pénétrante. Cette maison n'a pas été aussi bien entretenue que la mienne.

Il remarque mon expression et fait la grimace. « Pas génial, hein ? dit-il en se dirigeant vers la cuisine. Mais au moins j'ai un toit au-dessus de la tête. Amber est en haut, vous voulez que je l'appelle ?

— Non, pas la peine de la déranger. » Je me hisse sur un tabouret et remarque les tasses et les assiettes qui jonchent la surface du bar. Exception faite de la fenêtre, l'agencement de sa cuisine n'a rien à voir avec la mienne.

« J'ai du *Battenberg cake*, ça vous tente ?

— Merci, je n'ai pas faim. »

Il sourit. « Je suis incapable de résister à un morceau de gâteau. Votre volonté m'impressionne.

— Je n'ai même pas encore petit-déjeuné.

— À cette heure ? Vous avez vraiment des horaires étranges, Robin. Qu'est-ce que vous avez fait hier soir ? »

Il y a sur son visage une trace de quelque chose que je ne parviens pas à déchiffrer. Du soupçon ? Mais qu'est-ce qu'il pourrait soupçonner ? À moins, bien sûr, qu'Amber soit le corbeau et qu'elle ait commencé à lui mettre des idées dans le crâne.

Impossible qu'il sache. Il ne m'accueillerait pas dans sa cuisine et ne me proposerait certainement pas une part de gâteau. Le gâteau, c'est réservé aux amis.

« Robin ? Allô Robin, ici la Terre ? »

Je plaque un sourire sur mon visage. « Désolée. J'étais partie très loin. Je me suis couchée tard hier, c'est tout.

— Vous ne m'avez pas entendu frapper ?

— J'ai pris des somnifères pour m'aider à dormir. » Ça ne me plaît pas de l'avouer, mais je n'ai pas l'énergie d'inventer un mensonge.

Il opine. « Je sais à quel point ça peut être pénible d'avoir des insomnies. C'est à cause de la prison ? »

Non, ça a débuté bien avant, quand j'ai commencé à rêver de falaises abruptes et de labbes qui tournoyaient au-dessus de moi.

Prudemment, je réponds : « La prison n'a rien arrangé. »

Une succession de pas légers se fait entendre à l'étage. Quelques secondes plus tard, Amber jette un coup d'œil par la porte, une serviette autour de la tête, le T-shirt tombant sur une épaule. Je me demande ce qu'elle a entendu de notre conversation, si elle nous écoutait d'en haut.

« On n'a plus d'eau chaude », dit-elle après m'avoir saluée d'un signe de tête lapidaire. Elle évite mon regard. Intéressant.

« Encore, grommelle Bill. Il y a toujours quelque chose. Je regarderai le chauffe-eau tout à l'heure, je verrai si j'arrive à comprendre ce qui se passe.

— Je ne savais pas que vous vous y connaissiez en plomberie. » Je ponctue d'un rire trop strident.

« Il a plein de cordes à son arc, dit Amber en attrapant un Coca dans le frigo. Maman disait toujours que c'était un génie du bricolage. »

Je m'efforce de ne pas tiquer. Il est clair qu'elle essaie de me déstabiliser, de me montrer que je n'ai pas ma place ici. Ce qu'elle ne sait pas, c'est que je connais ce sentiment depuis que je suis toute petite. Ça n'a rien de nouveau et je suis tout à fait capable de relever le défi. Elle est sournoise, rusée, exactement le genre à écrire une lettre anonyme. Mais je n'ai aucune preuve tangible. Le docteur Holland me conseillerait de me méfier des conclusions hâtives.

Tout en me levant, je réplique tranquillement : « Ça doit être pratique d'avoir un bricoleur à la maison. Merci, Bill, pour le gâteau ce sera un autre jour. J'ai des choses à faire à la maison.

— On pourrait peut-être se retrouver à un autre moment, qu'est-ce que vous en pensez ? » propose-t-il du tac au tac.

Amber lève les yeux au ciel. Elle veille à le faire derrière la porte du réfrigérateur, pour éviter que son père la voie. Jeune hypocrite, elle croit s'en tirer si facilement.

Je me ressaisis, me compose une expression plus avenante. Me détournant sciemment d'elle, je réponds à Bill : « Avec plaisir. J'ai passé une excellente soirée au restaurant, j'espère que vous aussi. »

Un reniflement cette fois ; assourdi, et qui pourrait facilement passer pour une toux, mais je sais qu'il vient d'Amber.

D'un ton léger, je dis : « Pas la peine de me raccompagner. On se voit plus tard, d'accord ? »

Il me décoche un clin d'œil. « Y a intérêt. »

Un tout petit geste, mais plein de séduction. Je m'étonne d'être touchée à ce point. Tout en lançant un dernier regard chargé de mépris à Amber, je me dis, Si tu veux la guerre, tu vas l'avoir. Avec moi elle a trouvé une adversaire à sa mesure, et si c'est elle le corbeau, si elle croit qu'elle peut détruire ce qu'il y a entre son père et moi, je l'anéantirai.

Ce ne serait pas la première fois.

- 11 -

« Aviez-vous des amis quand vous étiez enfant ? » me demande le docteur Holland.

Ces séances m'épuisent. Non, pire que ça. Elles m'ennuient à pleurer. J'ignore ce qu'ils en espèrent et ce que je suis censée en retirer.

« Qu'est-ce que ça peut faire ?

— En revenant sur vos interactions avec les autres enfants, vous pourrez mieux comprendre vos relations d'adulte. »

Je m'assombris. Il y avait une fille, Morag, sur l'île de South Uist. Des cheveux d'un roux éclatant et des taches de rousseur plein la figure, l'archétype de l'Écossaise des campagnes. Papa me laissait chez elle de temps en temps, lorsqu'il voulait passer la journée avec Jane Marshall. Morag était autoritaire. Elle me disait que ma mère reviendrait me hanter. Ça ne me touchait pas, j'étais convaincue que ma mère était trop faible pour revenir de l'au-delà sous quelque forme que ce soit, même celle d'un fantôme, d'une ombre.

Lentement, je réponds : « J'avais des amis, oui. » Je détache une peluche de ma jupe. « Mais je préférais ma propre compagnie.

— Pourquoi ça ? »

Parce que Morag a essayé de me faire manger une aile d'oiseau, mais il n'a pas besoin de le savoir. Nous l'avions trouvée dans le bosquet près de sa maison, une aile de sterne à en juger par les plumes, peut-être arrachée par un chat. Elle l'avait soulevée vers le soleil et, sans prévenir, elle avait essayé de m'enfoncer le bout ensanglanté dans la bouche. L'aile sentait l'humidité et la pourriture. Je me souviens d'un fort goût métallique sur mes lèvres et d'une malveillance désinvolte dans son regard. La cruauté lui venait naturellement, une leçon qu'il me faudrait retenir. Ne jamais faire confiance à personne, pas même à une prétendue amie.

Finalement, je dis : « C'était plus facile d'être seule.

— Vous aviez des animaux domestiques ? Pour vous tenir compagnie ?

— Non. Papa haïssait les chats et il disait que les chiens demandaient trop de travail. »

En réalité j'ai eu un oisillon quand j'étais très jeune, sur Lundy. Je l'avais trouvé dans un nid ; sa mère était peut-être en mer ou bien elle avait tout simplement disparu. Il arrive que les parents disparaissent, parfois. Son petit bec acéré prenait toute sa tête : une entaille rouge en forme de diamant, qui réclamait constamment à manger. Je lui ai donné des graines et je l'ai mis dans une boîte à chaussures au fond de ma penderie. Il est resté recroquevillé dans un coin pendant quelques jours et il tremblait de tout son corps lorsque je le sortais. J'ai dû finir par m'en lasser, car je l'ai trouvé mort au bout d'un certain temps. Son corps paraissait tendre, mais sous le duvet il était dur comme la pierre.

« Pensez-vous que vous auriez pu désirer la compagnie d'autres humains une fois arrivée à l'âge adulte ? me demande le docteur Holland en m'arrachant à mes pensées. Étant donné que vous ne l'avez pas beaucoup connue enfant ?

— Non. »

Il arrange ses jambes et se penche vers moi. « Changeons de sujet. Votre rencontre avec Ben Hulham. »

Je ne peux pas m'empêcher de sursauter et de reculer dans mon fauteuil. Je murmure : « Ne dites pas son nom. » Mes doigts agrippent ma jupe, il faut que je lâche. Il *faut* que je me détende.

Ben. C'est Henry qui, du bout des lèvres, nous a présentés au musée. Sa main serrée agressivement sur ton épaule pour t'empêcher d'approcher trop. Comme si j'étais une maladie, une chose dont il fallait se méfier.

Je fais non de la tête.

Le docteur Holland fronce les sourcils. « Je comprends que ce soit douloureux, mais si vous voulez avancer, je pense qu'il serait bénéfique que vous…

— Ce ne serait pas bénéfique. Ne le dites pas, je ne supporterai pas de l'entendre.

— Pouvez-vous expliquer pourquoi son nom vous fait cet effet ? »

Parce que personne ne connaît la vérité. Le docteur Holland n'a pas le droit de dire ton nom ; personne n'a ce droit. L'espace d'un instant, je te vois dans le coin de la chambre, tes mollets maigrichons qui tombent de ton bermuda d'uniforme, tes mains enfoncées dans tes poches. Tu me regardes avec une curiosité d'oiseau, la tête inclinée sur le côté. Mais tu n'es pas là. Il faut que je m'entre ça dans le crâne, parce que, si je dis que tu es là, j'avoue qu'une sorte de folie est nichée en moi. Nous sommes seuls, le médecin et moi. Il n'y a personne d'autre.

« Robin ? fait-il doucement.

— Ava.

— Vous savez que je ne peux pas vous appeler comme cela.

— Alors vous ne comprenez pas le pouvoir des noms. Pas du tout. »

Il acquiesce. « Et celui de Ben est puissant pour vous, n'est-ce pas ?

— Arrêtez de dire son nom.

— Robin, je note que vous êtes très tendue. Avez-vous besoin d'une pause ? »

J'opine. « J'ai besoin de m'en aller.

— Ces séances font partie intégrante de votre liberté conditionnelle. Nous devons continuer, mais nous pouvons parler d…

— Qu'est-ce que vous me voulez ? » Je n'ai pas fait exprès de lui couper la parole ; ça ne va pas arranger mon cas. Il est déjà en train de griffonner des notes dans son carnet. Ça va revenir aux oreilles de Margot, de toutes les personnes qui exercent un contrôle sur moi.

« Je cherche à vous aider.

— En disant son nom ?

— En vous faisant franchir les étapes qui vous permettront de tourner la page. Je suis convaincu que la mort de Ben Hulham continue de vous tourmenter, Robin. Autrement, votre réaction n'aurait pas été aussi violente. Et c'est quelque chose de positif. Ça montre que vous éprouvez du remords.

— Je n'éprouve aucun remords, parce que ce n'est pas ma faute ! » Sans en avoir vraiment conscience, je me suis levée.

« Mon intention n'était pas de vous contrarier. S'il vous plaît, Robin, voulez-vous vous rasseoir ? »

J'aimerais tant qu'il cesse de m'appeler par ce prénom. Je me sens mal ; il faut que je sorte d'ici. Je suffoque, le chauffage est beaucoup trop fort, je me sens piégée. Piégée au fond d'un placard dans une boîte sans air, par exemple. Ça me donne envie de rire. Il me fait perdre tous mes moyens.

« Je crois que nous allons abandonner ce sujet pour aujourd'hui, dit le docteur Holland pendant que je me rassieds. Nous pourrions peut-être réfléchir à un traitement. Nous pouvons…

— Ce n'est pas la peine. » Je n'ai surtout pas envie qu'il me demande combien de somnifères je prends le soir et me force à envisager d'autres possibilités. Je me souviens de Jane Marshall avec sa ribambelle de flacons de médicaments. Des comprimés de toutes les tailles et de toutes les formes – pas seulement des vitamines, des cachets pour son cœur aussi. Je ne veux pas finir comme elle. J'étouffe un nouveau rire. Quelle honte d'avoir perdu mon sang-froid de cette façon ; je vais devoir faire des efforts terribles pour le recouvrer.

Le docteur Holland soupire. « Je pense que ce serait utile. Nous pouvons revoir votre ordonnance et…

— Non. J'ai le droit de dire non, et je compte bien exercer ce droit. »

Exercer. Exorciser. Des mots si proches. Il faut que j'exorcise mon esprit, et vite. Le docteur Holland ne fait que le remplir de démons.

« Très bien, dit-il enfin. Il nous reste quelques minutes, de quoi voudriez-vous parler ?

— De la pluie et du beau temps ? » Cette fois le rire jaillit de moi, aussi vif et violent qu'un geyser.

Il ne sourit même pas et se borne à écrire un nouveau commentaire.

Sur le chemin du retour, forcément, je ne peux pas m'empêcher de penser à toi. Le tribunal a conclu à un meurtre ; le docteur Holland estime visiblement qu'il faut me le rappeler aussi souvent que possible. Mais cette appellation est bien trop simpliste.

Je ne nie pas t'avoir tué. Mais je nie être responsable.

Je me rappelle la troisième fois où je t'ai vu, après notre conversation au supermarché. Tu rentrais du lycée avec deux amis. C'était un pur hasard que je me trouve là ; j'étais dans le parc, de l'autre côté de la rue, et je grignotais une baguette de pain en écoutant les oiseaux. Il n'y avait rien de prémédité.

Tu portais ton sac à dos sur une épaule et tu avais encore ton blazer d'uniforme, en dépit de la chaleur. C'est une chose que j'aimais chez toi : tu cherchais à être élégant. La plupart des autres élèves avaient desserré leur cravate et ouvert le col de leur chemise. Tu te détachais du lot, un intellectuel, comme moi, au-dessus de la mêlée. J'étais fière de toi. Je ne me suis pas approchée, pas cette fois. J'aurais aimé te dire bonjour, mais je savais que tes camarades auraient trouvé ça bizarre, une femme adulte qui vient parler à un enfant.

Je ne voulais pas t'inquiéter, seulement apprendre à te connaître. Vérifier mes suppositions, voir si tu valais mieux que ton père.

C'est vite devenu évident. Je ne comprenais pas comment un minable comme lui avait pu engendrer un garçon aussi doux, sensible et intelligent que toi. Quant à ta sœur, elle sortait du même moule que ta mère. Méprisante. Hautaine. Son portrait craché, jusque dans ses grosses fesses. Elle ne m'a jamais intéressée.

C'est à la quatrième ou cinquième fois que l'occasion d'entrer en contact avec toi s'est enfin présentée. Tu franchissais le portail de ton lycée et tu étais seul, je m'en souviens. C'était une journée chaude et lumineuse, et le soleil faisait briller tes cheveux impeccablement peignés. Je t'ai percuté, je me suis excusée, et puis j'ai feint la surprise. Il t'a fallu quelques secondes pour te rappeler où tu m'avais vue. Hors contexte, tous les adultes se ressemblent, j'imagine.

Il m'a suffi d'évoquer la présence d'un oiseau rare dans le parc. Tu aimais les oiseaux, c'était une autre chose que j'aimais chez toi. Comme tu te serais amusé sur les îles avec moi, quand j'étais petite. Je parie que nous aurions été inséparables ; amis pour la vie, avec les mêmes passions et les mêmes centres d'intérêt. Je t'ai dit qu'il s'agissait d'une perruche. Elle avait dû voler jusqu'ici depuis Londres, à moins qu'elle se soit échappée de chez son propriétaire. La tentation de l'exotisme s'est révélée irrésistible, mais tu as tout de même précisé que tu ne pouvais rester longtemps, que ta mère t'attendait pour le thé. Ça nous a fait grimacer tous les deux, un instant de vécu partagé, de camaraderie, quand bien même personne ne m'avait jamais attendue pour le thé. Un peu plus tard, tu m'as dit qu'elle passait son temps à te faire des remarques, et, avec un sourire en coin, j'ai répondu que ça ne devait pas être drôle.

Il n'y avait pas de perruche. Bien sûr, qu'il n'y avait pas de perruche ; un adulte aurait tout de suite flairé le mensonge. J'avais mauvaise conscience de te tromper de la sorte, mais je crois que tu as compris que cette rencontre et cette conversation étaient importantes. Tu m'as dit que tu venais d'être élu délégué de ta classe, que tu avais étudié l'Holocauste en cours d'histoire. Toutes ces bribes d'informations, tu me les pépiais avec enthousiasme. Ta famille ne s'intéressait pas assez à toi, ça sautait aux yeux.

Voilà pour la première fois ; la véritable première fois. Il n'y en a pas eu beaucoup d'autres par la suite, Henry a tout gâché. Il avait un don pour détruire tout ce qui était beau. Mais les brefs moments que nous avons passés ensemble ont été spéciaux pour moi, et je suis certaine qu'ils l'ont été pour toi aussi.

Une goutte s'écrase sur l'arête de mon nez et me fait sursauter. Elle est rapidement suivie par une deuxième. J'entends la pluie rugir derrière moi sur le trottoir, juste avant que l'averse me rattrape. Elle ne me dérange pas. Elle va me laver, me débarrasser temporairement de tous ces souvenirs. En plus, je suis presque arrivée. Qu'elle me trempe, qu'elle me fouette et qu'elle me morde. J'en ai besoin. Enfin quelque chose qui me relie à la nature et fait taire mes pensées ; des pensées semées dans mon cerveau par un thérapeute cruel et négligent.

En regardant vers le ciel, je me dis que je peux survivre à cette journée. Un escadron de lignes grises qui foncent sur moi, mouillent mon visage. Il est temps que je commence à faire les choses à ma façon, à vivre comme je sais le faire.

Chez moi, j'enlève mes vêtements et je les jette par terre dans la cuisine. Puis je monte d'un pas décidé et je vais chercher dans la chambre d'amis le collier qu'Henry m'a donné – cette babiole immonde avec le goéland en pendentif. Je n'ai aucun mal à le trouver, il est toujours posé sur le carton où je l'avais laissé. Je l'attrape et je redescends. J'ai un marteau dans un tiroir, je l'ai acheté en même temps que d'autres outils en me disant qu'il pourrait servir.

Le premier coup est un bonheur. Le goéland saute et rebondit, et mon souffle se bloque dans ma gorge. Une partie du plaquage métallique se détache, et je frappe et frappe encore ; un déluge, chaque coup plus fort que le précédent. Le pendentif se voile, se tord, et finit par se briser. Les maillons de la chaîne se ratatinent sur eux-mêmes, ils ne peuvent résister à mon assaut.

Je crie : « Je te hais ! » Je me rends compte que je le répète sans arrêt, une incantation qui se déverse d'elle-même depuis le centre de mon être. La haine. Un mot en forme d'aboiement et au potentiel dévastateur. Sa puissance soudaine est enivrante. Elle est satisfaisante, mais elle ne suffit pas. Ma haine est très loin d'être étanchée. Je passe ensuite à cette lettre ignoble qui est toujours sur le rebord de la fenêtre, derrière le pot de fleurs. La déchirer serait encore trop gentil. Je veux la voir brûler, car à travers elle je veux toucher la personne qui l'a écrite pour lui faire sentir l'étendue de mon aversion.

Il y a des allumettes sous l'évier. J'en craque une et je l'approche du coin de la feuille. Le papier prend instantanément feu et vire au brun sale, au noir, puis s'effrite. Enfin, une flamme apparaît et s'étire vers le haut. Elle est fascinante à regarder, et à cet instant je comprends les pyromanes. Comment résister à la caresse sensuelle de cette langue de chaleur ? Les flammes me chatouillent les doigts et je laisse tomber la lettre sous le robinet. Quelques secondes encore et elle s'éteint, réduite à un petit amas carbonisé.

Je réserverai le même sort à tout ce qui me menacera. Je suis consciente qu'il s'agit d'une forme de folie, mais pour l'heure je m'y adonne entièrement. Cette folie est bonne, grisante, une victoire sur l'adversité. Un pouvoir. Je ne me laisserai impressionner par personne. Ni par le corbeau, ni par le docteur Holland avec ses questions inquisitrices, ni par Amber. J'ai retrouvé ma force.

Je commence à nettoyer les cendres dans l'évier et je me dis qu'à partir de maintenant, ça sera comme ça. Fini de me défendre, j'attaque.

Couchée dans le noir, je sens le couvre-lit sous mon corps. Sa fraîcheur est agréable. J'ai besoin de froid après la brûlure de tout à l'heure et le feu qui continue à ronfler en moi.

Nous faisions souvent des feux, Papa et moi. C'était le seul moyen de se tenir chaud, surtout dans les cottages où nous n'avions pas le chauffage central. Dans certains d'entre eux nous disposions d'un poêle à bois, et j'étais fascinée par l'intensité du foyer, l'éclat des flammes derrière la vitre. J'approchais ma paume pour voir combien de temps je supporterais la chaleur. Ailleurs, nous avions des cheminées ouvertes, avec des bûches énormes qui éclataient parfois en projetant des braises sur les dalles en ardoise. Papa aimait beaucoup lire devant ces feux. La télévision ne l'intéressait pas ; il détestait les programmes de fiction et estimait que les actualités étaient trop éloignées de ses préoccupations. Jane Marshall se joignait souvent à nous et se mettait sur le canapé, les pieds ramassés sous le corps, ou bien allongée de tout son long en s'assurant de ne pas me laisser la place de m'asseoir.

Un jour elle a donné à Papa la brochure d'une pension à Glasgow. *C'est un établissement très réputé*, lui a-t-elle dit sans me regarder. *Ava y ferait des étincelles. C'est une fille intelligente, elle mérite le meilleur.* Venant de n'importe qui d'autre, Papa aurait rejeté cette idée sans réfléchir. Mais c'était Jane, et elle exerçait une emprise sur lui, ce que je n'ai jamais réellement compris. Et ainsi, une semaine plus tard, nous avons pris le ferry pour le continent, puis nous avons roulé plusieurs heures au milieu des lochs tentaculaires et des collines arides, jusqu'à ce que le relief s'aplanisse et que nous apercevions des bâtiments à l'horizon. L'école était vieille, bâtie en briques grises, avec des colonnades. De longs couloirs. Des filles qui défilaient en rang, anonymes et effacées. Jane marchait devant nous avec la personne chargée de l'accueil, qui lui parlait d'enrichissement pédagogique, de perspectives universitaires, de brillante carrière. Elle a fait un signe de tête à Papa, et j'ai été horrifiée de le voir répondre de la même façon tout en me traînant par la main.

Heureusement, j'ai raté l'examen d'entrée. Je n'ai eu qu'à donner quelques mauvaises réponses, juste assez pour échouer de manière convaincante. Je me suis naturellement délectée de la cuisante déception de Jane lorsqu'elle a découvert mes résultats. Elle qui se croyait débarrassée de moi. C'est à ce moment, je pense, qu'elle a compris que ce ne serait pas aussi simple. Elle a pris quelques cachets et elle s'est servi un verre de vin, accompagnée par Papa. Elle ne m'a rien proposé mais c'était très bien comme ça. Je n'aurais rien accepté, de toute façon.

Bien des décennies plus tard, Ditz a suggéré la possibilité que Jane ait éprouvé de la tendresse pour moi. J'en ai ri tellement fort que j'ai failli m'étrangler avec la gorgée d'eau que je venais de boire. J'étais soufflée que, après toute une vie marquée par la cruauté, Ditz puisse encore penser que les gens avaient un bon fond. Des intentions louables. C'est probablement à sa sœur qu'elle le devait : sa chère Babs qui lui avait fait croire qu'on pouvait se fier aux femmes. Quelle blague. *Tout le monde se fout des gens comme nous*, je lui ai répondu. *À commencer par toi, parce que tu es négligeable, insipide.* Je me souviens que son sourire a vacillé. Elle avait tellement envie de se persuader que le monde n'était pas un enfer et qu'elle y avait sa place. J'avais le devoir de lui remettre les idées en place. La vérité est une chose importante.

Ditz m'a peut-être détestée de lui avoir dit ça, et peut-être qu'elle me déteste encore, là où elle est maintenant. Mais j'avais raison. Il n'y a rien de bon dans l'humain et il n'y avait rien à sauver en elle, ni dans les autres de son espèce. La majorité des gens sont des parasites, résolus à tout aspirer autour d'eux sans rien laisser.

Le fléau de la planète, avait dit un jour Papa au sujet de la race humaine, quand il avait découvert un banc de bouteilles en plastique dans une flaque au milieu des rochers. *Ils salissent tout.*

Ils méritent d'être punis.

Ce matin, je vais sortir me promener. Je ne vais pas prendre mon chemin habituel pour aller en ville, je vais partir de l'autre côté, vers la rivière. Avant la prison, je ne ratais jamais une occasion de m'immerger dans la nature, de laisser l'odeur des feuilles et l'air frais et riche accomplir leurs merveilles. Surtout lorsque Henry m'a larguée ; j'en avais besoin. Peut-être que ça m'aidera aujourd'hui aussi.

Il y a du vent. Quelques feuilles brunes constellent déjà le sol, collées au trottoir par l'humidité. Ça ne me dérange pas ; j'ai mon écharpe, et j'ai acheté un manteau d'hiver en prévision du changement de saison. Il n'y a pas grand monde dehors. En descendant la longue ruelle qui mène à la rivière, je croise quelques personnes qui promènent des chiens et baissent la tête en me voyant, et un homme âgé qui marche difficilement en s'appuyant sur une canne, mais c'est tout. Cette tranquillité me fait du bien. Je me sens mieux. C'était la bonne décision.

Aujourd'hui, je vais me concentrer sur l'avenir, et non sur le passé. Je me rends compte que je suis souvent dans mes souvenirs. Ce n'est pas étonnant, puisque le docteur Holland met un point d'honneur à m'empêcher d'en sortir. J'ai envie de me fixer des objectifs, comme autrefois, avant Henry. J'ai envie de me trouver un nouveau passe-temps, d'essayer des choses. Je crois que ça m'aidera à être plus positive. Je n'ai pas encore décidé ce que j'allais faire – peut-être du point de croix, à moins que je ne m'inscrive à des cours de langue sur Internet. Margot m'a dit que je pouvais télécharger des applications gratuites, mais je ne suis pas très sûre de savoir ce qu'est une application. Encore un de ces machins modernes qui me laissent perplexe.

C'est la première fois que je descends à la rivière. Son cours est large et rapide, d'un beige sombre qui me rappelle l'eau de vaisselle. Mais c'est bon d'être ici, avec cette brise qui me pique les joues. Je m'accoude à un garde-fou et j'observe une rangée de cormorans qui sèchent leurs ailes dans la lumière humide. Il y a aussi des colverts qui glissent entre les roseaux, et quelques goélands argentés perchés sur l'autre rive. Je repère des cafés au bord de l'eau, un peu plus loin, mais je préfère rester seule aujourd'hui et me limiter à une balade sur le sentier. Il est boueux, mais je m'en fiche. J'ai mes bonnes chaussures.

Plus j'avance, plus la rivière s'élargit. Rien de surprenant car c'est un estuaire, je n'avais seulement pas prévu qu'elle changerait si vite de personnalité. Au bout d'un moment je m'arrête, un peu essoufflée, et je profite de la vue. Elle est sinistre, dominée par le vernis froid de l'eau qui se confond pratiquement avec le ciel.

Je prends une grande inspiration et je me dis, *Je suis faite pour ce genre d'endroits*. À l'écart du reste de la société. Une terre traversée par un cours d'eau et musclée par les pierres. C'est moi, c'est ce que je suis véritablement. Bien que ce soit tentant, je ne peux pourtant pas prendre racine ici. Des nuages arrivent de la mer, des nuages noirs et chargés de pluie. Je supporterais une ondée, mais un long retour à la maison sous le déluge ne me tente pas. Je fais demi-tour et rentre ma tête dans mes épaules pour faire barrage au vent froid qui va me souffler dans le cou. Je prendrai un bain en arrivant. Un peu de chaleur bienvenue après ce froid.

Le retour me paraît étrangement plus difficile que l'aller ; peut-être que le chemin monte un peu. J'ai le souffle court et je remarque que le ciel s'assombrit. La pluie est loin d'être terminée. Au bout d'un certain temps, je perçois des pas dans mon dos. Ils sont assez éloignés et je ne les entends que lorsque la brise porte leur bruit jusqu'à moi. Je ralentis et me mets sur le côté, indiquant clairement à la personne de me dépasser. Les pas semblent ralentir eux aussi. Je risque un regard par-dessus mon épaule.

Une silhouette dans un manteau noir me suit à bonne distance ; elle est mince, vraisemblablement une femme. Elle porte un chapeau à bord large qui dissimule son visage et ne laisse apparaître qu'un triangle de menton pâle. C'est curieux de porter un chapeau pareil ici, près de la rivière, avec ce vent qui risque de l'arracher à tout moment. À croire que la personne qui se trouve en dessous cherche à se cacher. Ma peau me picote, à cause du froid, ou peut-être de la nervosité. Quelque chose cloche, je le sens. Toutes les années où j'ai baigné dans la malveillance m'ont appris à y être attentive.

Je me remets en marche et je presse le pas. Ce n'est peut-être rien, un autre promeneur qui appréciait le paysage mais se dépêche maintenant de rentrer. La question est, pourquoi a-t-il ralenti en même temps que moi ? Et pourquoi ce chapeau si délibérément bas ? Voilà que je redeviens parano. Je ne dois surtout pas me mettre dans le même état que l'autre jour, ce n'est pas bon pour moi. Mais je peux aussi essayer de voir ce qu'il en est, ça ne coûte rien. J'accélère encore et marche maintenant bien plus vite qu'à mon habitude. Si je n'ai pas à m'en faire, j'aurai bientôt semé l'autre. Pour le moment je ne peux être sûre de rien, et je ne veux pas regarder une deuxième fois, pas tout de suite. Papa disait toujours que, face à un prédateur, la pire chose que puisse faire un oiseau était de s'immobiliser et de montrer sa peur.

Le vent charrie jusqu'à moi une nouvelle rafale de pas. Ils sont loin, mais le seul fait que je puisse les entendre suffit à m'inquiéter. J'aperçois les cafés sur la berge ; je suis presque à la ruelle qui me ramènera chez moi. Il me suffit de tenir le rythme jusqu'à ce que je retrouve la sécurité de ma maison. Mais le besoin de savoir est trop fort. Je ne peux pas résister, je regarde par-dessus mon épaule. La silhouette est toujours derrière moi. C'est peut-être mon imagination, mais elle paraît même un peu plus proche. En tout cas je ne l'ai pas distancée. Les mains dans les poches, elle cherche quelque chose. Peut-être une arme.

Quelqu'un me suit. *On me traque.*

Je laisse échapper un petit cri. Ce n'est pas normal, ce n'est pas *juste*. Je refuse de me laisser impressionner ; je ne mérite pas qu'on me fasse subir ça. Et d'abord, pour qui elle se prend, cette silhouette avec son chapeau ? Elle veut jouer les vengeurs solitaires, elle s'imagine qu'elle a une mission à accomplir ? Ce n'est pas à elle de décider si je mérite ou non un châtiment ; j'ai tiré ma peine, aux yeux de la loi je suis une personne neuve. Je pourrais m'en aller en courant, mais si je fuis elle croira qu'elle a gagné. Alors je m'arrête, je me retourne et je la regarde bien en face. Il faut qu'elle comprenne à qui elle a affaire. Elle aussi s'arrête et imite ma position – elle se moque de moi, c'est sûr. Et puis elle lève une main, tend un doigt et le pointe dans ma direction. Je distingue la courbe d'une lèvre sous le chapeau.

Ma gorge se noue, mon cœur se met à cogner plus fort contre mes côtes. Je suis percée à jour. Je ne sais pas quoi faire, mais je dois trouver quelque chose.

Je crie : « Arrêtez de me suivre ! » et je suis consternée par le son de ma voix : frêle, tremblante, une voix de souris.

Le vent a forci, mais je suis presque certaine d'entendre un rire étouffé. C'est une femme, pas de doute. J'aperçois une mèche de cheveux qui s'échappe du chapeau et que le vent rabat. Est-ce que je dois m'approcher ? Lui enlever son chapeau pour voir qui me harcèle ? Mais elle garde une main dans sa poche ; elle a peut-être un couteau, qu'elle n'hésiterait pas à sortir, à m'enfoncer dans le flanc comme un boucher dans une carcasse.

J'ajoute : « Vous vous trompez de personne », si bas que je m'entends à peine.

Ma suiveuse baisse la main et j'entends à nouveau son rire. Et puis, sans prévenir, elle tourne les talons et s'éloigne vivement. Je reste à la regarder, bouche bée comme un poisson qu'on vient de sortir de l'eau. Elle ne se retourne pas, même quand elle n'est plus qu'un petit point noir au loin. Elle n'en a pas besoin. Elle cherchait à gâcher ma journée et elle a réussi.

Je crois qu'elle avait les cheveux blonds, si j'en juge par la mèche que j'ai vue voleter. En y réfléchissant, je suis certaine que c'était un blond clair, cette nuance qu'on appelle des cheveux d'ange.

Ça pouvait être Amber. Ça pouvait tout à fait être elle.

- 12 -

En arrivant chez moi, je sais que je suis désormais une créature menacée.

Quelle que soit l'identité de la personne qui me suit, elle est déterminée. Au grand minimum, elle veut me faire peur. Dans le pire des cas, elle a l'intention de me faire du mal. Je sais que les gens qui voudraient me voir souffrir ne manquent pas ; n'importe qui dans l'entourage d'Henry pourrait être derrière tout ça. Et cette personne peut très bien travailler en tandem avec Amber, l'envoyer m'espionner et lui faire des comptes rendus. Qui pourrait être mieux placé et moins suspect que l'innocente voisine d'à côté sans aucun lien apparent avec moi ?

Je me sers un verre de vin, bien qu'il ne soit pas encore l'heure du déjeuner. Il ne faut pas que ça devienne une habitude, mais j'ai besoin de quelque chose qui empêche mon cerveau de tourner en rond. Je suis une feuille de verre transparent qui ne dissimule rien et peut être brisée si nécessaire. Je n'étais pas comme ça avant. Ma nature profonde est celle d'un mur lisse. Imprenable. Solide. Il faut que je la retrouve, et sans traîner.

Le vin fait son œuvre. Je réussis bientôt à m'asseoir à la table de la cuisine et à respirer calmement. Je dois réfléchir en adulte rationnelle, pas comme une enfant paniquée. L'objectif de la lettre était de susciter la peur, et la personne qui me suivait tout à l'heure cherchait à m'effrayer. Ils veulent *jouer*, me faire souffrir parce qu'ils estiment que je le mérite. Très bien. J'adopte leur point de vue, je réfléchis comme eux. Ça me donne l'ascendant en me permettant de prédire leur prochain coup. Ça *pourrait* être Amber – la taille et la couleur des cheveux correspondent. Mais là encore, je dois me montrer pragmatique. Ça pourrait très bien ne pas être elle. Ça pourrait être la fille d'Henry, par exemple. J'ignore à quoi elle ressemble à présent, mais elle doit avoir une trentaine d'années, ce n'est donc pas une possibilité à écarter.

Mon verre est vide. Hélas, la bouteille l'est aussi, mais c'est sûrement mieux. Je suis dans un état de lucidité parfaite. Il y a des mois que je n'ai pas eu les idées aussi claires.

Je vais devoir cacher des armes dans la maison, au cas où. J'ai un jeu de couteaux de cuisine, dont j'utilise seulement le plus petit pour éplucher les légumes, et le dentelé pour le pain. Ce qui me laisse donc trois ou quatre armes possibles, auxquelles j'ajoute mes deux couteaux à steak. Je vais les répartir dans la maison, à des endroits faciles à atteindre, de façon à pouvoir réagir si quelqu'un décide de se montrer violent. Cette pensée me fait sourire. Je me souviens d'une femme en prison, une diablesse qui avait une touffe de cheveux hirsutes sur le crâne et qui louchait. Elle s'était fabriqué une lame en aiguisant l'extrémité d'une brosse à dents. Elle avait réussi à la planter entre les côtes d'une fille. Une preuve supplémentaire de l'inventivité des humains, surtout quand ils sont pris au piège et n'ont rien à perdre.

Après cet épisode, Ditz a été terrorisée pendant plusieurs semaines. Elle était persuadée qu'elle allait subir le même sort parce qu'elle avait balancé une dealeuse. C'était agréable de la réconforter, de jouer le rôle du parent attentif. Je l'ai serrée contre moi et j'ai senti son énergie palpitante qui infusait loin en moi. Elle paraissait se détendre lorsque je caressais ses cheveux. Elle me faisait penser aux oiseaux que je calmais pendant que Papa leur posait une bague à la patte.

Voilà comment je sais que je suis quelqu'un de bien. Dans ces moments où elle perdait espoir et où je l'attirais à moi pour la rassurer, j'étais un parent pour elle, contrairement à tous les autres qui l'avaient laissée pourrir en cellule. Là, même sa sœur adorée ne pouvait rien pour apaiser ses peurs. C'était un acte de bonté de lui apprendre la vérité sur sa vie et sur ce que les gens étaient vraiment. Mauvais. Égoïstes. Voilà pourquoi je lui ai répété tant de fois d'arrêter de se laisser déborder par ses émotions, de croire que sa vie avait un but. Certes, je voulais aussi faire taire ses insupportables jérémiades qui ne lui apportaient rien. Elle aurait eu une vie pitoyable à sa sortie de prison, ça ne faisait aucun doute ; mes paroles n'étaient donc pas cruelles, mais charitables. Pauvre Ditz qui n'avait pas de forces.

Dommage qu'il ne me reste plus de vin. Tant pis, je vais me faire une tasse de café ; ça va me maintenir en alerte. En alerte, c'est dans cette disposition que je dois rester jusqu'à ce que tout cela soit derrière moi.

Il y a maintenant un couteau près de la porte, en équilibre sur mon petit porte-parapluie. Un dans la cuisine, derrière le micro-ondes, et un autre dans le salon. Un couteau à steak, parce qu'il me semble moins probable qu'on m'attaque par surprise dans cette pièce. J'en ai mis un autre sous mon oreiller, et encore un devant la fenêtre de la salle de bains. Et, pour finir, un petit dans la chambre d'amis, derrière la porte. Je suis maintenant armée et parée à toute éventualité, ça me rassure.

Bill passe me voir un peu après 3 heures de l'après-midi. Je note qu'il a soigné sa tenue. Il porte une jolie chemise rentrée dans son pantalon. En plus il s'est rasé, en se faisant une petite coupure au cou, juste au-dessous de sa cicatrice.

« Comment ça va ? me demande-t-il sans se faire prier pour entrer. Vous êtes partie vite l'autre jour. J'espère que ce n'est pas à cause de quelque chose que j'ai dit ?

— Oh non, pas du tout. » Je suis contente qu'il soit là, c'est l'occasion d'avoir une conversation normale au lieu de rester seule à ressasser mes idées noires.

« Ce n'est pas mon Amber qui vous a ennuyée, si ? »

Je relève le *mon.* Sa petite chérie. La femme qui ne ferait pas de mal à une mouche.

« Bien sûr que non. » Un rire forcé. « Quelle jeune femme adorable, si polie et si chaleureuse. »

Il lève un sourcil. « Pas de ça, Robin. Je connais ma fille. Elle est parfois un peu sèche, mais elle a bon cœur. Elle veut seulement s'assurer que vous allez bien traiter son vieux père, c'est tout. »

Bon cœur. Difficile de ne pas broncher en entendant ça. Une petite madame sans cœur, oui. « Je suis certaine que c'est une fille très attentionnée. » Tendant un doigt vers la fenêtre, j'ajoute : « Et si on allait au jardin ? Avant que le soleil s'en aille. »

L'air est doux et c'est un plaisir de sortir. La petite pelouse est parsemée de feuilles, et l'herbe encore brillante d'humidité bien que le soleil ait eu toute la journée pour la sécher. Bill s'assied sur une vieille chaise en métal, rouillée mais toujours fonctionnelle. Je fais un geste en direction de la cuisine.

« Café ? Thé ? Une tasse de chocolat chaud ?

— Vous savez me parler. Un chocolat chaud, s'il vous plaît. »

Je souris et rentre dans la maison. Un bref coup d'œil au micro-ondes m'indique que le couteau est bien caché. Parfait, je n'ai pas envie que Bill me pose des questions pénibles. Je verse un petit tas de poudre dans chaque mug, je mélange avec du lait pour que ce soit bien crémeux, et j'ajoute de l'eau bouillante. Je tends sa tasse à Bill, qui la prend avec un soupir de satisfaction.

« Qu'est-ce qu'il y a de mieux que ça dans la vie ? dit-il en balayant les environs avec sa main. Une tasse chaude entre les mains et le soleil qui brille. »

Je repense à la personne près de la rivière. À la lettre. La vie pourrait être largement meilleure. Si ça se trouve, cette personne m'observe en ce moment même, elle m'épie par la fente dans le portail qui donne sur la ruelle, ou depuis une des nombreuses fenêtres qui nous entourent.

J'acquiesce. « C'est une belle journée.

— Et vous êtes une compagnie agréable. Qu'est-ce qu'un homme pourrait désirer de plus ? »

Songeant à Henry, je me dis que les hommes semblent souvent désirer davantage. Mais Bill n'est pas comme ça. Il apprécie les plaisirs simples, comme moi. C'est pour cette raison que nous nous entendons aussi bien.

« Alors, Robin, quoi de neuf ? demande-t-il après quelques instants.

— Pas grand-chose. Je n'ai toujours pas fini de trier mes cartons. Ça prend du temps.

— Ce n'est pas facile, quand ça fait remonter autant de souvenirs.

— Tout à fait. »

Il me regarde attentivement. « Vous avez parlé d'un homme, au restaurant. C'était votre ex-mari ? »

Mon esprit se pétrifie. Quelle est la meilleure réponse dans ce scénario ? Mari égale divorce ; ça pourrait jouer contre moi à l'avenir. Si Bill me demande en mariage, par exemple, et si je dois produire les papiers du divorce, et…

« Robin ? J'ai encore dépassé les limites ?

— Non, non. On n'était pas mariés. Mais on est restés longtemps ensemble. Il m'a trompée avec une autre femme. »

Bill pousse un sifflement. « Quel connard. Même si je suis mal placé pour juger, vu toutes les saloperies que j'ai pu faire.

— Pendant tout le temps où on a été ensemble, il avait une double vie. » Je recommence à me prendre au jeu. « L'autre femme, c'était une vraie sorcière. Elle savait qu'il était amoureux de moi, mais elle le voulait pour elle.

— Pourquoi est-ce qu'il a continué à la voir, s'il était amoureux de vous ? »

Merde. Ce n'est pas ce que je voulais dire. Il faut que je me concentre. « Il était amoureux de moi, mais il était attaché à elle pour le sexe. » Je baisse la voix et laisse mon regard flotter vers le fond du jardin.

« Quelle tristesse. » Pensif, Bill porte sa tasse à ses lèvres. « Je ne cherche pas à défendre votre ex, mais je peux le comprendre. J'aimais énormément mon ex-femme, mais… vous voyez. Je cherchais le frisson ailleurs.

— Il n'y a pas de quoi être fier.

— Je sais. Et j'ai honte, surtout vu tout le mal que j'ai causé. Mais, Robin, je tiens à vous dire que j'ai compris que c'était un comportement méprisable. Parfois, on a besoin de descendre très bas pour se rendre compte de tout ce qu'on avait. J'ai touché le fond, et ça m'a ouvert les yeux. Votre ex n'a peut-être pas eu cette chance.

— Si vous voulez dire qu'il a toujours vécu dans du coton et qu'il n'a jamais eu de soucis ni de coups durs, vous avez parfaitement raison. »

Il fait la grimace. « Je sens que j'ai touché un point sensible. Changeons de sujet, d'accord ? Il fait trop beau pour parler de ça. D'ailleurs, j'allais oublier, j'ai quelque chose d'important à vous dire.

— Quoi donc ?

— Amber a été tellement impressionnée que vous ayez sauvé la vie de cette petite fille qu'elle a contacté le journal. Ils n'ont pas répondu tout de suite, vous savez ce que c'est avec ces petites feuilles de chou, mais…

— Elle a quoi ? » J'abats mon mug sur la table de jardin avec une force qui dépasse largement mon intention. Le chocolat chaud éclabousse le métal ajouré et le sol.

« L'article disait que les gens sur place se demandaient qui vous étiez. Elle a pensé que ce serait sympa de leur donner une réponse, et que ça vous permettrait de recevoir un peu de reconnaissance. Bref, le journaliste a répondu quelques jours plus tard, il aimerait bien vous rencontrer rapidement, et…

— Elle n'avait *aucun droit* de faire ça. »

Bill écarquille les yeux. « Elle ne pensait pas que ça vous gênerait. Elle se disait seulement que ça ferait un chouette article pour le journal. Vous voyez le genre, la mystérieuse héroïne a un nom, elle s'appelle Robin Smith et elle vient d'arriver dans notre ville…

— Elle n'aurait pas dû. Elle n'aurait absolument pas dû. Je refuse de parler à qui que ce soit. Et vous n'avez pas intérêt à leur dire que…

— Robin, s'il vous plaît. Prenez le temps de respirer. Je suis désolé si je vous ai contrariée. Je pensais que vous seriez flattée.

— Vous envahissez mon intimité. »

Il se recule dans sa chaise, serre les lèvres d'un air pensif, puis il hoche la tête. « D'accord, je comprends votre point de vue. Amber n'a pas réfléchi, c'est tout. Elle croyait bien faire. »

Quelle blague. Amber cherche à me nuire, c'est évident. Reste à déterminer jusqu'où elle peut aller, et ce qu'elle a fait pour le moment.

« Robin ? » La voix de Bill me tire de mes pensées avec la douceur d'un remorqueur qui tracte un paquebot. « Je vous demande pardon, ma fille a mal agi mais elle n'a pas fait exprès. Essayez de vous concentrer sur l'intention, pas sur le résultat. »

Je dois lui montrer que ce n'est pas grave, sinon il va se demander pourquoi ça me secoue autant. Il faut que je sourie gentiment et que je tourne la page comme si ça n'avait aucune importance. Mais j'ai du mal à imprimer la bonne forme à ma bouche, qui reste tendue par ma rage. Les mots vont devoir suffire.

D'une voix cristalline, je dis : « C'est moi qui devrais vous présenter des excuses. Je suis quelqu'un de discret, et je m'énerve rapidement quand je me retrouve exposée. Je sais bien qu'Amber voulait être gentille ; c'est adorable de sa part.

— Vous allez réfléchir à la possibilité de parler au journaliste ? » Il gigote sur sa chaise, mal à l'aise. « Je crois qu'Amber lui a déjà dit où vous habitez. »

Je m'ordonne de rester calme, de résister à la tentation d'aller dans la maison d'à côté, de choper Amber par les cheveux et de lui écraser la tête contre le mur le plus proche, de transformer son visage en bouillie sanguinolente.

« Donc, je dois m'attendre à recevoir la visite d'un journaliste à un moment donné ? » Je veille à conserver le même ton faussement enjoué. Si Bill était un peu moins bouché, il percevrait la note métallique dans ma voix, mais ce genre de chose passe souvent au-dessus de la tête des hommes.

« Non, à mon avis rien n'est encore décidé – elle ne ferait pas ça sans votre permission. » Il lève les mains dans un geste de capitulation. « De toute façon ce ne sera qu'un petit article, pas une double page. »

Mon cœur tambourine. Je dois étouffer ma colère, sinon je risque de laisser échapper quelque chose, de révéler un aspect de ma personnalité qui ferait fuir Bill. C'est bon, je peux y arriver. J'ai connu bien pire. L'interview ne va pas avoir lieu, il n'y aura pas d'autres articles sur moi, et je retrouverai mon anonymat. Ce n'est pas compliqué, une fois exprimé dans ces termes.

Finalement, je réussis à me bricoler un sourire et je dis : « Bien sûr. Je comprends. Ce n'est rien. »

Il pointe sur moi un doigt comme un pistolet. « Exactement, ma belle madame. *Vous*, par contre, vous n'êtes pas rien. N'oubliez jamais ce que vous valez, mademoiselle Robin. »

Son faux accent américain me fait rire, un vrai rire cette fois. *Ça peut marcher entre nous*. Je sens que je me calme. *Il me fait du bien. Je dois seulement trouver le moyen de retirer Amber de l'équation.*

La solution m'apparaîtra en temps voulu, ça ne fait aucun doute.

- 13 -

Je rêve du couteau sous mon oreiller. Il se dresse en serpentant telle la vrille d'une plante et il fend les plumes, transperce le coton, transperce ma tête et s'échappe vers le ciel. Je ne sens rien mais je suis pétrifiée, désemparée, et j'ai peur. Et pendant tout ce temps, les rires des autres détenues résonnent dans le couloir comme les cris d'une meute de hyènes.

À mon réveil, je m'interroge sur la signification de ce rêve. En théorie, les rêves sont les clés des rouages de notre cerveau. Mais je bute sur celui-ci, donc, faute de mieux, je vérifie que le couteau est toujours à sa place, innocemment niché entre l'oreiller et le matelas.

Je fouille toutes les pièces avant de préparer le petit déjeuner, pour m'assurer que personne n'est caché dans la maison. Heureusement que ce n'est pas grand. Pourtant, les ombres derrière les portes me paraissent plus longues, l'atmosphère plus tendue. Est-ce que quelqu'un est entré pendant que je dormais ? Les somnifères m'assomment toujours ; j'aurais très bien pu ne rien entendre. Et l'intrus pourrait être en train de m'observer en riant de ma vulnérabilité.

Dieu merci, il n'y a personne dans les placards, aucun agresseur caché derrière le canapé. Je vais jusqu'à vérifier le panier à linge sale sous le lavabo. Rien à signaler ; je suis en sécurité.

Peu après 9 heures, on sonne à la porte. Je me suis souvenue que Margot devait venir aujourd'hui et ne suis donc pas surprise. Je me demande si ce rituel l'agace autant que moi. Elle a sûrement envie de prendre sa retraite le plus vite possible pour consacrer ses journées à son chien ou à ses petits-enfants. À moins qu'elle ne trépigne en attendant une promotion retardée par un supérieur qui, à tous les coups, est un homme. J'éprouve un soupçon de compassion pour elle, mais ça ne dure pas. Même si je suis libre en théorie, elle reste ma geôlière.

« Ça s'est rafraîchi, non ? dit-elle en entrant sans que je l'y invite. J'ai hésité à mettre des gants. »

Je confirme que le froid est arrivé et je lui emboîte docilement le pas vers la cuisine. Elle passe en revue les plans de travail, puis la table. Elle cherche peut-être l'assiette de biscuits habituelle.

« Alors, dit-elle en prenant un tabouret. Le boulot. J'ai deux ou trois trucs à voir avec vous à ce sujet, donc on va…

— Attendez, vous parlez de me trouver un travail ? »

Je m'assieds en face d'elle.

« Oui, je crois qu'on a abordé le sujet la dernière fois. Je suis sûre que oui, même si je dois vous avouer que je ne sais plus où donner de la tête en ce moment.

— Vous ne trouvez pas que je suis un peu vieille pour travailler ?

— N'importe quoi. Vous en êtes loin. » Elle renifle. « S'ils continuent à repousser l'âge de la retraite, on ne sera jamais trop vieux pour travailler. On va tous bosser jusqu'à notre mort, je vous le parie.

— Je ne me sens pas prête à reprendre un travail. »

Elle me regarde d'un air bizarre. « Vous n'avez pas vraiment le choix, malheureusement. Mon travail à moi, c'est de faire en sorte que vous recommenciez le plus vite possible à apporter votre contribution à la société. Le gouvernement n'a pas les moyens de vous faire vivre éternellement, vous savez. »

Je vois tout à fait où elle veut en venir. Ce pays n'a aucune raison de m'aider de bon cœur. Il a déjà décrété que j'étais mauvaise. Dans un monde idéal, la majorité de la population préférerait probablement me voir morte plutôt qu'aux allocs.

Je repense au parloir de la prison, à Miranda qui me disait, du venin dans la voix, *C'est toi qui devrais être morte, pas lui. Espèce de monstre.* Monstre. Oiseau boucher. Ils se trompent, tous autant qu'ils sont. Mais ce n'est pas le moment de laisser ces souvenirs me submerger.

Je dis : « Très bien. Mais je ne suis pas douée pour les relations humaines. S'il vous plaît, ne me trouvez pas quelque chose où je doive être au contact des gens. »

Elle croise les bras sur sa large poitrine. « Et pourquoi est-ce que vous n'aimez pas parler aux gens, Robin ? »

Instinctivement, je pense, *Ava*. C'est *Ava* qui n'aime pas parler aux gens. Cette Robin n'est qu'une fiction.

« J'ai peur qu'ils me reconnaissent. Je n'ai pas envie de me demander ce qui se passera s'ils apprennent que… vous voyez.

— Mais vous ne pouvez pas vivre toute votre vie dans la peur. Vous avez beaucoup changé, il y a très peu de chances que quelqu'un découvre qui vous êtes réellement.

Qui je suis réellement. Ça me donne envie d'éclater de rire. Ils croient tous m'avoir cernée. La tueuse d'enfant. La femme abandonnée, jalouse. Froide et dénuée de remords. Mais ils sont à côté de la plaque. Personne ne peut voir ce qu'il y a dans mon cœur, la créature qui vit et respire en moi.

« Et si je vous disais que quelqu'un a *déjà* découvert qui je suis ? »

Elle fronce les sourcils. « Est-ce que c'est vrai, Robin ? Parce que, dans ce cas, nous allons devoir lancer une procédure officielle. Je ne vous cache pas que ça va être un enfer pour obtenir de nouvelles mesures d'anonymisation. Nous allons certainement devoir vous faire déménager. »

Je pense à Bill. Je ne veux pas qu'on m'éloigne de lui alors que nous commençons à nous rapprocher. Je me chargerai moi-même du corbeau. J'ai déjà eu à affronter pire. Rapidement, je fais non de la tête.

« C'était juste une hypothèse. Je voulais savoir ce qui se passerait si ça arrivait. »

Elle continue à me regarder avec suspicion. « Pas la peine de nous tracasser avec ça pour le moment, dit-elle. Aujourd'hui, je vais vous donner des objectifs que vous allez devoir atteindre pour la semaine prochaine. D'accord ? Prenez ça comme un exercice amusant qui vous aidera à vous réintégrer dans le monde.

— En quoi est-ce que ça consiste ?

— D'abord, vous allez chercher du travail. » Elle pousse une brochure vers moi. « Je vous ai même pris un rendez-vous. Regardez, vous avez tous les détails ici. »

Je ne jette même pas un coup d'œil à sa brochure. Je la lirai plus tard. Ça fait trop à assimiler d'un seul coup.

« Je veux aussi que vous vous inscriviez à des cours en ligne. Que vous appreniez de nouvelles choses. C'est un programme ouvert à tous les anciens détenus, et une chance à saisir. » Une deuxième brochure rejoint la première, juste sous mon nez.

Je demande : « Est-ce que ça peut être quelque chose qui m'intéresse ?

— Bien sûr. Dites-vous que c'est un nouveau hobby. »

Ah, c'est mieux. Me concentrer sur une activité différente. Ça, c'est à ma portée.

J'acquiesce et je souris. « Laissez-moi tout ça, je ferai mes devoirs.

— Je compte sur vous pour avoir 20 sur 20. »

Je pense à Bill qui me fait des clins d'œil, qui m'encourage à aller de l'avant, à essayer des choses, à m'émanciper de cette existence minable. Je dis : « Pas de problème », et je pointe un doigt comme un pistolet dans sa direction.

Elle me sourit et hoche la tête. Et pour ce qui est du rendez-vous avec l'agence pour l'emploi, on verra.

Alors que je me prépare à me coucher, je te vois dans le coin de la chambre.

Il y avait un moment que je ne t'avais pas vu aussi nettement ; depuis ma sortie de prison, tu es resté cantonné à mes rêves. Te voir quand je suis éveillée, c'est encore bien pire.

Tu as l'air en forme, comme souvent dans ces visions. Maigre et dégingandé, mais débordant de jeunesse et de force, de cette énergie que procurent l'air frais et une alimentation saine.

Et puis ton visage se met à pâlir beaucoup trop. Tes lèvres virent au blanc, puis rapidement au bleu. Ton regard devient vitreux et je prends vaguement conscience de ma voix qui murmure *non, je vous en prie, non* en un soupir presque inaudible. Parce que je ne veux pas de ça, je ne supporterai pas de *revoir* ça : toi, tel que tu étais ce dernier jour, quand tout a si mal tourné.

Malgré les années, je sens encore ton regard accusateur. La colère fatiguée, amère, vis-à-vis de tout ce qui aurait pu exister si les choses s'étaient déroulées autrement. Tu aurais pu avoir bientôt quarante ans, être père à ton tour. Tu ferais une belle carrière, tu vivrais certainement dans une maison avec une allée. Tu aurais des lunettes et tu perdrais tes cheveux, mais ton visage resterait ouvert, apaisant. Tu serais aimé par tous ceux qui te connaîtraient.

Je murmure, *Je m'en veux tellement, tellement.* Ça ne change rien ; tu ne peux pas m'entendre. Ou alors tu as trop de haine pour accepter mes regrets.

Cette amertume me ronge, me mine un peu plus chaque jour. Tu ne le vois donc pas ? Je donnerais n'importe quoi pour revenir en arrière, pour ne t'avoir jamais invité chez moi – même si tout était très innocent, et j'espère que tu t'en rends compte. Les cris, le coup, ce coup qui n'était même pas violent ; rien de tout cela n'aurait dû arriver. Ce n'était pas ma faute : tu ferais mieux d'en vouloir à ton père, à ta mère… ce sont eux les vrais coupables. Ils n'étaient pas là pour toi. Tu me l'as dit toi-même, et tu le sais.

J'implore ton ombre. C'est futile, c'est pathétique parce que tu n'es pas réellement là, il y a longtemps que tu n'es plus là.

Réagissant à mes pensées, tu disparais lentement. En réalité, tu t'estompes plus que tu ne disparais, comme une brume matinale qui se dissipe. Je me frotte les yeux et je prends une longue inspiration tremblante. Voilà ce qu'ils ne comprennent pas. Jamais, jamais je n'ai souhaité te faire du mal. À d'autres, oui, peut-être. J'ai ça en moi ; je sais de quoi je suis capable. Mais à toi, non. J'ai toujours eu beaucoup trop d'estime pour toi, et ces visions incessantes sont un calvaire. Une partie de moi désire que tu reviennes. Que tu reviennes *vraiment*, pour que je puisse te dire ce que j'ai à te dire. Nous avions toujours de bonnes conversations, tous les deux. Est-ce que tu te souviens de nos promenades après tes cours, avant qu'Henry apprenne que nous étions amis ? Seulement quelques balades, trois ou quatre tout au plus. Parfaitement inoffensives, innocentes et sincères. Avec moi, tu t'ouvrais facilement. Nos bonjours étaient toujours un peu gênés, mais ensuite tu te lançais, rassuré de savoir que je ne te voulais que du bien et que je m'intéressais réellement à ce que tu avais à dire. On ne t'écoutait pas beaucoup à la maison.

Je ne me souviens pas précisément de quoi nous parlions. C'était il y a si longtemps. Des oiseaux, parfois. Tu adorais mes histoires des îles et tu m'interrogeais sur cette vie dans laquelle il n'y avait pas d'école, où je pouvais marcher dans les herbes hautes et regarder la mer toute la journée. Tu disais souvent que Miranda préférait ta petite sœur, qu'elle l'emmenait faire les magasins, qu'elle lui rapportait des petits cadeaux et qu'elle la félicitait pour ses bonnes notes. Tu as dû souffrir d'avoir une mère pareille. C'était elle le monstre, pas moi.

Quand je l'espionnais, chaque fois que je la voyais sortir ou revenir, elle avait soit un sac de couturier au bras, soit des emplettes plein les mains. Elle aimait dépenser, ça se voyait, et elle avait tout le temps la même expression aigrie, supérieure. Détestable à regarder, et sûrement pénible à vivre pour toi.

Parfois je te posais des questions sur ton père. Je sentais bien qu'il te forçait à devenir ce que tu n'étais pas. C'est que font les hommes comme lui. Ils imposent leur volonté aux autres. Et lorsqu'ils obtiennent le résultat souhaité, ils les laissent tomber comme un sac de pierres. Je suis convaincue qu'il l'aurait fait avec toi aussi. C'était un père abominable.

Je ne t'ai jamais raccompagné jusque chez toi, c'était trop risqué, j'aurais éveillé des soupçons. Ça n'a pas empêché qu'Henry découvre ce qu'il y avait entre nous. Nous avons eu une explication particulièrement désagréable, même s'il a eu le bon sens de ne pas t'obliger à y assister. Il m'a menacée de mesures d'éloignement, à croire que c'était moi qui te maltraitais et pas lui.

Il m'a craché, *Tu fais une fixation.*

C'était faux, mais il n'a jamais réussi à le comprendre. J'enrageais, mais je ne faisais pas de fixation ; j'étais furieuse contre lui à cause de ce qu'il m'avait fait, et parce qu'il s'en tirait trop bien.

J'aurais probablement pu parler de nous à Miranda, histoire d'en finir. Mais je doute qu'elle m'aurait crue. Elle aurait machinalement pris son parti, même si elle devait savoir comment il était. C'est lui qui payait ses sacs de créateur. Elle estimait sûrement que son intérêt était de ne pas mordre la main qui la caressait avec tant de complaisance.

Je n'aurais pas dit non à un ou deux sacs à main. À des vacances à Tenerife, ou sur l'île à la mode où ils étaient partis cet été-là. Pas parce que j'étais attachée au matériel ; j'ai toujours été au-dessus de ça. Plutôt parce que je savais quelle valeur elles avaient aux yeux d'Henry ; et je savais que plus il dépensait pour une personne, plus elle était chère à ses yeux.

Mais je commence à tout mélanger. Je ne *voulais pas* d'Henry, donc, si je suis logique, je ne voulais pas non plus de ces choses. Je n'en ai jamais voulu. Je me satisfaisais de mon petit appartement avec sa kitchenette minuscule, sa baignoire aux joints moisis, son placard encastré et sa porte qui se détachait. C'était chez moi, et cet appartement montrait bien tout le mépris que m'inspire le rêve capitaliste. Je valais beaucoup mieux que ça ; comme Papa, je savais vivre avec peu et tendre vers un but plus élevé. J'espère que tu t'en rendais compte, à l'époque, lors de nos promenades après les cours, avant qu'Henry nous en prive. Nous étions deux compagnons, non ? Et j'avais un tel respect pour ta manière de penser, pour le regard étonnant et pur que tu portais sur le monde. J'espère que ça compte pour quelque chose, où que tu sois maintenant.

Il y a des excréments dans mon jardin, sur les gravillons. Je m'en aperçois lorsque je sors pour aller à l'épicerie, et ma bonne humeur s'envole instantanément. Pendant quelques minutes, je me demande s'ils n'ont pas été déposés là par malveillance, s'ils ne sont pas une nouvelle étape dans la campagne de haine dont je suis victime. Et puis j'y regarde de plus près. Mince et enroulé, ça a tout l'air d'être une crotte de chat, or il y a plusieurs chats dans le quartier. Ce n'est rien. Pas de quoi m'inquiéter.

Je déteste les chats. Je respecte leur flegme, leur démarche confiante, mais ils ont un tempérament furtif et sournois qui me débecte. Pourquoi dissimuler leur nature de prédateurs ? Pourquoi jouer la timidité alors que ce sont des tueurs sanguinaires ? Papa les traitait de meurtriers et disait qu'il n'hésiterait pas à tous les abattre si on lui en donnait la chance. D'ailleurs, il s'en est pris à plusieurs personnes à cause de leurs chats, en insistant pour qu'elles leur attachent une clochette au collier, afin de laisser une chance aux oiseaux.

Je rapporte de l'essuie-tout et je ramasse l'étron. Il est mou sous mes doigts, une éponge. Je suis prise d'un haut-le-cœur en le jetant dans la poubelle.

« Un chat est venu chier dans votre jardin ? »

Je me retourne, prête à affronter le visage moqueur de cette personne qui m'en veut et me file entre les doigts. C'est Amber. Elle sourit, un sourire légèrement ironique. *C'est elle mon ennemie*. Oui, ça pourrait être elle qui me pourrit la vie. Comme le chat, elle est rusée, fourbe. Elle n'a pas le courage de montrer sa vraie nature.

Sèchement, je réponds : « Je crois que c'était un chat, oui.

— C'est marrant, j'ai pas l'impression qu'ils viennent chez Papa.

— Ils ne venaient pas non plus chez moi avant aujourd'hui.

— Je me demande ce qui lui a pris. »

Je ne vais pas rentrer dans son jeu, je m'y refuse. Je me borne à hausser les épaules, puis je lui adresse un bref salut de la tête et je repars vers chez moi. Elle se coule le long du mur entre les deux jardins et, sous mes yeux horrifiés, elle me pose une main sur le bras.

J'ai envie de m'écarter. Non, j'ai envie de lui attraper le bras, de lui faire regretter d'avoir osé me toucher. Quel culot. *Quel culot.*

« Papa m'a dit que vous n'étiez pas très partante pour parler avec le journaliste », dit-elle sans remarquer ma colère. Semblables à des araignées, ses doigts sont délicats mais insistants.

« Effectivement. » Je repousse sa main. « Je ne veux pas lui parler.

— Pourquoi ? Il y a un problème ?

— Je ne veux pas qu'on en fasse tout un foin. Je n'ai pas vraiment sauvé cette petite fille, elle est passée en courant devant moi, j'ai eu un réflexe et…

— Vous avez l'air nerveuse, Robin. Est-ce que ça va ? »

Peau de vache. Elle joue avec moi, mais son faux air préoccupé ne prend pas.

« Je vais très bien, merci. Mais je n'aime pas qu'on envahisse ma vie privée. J'aime qu'on me fiche la paix. »

Elle lève les deux mains en l'air.

« Mon Dieu, je suis désolée. Je ne me rendais pas compte que ça pouvait vous embêter.

— Ça ne m'a pas du tout embêtée. »

Elle se met à sourire. Une bouche de requin, il n'y a pas d'autre mot. « Et si vous me laissiez m'en charger ? Je pourrais tout arranger, vous n'aurez rien à faire.

— Le plus important, c'est que je n'ai pas envie d'être dérangée.

— Je comprends, oui. Mais je trouve que vous méritez quand même un peu de reconnaissance. »

Elle se fout ouvertement de moi. Mes poings se serrent. Son air mielleux ne trompe personne.

Soudain son sourire s'efface et elle se rapproche de moi. « Robin, dit-elle d'une voix qui n'est guère plus qu'un murmure. Papa m'a parlé de votre passé. De cette histoire de *prison.* »

Je me raidis. Au fond de moi, des pensées tourbillonnent et luttent pour prendre le dessus. *Pourquoi est-ce qu'il lui en a parlé ? Comment a-t-il pu oser, alors que je lui faisais confiance ? Qu'est-ce qu'elle sait précisément ? Est-ce qu'elle me nargue ? Qu'est-ce qu'elle cherche ?*

« Robin ? Écoutez, je ne voulais pas empiéter sur votre vie privée. Je vois que j'ai dit quelque chose qui vous a déplu. J'ai du mal à communiquer parfois, ça a toujours été un problème… »

Je n'ai aucune idée de ce qu'elle raconte, mais elle a bel et bien empiété sur ma vie privée ; elle a enfoncé mes faibles défenses et elle est déterminée à me détruire. C'est *elle*. Je le sais, j'en ai la certitude.

D'une voix qui monte dans les aigus, je fais : « C'était vous l'autre jour ? »

Elle recule d'un pas. « Quand ça ? Quel jour ?

— Au bord de la rivière. C'était vous, pas vrai ? Et la lettre aussi.

— Honnêtement, je ne vois pas de quoi vous parlez, Robin. Au bord de la rivière ?

— Ne jouez pas à l'innocente avec moi.

— Et si j'allais plutôt chercher Papa ? » Elle pointe un doigt vers la maison. « Il est meilleur que moi pour ce genre de situations.

— Non… vous avez commencé, vous avez intérêt à assumer. » Je tends le bras, je lui attrape le poignet et je serre peut-être un peu trop, mais c'est plus fort que moi ; ma rage est trop puissante, trop immense, je ne peux pas la contenir. C'est *elle,* c'est elle, et je veux la mettre à genoux. Elle me suppliera d'arrêter et je…

« Robin, lâchez-moi s'il vous plaît, vous me faites mal. »

Elle a des cheveux d'ange. De grands yeux, comme Ditz. Tout à coup elle *est* Ditz, qui m'implore, qui me demande d'arrêter de lui dire toutes ces choses affreuses, qui me dit qu'elle n'y arrive pas, qu'elle va *faire quelque chose* si je continue, qu'elle… Je relâche ma prise. J'ai des fourmis dans les doigts. Je sais que j'ai perdu le contrôle. Le médecin de la prison me l'a dit, je dois me maîtriser si je veux pouvoir évoluer dans le monde extérieur. J'ai chaud aux joues. Mes lèvres tremblent. Il faut que je répare ça, et vite.

« Je vous demande pardon. Mais j'ai l'impression que vous essayez délibérément de me pourrir la vie, et c'est déjà assez difficile comme ça. Je ne le tolérerai pas. »

Elle secoue la tête en se massant le poignet. « J'avoue que j'ai eu quelques doutes, au début, je me demandais quelles intentions vous aviez vis-à-vis de Papa, mais…

— Ne venez pas fourrer votre nez dans mes affaires. Et arrêtez vos vacheries. Je ne sais pas ce que vous croyez à propos de mon passé, mais vous vous trompez, et si vous êtes de mèche avec Henry, dites-lui que je ne cherchais pas à l'atteindre en faisant ça. Vous lui direz, d'accord ?

— Je ne comprends pas de quoi vous parlez. C'est qui, ce Henry ? »

J'en ai trop dit. Il faut que je rentre. J'ai besoin de prendre des cachets, de boire un peu de vin, n'importe quoi pour arrêter de cogiter.

Je murmure : « Fichez-moi la paix », et je rentre précipitamment. J'entends qu'elle répond quelque chose, mais sa voix est étouffée par le claquement de la porte. Je ne voulais pas la claquer. Je ne voulais pas que tout ça se produise.

Qu'est-ce qui m'a pris ? Je lui ai fait mal. Je ne l'ai pas fait exprès, mais sa méchanceté le méritait. Il n'empêche, je me suis abaissée à son niveau ; je l'ai attaquée alors que j'aurais dû lui tourner le dos. Toujours se placer en position de supériorité et chercher à prendre l'ascendant.

Je pense au labbe. À ses cercles incessants dans le ciel. Au plongeon soudain, au coup de bec qui lacère, aux hurlements des autres oiseaux. Il y a une poésie cruelle là-dedans, une séduction difficile à nier. Mais je ne suis pas comme ça. Non. Ce que Papa m'a crié après l'histoire avec Jane Marshall, ce n'était pas la vérité. Je ne suis pas dépourvue d'émotions, et je pense aux sentiments des autres, réellement.

Coup de chance, lors de ma précédente expédition au supermarché j'ai acheté deux bouteilles de vin pour la semaine. Elles feront l'affaire pour le moment. Elles vont m'empêcher de réfléchir, et peut-être même de respirer si je m'en sers pour faire glisser quelques somnifères. J'ai besoin de calme, d'apaisement, mes pensées sont trop agitées et tempétueuses.

Si je prends trop de somnifères, je deviendrai exactement comme toi. Immobile et muette pour toujours et à jamais.

Il ne faut pas que je pense à ça, surtout pas.

- 14 -

Je croyais qu'une balade au parc me débarrasserait de cette migraine carabinée. Voilà pourtant plus d'une heure que je suis assise sur ce banc, et ça ne va pas mieux. Je me sens desséchée. Mon sang cogne trop fort dans mes tempes. Une bouteille et demie, j'admets que c'était excessif. Mais le vin a rempli son office, donc je ne me plains pas.

En principe je n'ai pas le droit d'être ici, car il y a un terrain de jeux non loin et les modalités de ma libération conditionnelle m'interdisent d'approcher des endroits fréquentés par des enfants. Les écoles, par exemple. C'est une règle difficile à appliquer, il y a des écoles partout ; impossible de se promener sans en croiser une. Des enfants, partout des enfants, et nulle part la paix. Procréer semble être devenu la priorité absolue de cette époque. Néanmoins, personne ne sait que je suis là. Margot n'a pas le temps de me surveiller, et quand bien même elle le pourrait, elle ne le voudrait pas. La réalité est que mes chaperons s'en fichent un peu ; ils se bornent à fixer des règles visant à convaincre la société qu'ils font ce qu'il faut. Tout ça n'est qu'une façade. Et je n'apprécie pas qu'ils laissent entendre que je constitue une menace pour les enfants. Cela dit, personne ne fait mine de se soucier de ce que j'apprécie ou pas.

J'ai apporté un sandwich, mais la fraîcheur de l'air me décourage de le manger ici. Je ne me sens pas à ma place, je n'arrive pas à me détendre sur ces lattes dures. Ce banc me rappelle ceux qui bordaient la salle de loisir en prison – le même bois rigide, la même peinture de mauvaise qualité. Conçus pour proposer un confort minimal, leur objectif principal était que la personne assise s'attarde le moins possible. Mais il y avait longtemps que je n'étais pas venue dans un jardin public. Une de mes dernières conversations avec Jane Marshall a eu lieu dans un parc qui ressemblait beaucoup à celui-ci, en moins bien entretenu et avec une vue sur la baie en contrebas. C'est drôle comme il suffit parfois d'un lieu, d'une odeur ou d'un goût pour raviver un souvenir. J'avais complètement oublié cet épisode.

Pourquoi m'avait-elle emmenée là ? Les détails ne sont pas clairs, mais j'étais jeune. Papa était peut-être sur le continent pour un rendez-vous. Ça arrivait de temps en temps, et il n'était jamais rassuré de me laisser seule à la maison. Ou peut-être que Jane avait présenté cette promenade comme une occasion ridicule de nous rapprocher. Qui sait ? Tout ce dont je peux être sûre, c'est que ses intentions étaient égoïstes ou cruelles, voire les deux. Je me souviens que j'ai fait sans enthousiasme un tour sur les balançoires et le toboggan, après quoi nous nous sommes assises sur un banc. Elle m'a tendu une Thermos remplie de chocolat chaud qui avait un goût de flotte. Ça devait être l'hiver : je portais mon gros manteau, trop petit pour moi et râpé aux coudes.

Je sens bien que tu n'es pas à l'aise avec moi, a-t-elle dit. *Nous devrions être amies, toi et moi, pas ennemies. Je ne cherche pas à te voler ton père. Je sais que ta mère te manque.*

Nous avons certainement parlé d'autres choses, mais je ne m'en souviens pas. Je me souviens seulement de son visage chevalin au-dessus de moi – son teint jaunâtre et ses longues joues, ses incisives proéminentes. Elle me dégoûtait.

Je ne suis pas en très bonne santé, m'a-t-elle encore dit, et j'ai pensé aux médicaments qu'elle prenait, aux flacons alignés sur le rebord de la fenêtre de la cuisine. *Pour être franche, Ava, j'aurais besoin d'être un peu moins stressée. Tu veux bien que nous fassions quelques efforts ?*

Je ne sais pas ce que j'ai répondu, je ne garde que le souvenir de son haleine, des bourrasques chaudes qu'elle me soufflait au visage et qui sentaient le pain rassis avec une touche de menthe poivrée. J'ai sûrement eu un mouvement de recul, elle l'a probablement remarqué et l'a rangé avec la foule d'autres choses qu'elle avait à me reprocher. S'imaginait-elle vraiment que j'allais me laisser berner par son petit numéro de fausse gentillesse ? Si oui, elle était encore plus stupide que je ne le pensais.

Une mère et son fils approchent et m'arrachent à mes réflexions. Le garçon doit avoir trois ou quatre ans. Tout va bien, je n'ai pas à bouger, ce sont eux qui pénètrent dans mon espace et non l'inverse, j'étais là en premier. Ils ne vont pas me donner mauvaise conscience d'être ici. Le manteau du petit garçon est couvert de boue, ses genoux aussi. Il me regarde de travers. Si jeune et déjà si suspicieux. Peut-être que les gens naissent désagréables et que l'éducation n'y est pas pour grand-chose.

Je me lève et je lisse ma jupe. Ça n'a pas été un moment plaisant, mais il m'a permis de m'éclaircir les idées et de dissiper quelque peu les miasmes de la gueule de bois. Il m'a aussi fait sortir de chez moi, ce qui était une bonne chose car je craignais que Bill passe me rendre visite. Pas le Bill chaleureux et ouvert auquel je me suis attachée, mais le père furieux que j'aie fait de la peine à sa précieuse petite fille en lui criant dessus. Ce Bill-là, je n'ai pas envie de le voir. S'il est en colère, je veux d'abord qu'il se calme. Je n'arrive pas à deviner ce qu'il pense, et ça ne me plaît pas. Amber a décidé de s'interposer entre nous, et je sens qu'elle y arrive. Mais il va bien falloir que je rentre à un moment ou à un autre, je ne peux pas traîner dehors toute la journée. Je vais devoir serrer les dents, une fois de plus.

Chaque jour, faire preuve de courage. C'est épuisant.

J'ai reçu un e-mail, envoyé hier d'après l'en-tête. Il faut que je prenne l'habitude de relever mon courrier plus régulièrement, surtout que celui-ci vient de Margot. Elle m'a demandé de me familiariser avec la technologie, et je ferais mieux de montrer un peu de bonne volonté. J'ai intérêt à ce qu'elle continue de cocher toutes les bonnes cases.

Je parcours rapidement l'écran. Margot me parle du rendez-vous de demain 10 heures à l'agence pour l'emploi. Il faudra que je sois bien habillée et que je prenne l'entretien au sérieux, c'est ce qu'on attend de moi. Tout ça me paraît ridicule. Qui pourrait souhaiter m'embaucher ? Quand bien même je n'aurais pas de casier judiciaire, j'ai cinquante ans passés et ne possède aucune qualification, même si mon expérience de la vie doit valoir un paquet de diplômes. Mais, vu que je n'ai pas *vraiment* envie de trouver un travail, il vaut certainement mieux que je sois inemployable. Drôle de situation. Vivre aux crochets de l'État alors que je ne demande qu'à *quitter* cet État, à me planquer sur une île loin de tout où je me débrouillerais en autarcie. Le plus simple serait qu'on me laisse m'en aller. Je suis certaine que Bill saurait faire pousser des légumes sur une île déserte. Et réparer des choses. Il dégage une aura de débrouillardise, une impression d'efficacité et de patience inébranlable. Il survivrait très bien dans les Hébrides extérieures, et je pense qu'il saurait prendre soin des autres. De moi, par exemple.

Je soupire. En déposant ma candidature auprès de la Société de protection des oiseaux, j'étais convaincue d'être faite pour le poste. Certes, avoir un père comme le mien était un avantage. Toutes les personnes que j'ai vues pendant l'entretien m'ont présenté leurs condoléances en répétant quelle perte c'était pour le monde de l'ornithologie, et combien ses travaux avaient été déterminants pour la recherche.

Ils devaient penser que j'avais hérité d'une partie au moins de son génie. Ils étaient moins expansifs quelques années plus tard, quand ils m'ont demandé de partir. Ce jour-là, je me suis retrouvée face à une rangée de visages impassibles qui refusaient de soutenir mon regard. *Vous savez que nous ne pouvons pas vous garder*, a dit l'un d'eux. *Le plus simple serait de donner votre démission, pour nous éviter les complications d'un licenciement pour faute grave.* Henry, lui, n'a pas eu à subir ce genre de réunion ni à entendre qu'il avait commis une faute, grave ou non. Il a gardé son poste parce qu'il était plus haut placé que moi, et bien sûr parce que c'est un homme. Les hommes peuvent faire ce genre de choses, pas les femmes.

J'ai tout perdu à cause de lui. Mais je ne dois pas céder à la haine une fois de plus. Je me demande si Margot lui fait des comptes rendus. A-t-il le droit de savoir où j'en suis, comment je me débrouille depuis ma sortie de prison ? Les victimes ont peut-être un accès spécial à ces informations. Dans ce cas, je parie qu'il rigole bien à mes dépens, quand il pense à ma petite vie triste et solitaire. J'adorerais qu'il soit au courant pour Bill, qu'il sache que je ne suis pas battue, loin de là.

C'est peut-être encore de la paranoïa. Rien ne me dit que Margot est en contact avec lui. Je m'emballe, je fais des suppositions qui s'appuient sur des émotions, et non sur des faits. Comme dit le docteur Holland, il faut que je porte un regard rationnel sur les choses. Pourquoi prendrait-elle cette peine ? Elle n'y aurait aucun intérêt. Mais je ne peux pas m'empêcher de m'interroger.

Je referme doucement l'ordinateur et je le repose par terre. Il manque un bureau dans cette pièce, ça lui donnerait une vraie raison d'être. Je me demande si mes allocations me le permettraient ; j'ai déjà utilisé tout ce qu'on m'a donné pour me meubler. Les bons citoyens seraient furieux d'apprendre que leurs impôts servent à me faire vivre. Leur méchanceté me fait trembler.

Mais voici ce que je leur demanderais : est-ce que vous voyez une autre solution ? Me sortir de prison et me laisser à la rue ? Tous les anciens détenus récidiveraient dans la minute, ils n'auraient pas le choix. Si on le menace, même un saint sort ses griffes. C'est une réaction naturelle. Avec un sourire chagrin, je songe, *Docteur Holland, j'ai posé un regard rationnel sur la situation. Mais je crois que ça n'a pas changé grand-chose. Parce que la réalité, c'est que tout le monde déteste les gens comme moi. Tout le monde préférerait que je sois morte.*

C'est une idée noire, sur laquelle je préfère ne pas m'attarder. Je suis *ici*. Vivante. Je peux encore apporter du positif à ce monde, mais je n'y arriverai que si on m'en laisse la possibilité. Je peux agir concrètement. Je peux rendre Bill heureux, pour commencer, et ce n'est pas rien. Je dois simplement m'assurer qu'Amber n'a pas tout gâché.

La nuit tombe de plus en plus tôt. Il est à peine 18 heures et le ciel s'assombrit déjà. J'admire le coucher de soleil par la fenêtre de la cuisine, des traînées rose et orange éclatantes sur tout l'horizon. Comme aurait dit ma mère, le ciel rouge à la fin du jour, du beau temps prédit le retour.

J'aperçois un mouvement derrière le mur au fond du jardin. C'est le sommet d'une tête dessinée par la lumière rasante. Ça arrive souvent, il y a du passage. Mais celle-ci s'attarde. Immobile, elle attend. Pourquoi s'est-elle arrêtée ici ? Il n'y a rien dans la ruelle, à part des sacs-poubelle éventrés et un matelas défoncé adossé aux briques. Ma peau me picote. Est-ce que quelqu'un surveille la maison ? Cette personne m'observe peut-être en ce moment même, se délecte de ma perplexité, savoure mon inquiétude. Ça pourrait être Amber ; elle n'aurait qu'à se faufiler par le portail du jardin de son père. Je plisse les yeux pour tenter de distinguer la couleur des cheveux ou un détail révélateur.

La tête se met en mouvement. Quelques secondes plus tard, elle a disparu.

Ce n'est pas bon pour moi, de ruminer et de me tracasser comme ça. Je ferais mieux de sortir. Dans la pénombre, je serai anonyme et pourrai me promener librement, sans crainte d'être vue. Si quelqu'un me guette derrière la maison, on ne me verra pas passer par l'avant. En plus, le ciel est splendide. Autant en profiter, puisque j'en ai le droit. Personne ne peut m'en empêcher, surtout pas Amber.

Rien ne me prouve que c'est elle. Je ne dois pas perdre cela de vue.

En partant, je remarque que Bill a tiré ses rideaux plus tôt qu'à l'accoutumée. D'habitude il les laisse ouverts, et tant pis si les passants peuvent regarder dans son salon, mais pas aujourd'hui. Je me demande pourquoi. Pour m'empêcher de le voir ? Non, c'est idiot. À moins qu'Amber ne soit rentrée discrètement. Elle est derrière ce rideau et elle lui dit de se méfier, il y a une meurtrière dans la maison d'à côté et… Pas ce mot, je déteste ce mot. Il est trop réducteur ; il ne reflète pas du tout la vérité. Un homicide involontaire n'est pas un meurtre. Mais elle lui a peut-être tout raconté, elle lui a parlé de notre dispute d'hier. Est-ce que je lui ai fait un bleu au poignet ? Je ne le voulais pas, mais j'admets avoir serré trop fort. Si ça se trouve, ses petits bras fragiles marquent facilement, et si ça se trouve elle les lui a montrés en disant, *Regarde ce qu'elle m'a fait, il faut que tu prennes tes distances, cette femme est un démon, elle est...*

Rien ne me dit que ces choses sont arrivées, donc je dois arrêter d'y penser. Il y a mille bonnes raisons d'expliquer que les rideaux soient tirés. J'en vois un remuer quand je passe, mais c'est peut-être mon imagination. Le mouvement était infime, un frémissement.

Les réverbères s'allument au-dessus de ma tête, une série de clignotements tout le long de la rue. Dommage, je préférais le gris anthracite du crépuscule. Il y a maintenant des flaques de lumière sur le trottoir, comme si on y avait déversé de la peinture. Tout est calme. Étonnant, pour une ville. Je me serais attendue à ce qu'il y ait au moins une personne qui rentre du travail, ou une voiture cherchant à se garer.

Je n'aime pas ça. Je me sens observée.

Je regarde par-dessus mon épaule, pensant découvrir le trottoir désert derrière moi. Sauf qu'il y a quelqu'un. Je note le long manteau noir. Le chapeau rabattu sur les yeux. Je ne suis pas observée, je suis traquée. Rapidement je me retourne, je me force à garder la tête haute et je lutte contre la panique.

C'est la même personne que la dernière fois. En tout cas, elle est aussi mince. Ça pourrait vraiment être Amber. Elle se tient raide, agressive, nerveuse comme un coq nain. Pire, c'est elle qui a l'avantage car elle se trouve entre moi et la maison où je serais en sécurité. C'est peut-être voulu. Comment a-t-elle réussi à faire aussi vite le tour depuis la ruelle ? Elle doit être rapide, vu sa morphologie : sèche, faite pour la vitesse et la discrétion.

Ça pourrait aussi bien ne pas être elle. Ça pourrait être quelqu'un d'autre, une personne payée par Henry et Miranda qui s'est cachée derrière une voiture quand je suis passée. Si ça se trouve, elle espionne la maison depuis le début de la journée. J'ai besoin d'en avoir le cœur net ; le doute me ronge, il me rend craintive, hésitante, alors que j'ai besoin d'être déterminée et d'agir vite.

J'entends des pas : l'autre a dû accélérer. Sans réfléchir, j'accélère moi aussi, puis je ralentis pour écouter mais mon souffle est trop rapide et trop bruyant. Je jette un coup d'œil dans mon dos.

Elle a disparu. Non, je me trompe, elle a changé de trottoir et elle s'est arrêtée. À moins que ? Elle est entre deux réverbères, dans la pénombre. Je n'entends plus ses pas. Il faut que je rentre sans traîner. Je pourrais être agressée ici, personne ne verrait rien. Je me viderais de mon sang en pleine rue avant qu'on me remarque. Heureusement, je ne suis pas très loin de chez moi. Je presse le pas. Je refuse de lever les yeux – je ne veux pas inviter l'autre à m'attaquer. Je pousse le portail, j'enfonce la clé dans la serrure, je retrouve la chaleur de la maison et je claque la porte derrière moi. Puis je vais dans le salon sur la pointe des pieds, en rasant lentement les murs, et j'attends dans le noir, près de la fenêtre.

Je ne vois personne. Une minute s'écoule. Une voiture passe, phares allumés. Cinq minutes plus tard, je vois quelqu'un dans la rue, mais c'est un homme et il est bien plus carré que la silhouette que je cherche.

La personne qui me suivait a dû jeter l'éponge, ou bien elle a regagné sa cachette, en admettant qu'elle m'ait bel et bien suivie. Ne pas savoir est une torture. Si c'était Amber, elle n'est vraisemblablement pas rentrée chez son père, je l'aurais vue. Bien sûr, elle a aussi pu rentrer par l'arrière. Elle est peut-être juste devant chez moi, au téléphone avec Henry qui lui donne de nouvelles instructions. Ça *semble* possible. Quoi qu'il en soit, rester près de la fenêtre ne m'apportera rien. Je tire les rideaux, laisse la nuit dehors et allume.

Mes idées s'entrechoquent. Amber est la seule explication logique, tout commence à prendre forme. Si c'est elle, elle ne gagnera pas cette guerre, et Henry non plus. Est-ce qu'il y a quelque chose entre eux ? Bill a fait allusion à une rupture ; elle a tout à fait pu commencer à voir Henry, et il se sert d'elle pour m'atteindre.

Tout se tient, présenté de cette façon. Les pièces s'emboîtent si facilement que c'en est effrayant. Mais je dois réfléchir avec prudence. Amber est patiente, donc je dois le devenir aussi. Ce ne sera pas difficile, la patience est un de mes talents. J'ai eu vingt-cinq ans de prison pour me perfectionner.

Je n'aime pas être réveillée par l'alarme, mais la fin justifie les moyens. Au moins j'ai les idées claires, mon corps a fini d'évacuer les derniers restes de gueule de bois. En plus, je n'ai pris qu'un seul somnifère hier soir, bien que j'aie eu un mal fou à m'endormir à cause d'Amber. Je ne vais pas la laisser prendre le contrôle de mes pensées. J'ai besoin de me concentrer sur ma mission du moment : mon rendez-vous à l'agence pour l'emploi.

Je choisis une jupe et un chemisier. Pas ma plus belle tenue : je veux être présentable, pas en faire des caisses. Hors de question qu'ils croient que je suis dos au mur et qu'ils me refilent le premier job pourri. Mes cheveux sont un peu ternes ; j'aurais dû les laver hier soir, mais j'avais la tête ailleurs. Tant pis. Il fait beau aujourd'hui, comme le magnifique coucher de soleil d'hier l'annonçait. J'hésite à prendre une veste et me décide finalement à en attraper une dans le placard sous l'escalier. On n'est jamais trop prudente. Ce n'est pas loin à pied. Je suis pratiquement sûre que la personne qui me suit ne sera pas là, et de toute façon l'atmosphère de la rue est bien différente pendant la journée. Elle est pleine d'énergie, chargée de la force de toutes les personnes qui s'affairent derrière leurs murs. Pour le moment, je suis en sécurité.

L'agence se trouve en périphérie de la ville, ce qui la rend plus facile d'accès. C'est un bâtiment tout en béton flanqué d'un rond-point animé. Laid, comme tous les édifices du service public, mais il a le mérite d'annoncer la couleur. Dès l'instant où les yeux se posent dessus, on sait que les choses sérieuses commencent. Je pousse la porte et percute un mur de chaleur. Le souffle du chauffage hérisse mes cheveux, qui crépitent un instant et retombent quand je m'éloigne en direction du guichet d'accueil. Quatre autres personnes patientent sur des sièges le long du mur, avec la même expression d'ennui sur le visage.

En plaquant mes cheveux sur mon crâne, je dis : « J'ai rendez-vous à 10 heures.

— Votre nom ? » La réceptionniste ne prend pas la peine de me regarder et garde les yeux rivés à l'écran de son ordinateur. Elle ressemble à une adolescente maigrichonne, avec ses clavicules saillantes. Quelle carrière pour une femme si jeune ; un aller simple pour le cynisme, sans aucun doute.

« Robin Smith. »

Elle fronce les sourcils et, d'un geste vague, m'indique les sièges, qui sont tous occupés. « Attendez ici, marmonne-t-elle. On va vous appeler. »

Je vais m'adosser au mur. Un des hommes me propose sa place en levant un sourcil mais je fais non de la tête, même si j'apprécie l'attention. Il reste encore quelques personnes bien éduquées.

Le temps s'étire au point de se rompre. Les aiguilles de la pendule sur le mur semblent collées en place et le tic-tac devient vite exaspérant. L'un après l'autre, tels des canetons qui plongent dans une mare, les hommes sont convoqués. De nouvelles personnes arrivent, de nouvelles mines abattues qui emplissent l'espace. Il y a de l'activité ici, mais pas beaucoup de joie. Aucune positivité, uniquement de la résignation.

Enfin, une grosse tête mal rasée apparaît dans le couloir. « Robin Smith ? »

Je lève la main, aussi obéissante qu'une enfant, et j'emboîte le pas à l'homme. C'est la première porte sur la droite, une pièce spartiate, sans fenêtres. Une chaise en plastique d'un côté du bureau ; de l'autre une chaise pivotante en skaï, à peine plus confortable. Un ordinateur portable, quelques papiers, c'est tout. L'homme s'assied et pousse un soupir.

« Donc, vous êtes là pour les aides ? dit-il en tapant déjà sur son clavier.

— Euh, oui, sûrement. Mais on m'envoie surtout ici pour que je trouve un travail. »

Il déplace la souris de son ordinateur et fixe son écran en plissant fort les paupières. Enfin, il fronce les sourcils.

« Je vois, dit-il en me jetant un coup d'œil rapide. Vous avez un casier judiciaire. Ça ne va pas faciliter les choses.

— J'imagine que je devrai le déclarer aux employeurs ?

— Tout à fait. Et apparemment vous devrez le faire toute votre vie, étant donné la longueur de la peine. Vous êtes restée longtemps en prison, j'ai l'impression. »

Je n'aime pas le ton de sa voix : elle est devenue railleuse. Il a déjà tiré ses conclusions, et je suis prête à parier qu'il se plante sur toute la ligne.

« Donc ça veut dire que je ne vais jamais rien trouver ? » J'ai toutes les peines du monde à ne pas laisser transparaître mon espoir.

« Oh, on peut toujours essayer. » Il tape sur son clavier, se masse le visage, et je devine qu'il préférerait de loin être au pub, en train de boire pour oublier. « Nous avons quelques possibilités. Ici j'ai un poste dans une entreprise de nettoyage. Elle est à seulement quelques rues de chez vous, ce serait pratique.

— Je ne crois pas que je serais très bonne à ça.

— En l'occurrence, vous n'avez pas trop le choix. Vous allez devoir candidater, sinon vous n'aurez pas droit aux aides. Votre conseillère d'insertion ne vous a pas expliqué comment ça marche ? »

Il est possible que Margot y ait fait allusion un jour. Elle parle beaucoup, et parfois je zappe. Je hausse les épaules.

« Je vais vous imprimer la fiche, dit-il en cliquant avec sa souris. On va aussi essayer celui-là. Une fleuriste de Falmouth Street qui cherche une vendeuse. Vous avez l'air d'aimer les fleurs.

— Je ne vois pas ce qui vous fait dire ça. »

Il me tend la feuille sortie de l'imprimante, puis il se laisse aller contre le dossier de sa chaise. « Si vous voulez obtenir ces aides, vous allez devoir postuler et vous rendre à l'entretien. Vous allez aussi devoir chercher activement un emploi. Et n'essayez pas de gruger, croyez-moi, on a déjà tout vu.

— Je ne suis pas une tricheuse. »

Encore ce regard. Un regard qui dit, *Non, tu es bien pire*. Il fait la moue, et puis il opine.

« Je suis sûr qu'on finira par vous trouver quelque chose, Robin. »

Je déglutis. Ces démarches s'annoncent bien plus pénibles que je ne l'imaginais, elles vont encore me créer des soucis supplémentaires. Tous, ils vont me maintenir sous pression jusqu'à ce que je craque. Mais je ne me laisserai pas faire, pas après tout ce que j'ai enduré. S'ils croient pouvoir me faire peur – en me traquant, en me méprisant, en me jugeant –, ils vont en être pour leurs frais.

- 15 -

Alors que j'arrive chez moi, je vois quelqu'un à la porte, qui regarde par la vitre. Pas une femme, ça me rassure. Impossible que ce soit le facteur, la tenue ne colle pas. Et puis je distingue le crâne brillant et le dos légèrement voûté : c'est Bill, et je sais déjà ce qu'il veut.

Tout en lissant mon haut et en retapant ma coiffure, je me répète qu'il n'est pas une menace. Il m'aime bien. Il ne cherche pas à me faire du mal. Il se retourne, me voit approcher et me fait un salut de la main. J'ai du mal à interpréter son geste : il ne me paraît pas aussi jovial qu'à l'accoutumée, mais je suis peut-être victime d'un nouvel accès de paranoïa.

« Bonjour, Robin, me dit-il quand je pousse le portail. Je me demandais si vous étiez sortie.

— J'avais un rendez-vous. Tout va bien ? »

Il enfonce les mains dans les poches de son pantalon : il est sur la défensive. Mon estomac se serre.

À regret, il dit : « En fait… Je voulais vous parler de quelque chose. »

Ça y est. Amber a réussi à pourrir notre relation. Le regard de Bill est méfiant, alors qu'il était ouvert, accueillant. Ses épaules sont tendues, ses bras aussi.

« Vous voulez entrer ?

— J'aimerais bien, si ça ne vous ennuie pas. »

Je tourne la clé dans la serrure, lance mon sac à main sur les marches et lui fais signe de me suivre dans la cuisine.

En commençant à préparer le thé, je lui demande ce qui se passe. Je me rends compte que je m'agite plus que d'habitude, que je passe d'un endroit à l'autre comme une mouche paniquée. Tant que ça me permet de ne pas croiser son regard ; j'ai peur de ce que je pourrais y voir.

« Amber m'a dit que vous avez eu un petit accrochage. »

Un petit accrochage. Il fait allusion au moment où je lui ai serré le poignet. Si seulement il savait de quoi elle est capable ; s'il voyait tout ce qu'elle fait pour m'effrayer. Mais je ne dois rien laisser paraître. Je dois me montrer aussi maligne et perfide qu'elle. Le moment est venu de combattre le mal par le mal. J'inspire un grand coup et je me retourne vers lui.

D'une voix de velours, je dis : « Je suis navrée. Ça ne me ressemble pas. Mais elle insistait à propos du journaliste, et…

— Oui, elle m'en a parlé. Elle était dans tous ses états. Amber ne sait pas gérer les situations conflictuelles, et elle est encore traumatisée par son ex. »

C'est toujours Amber qui passe en premier, systématiquement. Et mes besoins à moi ? Ce que je ressens, ça ne compte pas ?

Lentement, je dis : « Je ne voulais pas la blesser. Je suis consciente d'avoir été trop sèche. Elle est arrivée dans un mauvais jour. »

Enfin, son visage s'adoucit. « Je me demandais si c'était quelque chose de ce genre. Je le lui ai dit, mais elle s'est mis en tête que vous ne l'aimez pas. Ça a toujours été difficile pour elle, depuis toute jeune, vous pouvez…

— Bien sûr, je comprends. » En réalité je ne comprends pas, et je n'ai aucune envie d'en savoir davantage sur ses problèmes, mais il n'a pas besoin de le savoir. Autant lui laisser croire que ça m'affecte.

L'eau bout, je remplis les tasses. J'ai remarqué qu'il aime le thé fort, avec du lait. J'ai observé ces choses et je les ai mémorisées parce que je suis quelqu'un d'attentionné. Je ne me contente pas de le manipuler émotionnellement, pas comme sa fille.

Je m'assieds avec lui et, de ma voix la plus apaisante, je dis : « Un bon thé, ça va vous faire du bien. »

Il sourit et trinque avec moi. « Merci de comprendre, Robin. Ça me tracassait, vous savez. J'avais peur qu'il y ait de l'animosité entre vous et mon Amber. Je vous aime beaucoup et j'aimerais que vous vous entendiez bien avec elle. »

Il m'aime beaucoup. Je retiens un sourire. Il a des sentiments pour moi, il vient de l'avouer.

« Moi aussi je vous aime beaucoup. Et je vous promets que je n'ai rien contre votre fille.

— Merveilleux.

— On devrait refaire quelque chose un de ces jours, qu'est-ce que vous en dites ? »

Il lève les yeux et la fumée de son thé le fait cligner des yeux. « Oui, ce serait bien. Qu'est-ce que vous diriez d'une balade cet après-midi, près de la rivière ? On pourrait profiter des derniers rayons de soleil de la saison. »

Je me raidis. « Pourquoi là-bas ?

— Pourquoi pas ? C'est joli. »

C'est un hasard. Ne pas chercher plus loin ; c'est simplement une promenade agréable. Mais l'autre jour, quand Amber est rentrée après m'avoir suivie, elle a pu en parler avec Bill, et l'idée lui est restée en tête. Non, c'est tiré par les cheveux. Je dois me concentrer sur les faits : Bill veut simplement que nous passions un moment ensemble à contempler le paysage, et c'est quelque chose de positif.

Enfin, je réponds : « D'accord, ça me plairait bien. »

Il me jette un coup d'œil en biais, il a un drôle de sourire aux lèvres.

« Il y a des moments où j'aimerais bien savoir à quoi vous pensez. Vous regardez dans le vague et je n'arrive pas à interpréter ça. »

Je lui rends son sourire et je me dis, *Mieux vaut que tu ne saches pas, crois-moi.* Toutes les choses ne sont pas bonnes à dire.

Est-ce que j'en fais trop si je me maquille pour sortir me balader ? Ma main hésite au-dessus de la petite trousse où je range mes produits de beauté, et puis elle retombe le long de mon corps. Oui. Bill est observateur, il s'en rendra compte. Mais est-ce que ce serait un mal ? Ça lui ferait comprendre qu'il compte pour moi. Ça le rapprocherait de moi. Au lieu de me maquiller, j'ouvre mon tiroir à chaussettes et j'en sors une seconde paire. J'ai facilement froid aux pieds, même si ce n'est pas encore l'hiver.

Et alors je te sens. Debout dans le coin, comme l'autre jour, tu m'observes.

Je m'assieds sur le lit et je marmonne : « Pas maintenant », sans quitter la moquette des yeux. « Je dois sortir, c'est pas le moment. »

Tu es toujours là. Je lève les yeux et j'étouffe un cri en plaquant ma main sur ma bouche.

Tu n'es plus qu'un squelette : des os sales, un crâne aux orbites vides. Mais c'est toi, pas de doute : la posture, l'inclinaison de la tête. Des touffes de mousse ont poussé sur ta hanche et sur un de tes pieds. Il y a de la terre dans les creux de tes os. Elle tombera si tu bouges, et elle laissera des traces par terre. *Je viens de passer l'aspirateur.* Une réflexion tellement déplacée qu'une bulle de rire se forme dans ma gorge, à moins que ce ne soit un sanglot ? Je n'arrive pas à faire la différence.

Normalement tu ne ressembles pas à ça. Et ça me fait *horreur*, parce que je sais que c'est ce que tu es maintenant, ce que tu es réellement. Dans ce cercueil froid et muet, inviolé depuis des décennies.

D'une voix à peine plus forte qu'un soupir, je te supplie d'arrêter. Je n'arrive pas à te regarder, mais je ne peux pas détourner les yeux, je vois des larmes scintiller dans tes orbites vides, même si c'est impossible ; rien de tout ça n'est possible. Tu ne peux pas pleurer. Tu es mort, tu as cessé de vivre il y a des années.

Si seulement tu pouvais me laisser en paix. Si seulement tu pouvais rester. Je veux que tu m'écoutes, que tu écoutes ce que j'ai à dire et que tu t'en ailles pour de bon, parce que ça ne peut pas continuer. Je veux que tu tourmentes ton père, ta mère aussi. Pas moi. Je ne le mérite plus.

Oh, mais si, murmure une petite voix. La tienne ? La mienne ? Je ne sais plus. Je baisse les yeux, les relève. Tu as disparu, quel soulagement.

Je tremble. Pas seulement mes mains, c'est un séisme de tout mon corps. Je fais tous les efforts possibles pour me ressaisir. Bill sera bientôt là, je ne veux pas qu'il me voie comme ça. Il posera des questions et je n'aurai pas suffisamment recouvré mon sang-froid pour donner les bonnes réponses.

C'est parce que je vais sortir me promener ? C'est ça ? Tu m'en veux à cause de cette promenade qu'on a faite ensemble ? La dernière, avant que tu viennes chez moi ? Je ne savais pas. Il faut que tu me croies, je ne mens pas. Je ne dis pas que je n'étais pas en colère. Ton père avait été *très* grossier envers moi, et la lettre de l'avocat avait été la goutte d'eau. Mais lorsque je t'ai croisé ce jour-là, alors que tu allais rejoindre des amis en ville, je ne me doutais pas de ce qui allait arriver. J'avais seulement prévu que nous discuterions, que nous passerions un moment agréable, et que je te donnerais une nouvelle chance de vider ton sac si tu avais envie de parler de tes parents. J'étais comme une sœur, ou même une mère de substitution. Tu aimais me parler, je le sais. Je voyais que tu aimais l'idée de fréquenter quelqu'un de plus âgé, à plus forte raison une fille. Si j'avais su, j'aurais tourné les talons à la seconde où je t'ai vu. Parce que ma vie aussi a été gâchée. Tu es mort, et c'est affreux, mais moi je suis toujours là et chaque journée est une punition. Le seul fait d'exister est parfois un supplice.

Je me force à me rappeler que je suis seule. J'ai presque trop peur pour inspecter la moquette dans le coin, je redoute d'y trouver de la terre, parce qu'elle prouverait que ce qui vient de se passer est la réalité. Mais la moquette est impeccable, comme d'habitude. C'était encore une hallucination. Il faut que je garde en tête ce que les médecins de la prison m'ont conseillé dans les moments comme celui-là : respirer profondément ; me répéter que c'est une illusion ; si possible, m'éloigner vers un endroit plus sûr.

Plus sûr. Quelle blague. Je vais quand même descendre dans le salon et attendre que Bill vienne me chercher. Je ne te vois jamais dans le salon, je sais que j'y serai tranquille.

« Est-ce que ça va ? me demande Bill sur le pas de la porte. Vous n'avez pas l'air dans votre assiette.

— Ah bon ?

— On dirait que vous avez vu un fantôme. »

J'aimerais tant ne plus avoir à prendre sur moi. Je viens de passer plusieurs minutes dans le salon, les yeux fermés, à craindre de voir une chose que je ne veux pas voir. *Un fantôme*, c'est le cas de le dire. Il semblerait bien que je sois hantée.

« Tout va bien. » Après ce mensonge, j'indique la porte avec un mouvement de la tête. « On y va ?

— Eh bien, vous ne perdez pas de temps. D'accord, c'est parti. »

Je ferme à clé et nous nous mettons en marche. Ça me fait du bien de sortir, l'air frais me requinque. Je me rassure en me persuadant que ce n'était qu'une hallucination. Il n'y avait rien dans le coin de ma chambre – ni squelette en décomposition ni toi. C'est bien plus facile de le croire hors de la maison.

Tandis que nous descendons l'allée, je demande : « Alors, de quoi est-ce que vous voulez parler ? » J'ai besoin de me changer les idées.

« De la météo ? C'est ce qu'on fait quand on est anglais. Ou bien de politique ?

— Surtout pas, je déteste les politiciens. »

Il rit. « Moi aussi. Ils n'ont jamais rien fait pour moi.

— Pour moi non plus, ni avant ni maintenant.

— Comment ça ? »

Je réfléchis avant de répondre. « Quand on sort de prison, c'est le parcours du combattant. Personne ne se soucie vraiment de nous. »

Il me lance un regard avisé. « Peut-être parce que les anciens détenus ne sont pas considérés comme des gens très sympathiques ? Sans vouloir vous vexer.

— Oui, sûrement. Et je devrais certainement m'estimer heureuse qu'on m'ait donné un endroit pour vivre, des allocations, une nouvelle identité et… »

Les mots. Les mots. Je bafouille sans réussir à refermer la bouche. *Je le savais*, je savais que je finirais par me trahir. Je suis paralysée. Que faire ? Rire. Voilà, prétendre que c'était une blague. Je tente un gloussement puis je regarde Bill.

L'air incrédule, il répète : « Une nouvelle identité ?

— C'est une blague que j'aime bien faire. Mais elle ne fait pas rire beaucoup de gens. Je disais souvent que j'aurais aimé changer de nom parce que je déteste le mien. J'aurais pu en changer quand je suis sortie de prison, ça aurait été le moment idéal.

— Mais vous vous appelez quand même Robin.

— Oui, bien sûr. »

Je m'intime de me ressaisir. En temps normal je suis plus prudente, mais l'épisode de tout à l'heure m'a laissée sous le choc et j'ai baissé ma garde. J'étire mes lèvres en un sourire rassurant et j'oblige mes épaules à se relâcher.

Bill paraît se détendre. « Je suis content que vous vous appeliez Robin, dit-il enfin. Je n'arrive pas à vous imaginer avec un autre prénom. Vous êtes une Robin à cent pour cent. C'est un prénom qui vous va comme un gant. »

Quelle déprime. Je *déteste* ce prénom banal, insignifiant.

« J'aurais préféré quelque chose qui en impose un peu plus.

— Je n'ai jamais trouvé que vous en imposiez. Vous êtes sympa et normale, c'est ça qui me plaît. »

Sympa et normale. Je n'en reviens pas qu'il me voie comme ça. Mais ce n'est peut-être pas exactement ce qu'il veut dire. Il doit vouloir dire gentille. Douce. Abordable. Il devine que je ne suis pas comme tout le monde, et je suis certaine que c'est ce qui le séduit chez moi.

Nous continuons sur le chemin et nous arrivons à la rivière. Aucun signe de ma harceleuse à l'horizon. Normal : si c'est Amber, elle ne va pas me suivre alors que je suis avec son père. Elle est plus maligne que ça.

« Et si on s'arrêtait dans un de ces jolis cafés ? propose Bill. C'est moi qui invite. »

Je réponds : « Avec plaisir », et il prend la tête. Je l'ai échappé belle tout à l'heure, ça mérite bien une petite fête.

Après le café, nous marchons pendant un long moment et je perds la notion du temps. Nous parlons de sujets légers, ça me soulage. Pas un mot sur Amber ni sur le passé. Nous conversons comme un couple ordinaire, avec des rires et parfois un désaccord sur un point de détail. Bill et moi n'avons pas tout à fait la même vision du monde. Il a par exemple des opinions arriérées sur la place des femmes dans la société. Mais, dans l'ensemble, nous nous sommes bien trouvés. Tout paraît naturel. Quand le soleil commence à se coucher, nous revenons vers chez moi. L'air est plus piquant, la nuit s'annonce froide.

Je lui demande : « Vous voulez entrer un moment ? » et je me sens rougir. J'aurais préféré que ça sonne davantage comme une invitation en tout bien tout honneur.

Il sourit et s'appuie au chambranle de la porte comme un cow-boy à l'entrée d'un bar. « Ça dépend de ce que vous avez à me proposer.

— Je peux nous faire quelque chose de chaud, ou bien j'ai du vin. Mais il est peut-être un peu tôt pour boire de l'alcool ?

— Il n'est jamais trop tôt, Robin. Allez, on va se réchauffer avec un bon verre. »

Ça me fait bizarre de rentrer dans la maison. Comme si quelque chose était différent. Les angles paraissent avoir bougé d'un degré ou deux, les murs ne sont plus droits et les sols penchent un peu. Ce n'est qu'un effet de mon imagination, je le sais, mais ça reste troublant. Déconcertant. J'ai un mauvais pressentiment, ce qui est idiot. Je n'ai rien à craindre. Tout est en ordre.

Bill va dans le salon et se met à l'aise pendant que je vais chercher la bouteille dans la cuisine. En le voyant s'étaler sur mon canapé, mon malaise s'accroît. Il prend beaucoup de place, et sa présence a quelque chose d'un peu présomptueux. Ce qui m'énerve, c'est peut-être que son attitude me rappelle celle d'Henry, sa façon d'évoluer dans mon appartement comme s'il était chez lui. Il laissait de la terre sur la moquette, des marques de tasse sur la table du salon, de l'urine sur la lunette des toilettes qu'il ne prenait jamais la peine de relever.

Bill n'est pas Henry. Bill est un homme bon, qui me respectera et respectera mon environnement. Je m'assieds à côté de lui, nos genoux se touchent, et je sers le vin.

Il lève son verre.

« À vous, Robin. Si c'est réellement votre prénom. »

Je me fige. « Vous savez bien que c'est mon prénom.

— Je voulais être sûr, vu que tout à l'heure vous avez dit…

— C'était une blague.

— Bon, peu importe comment vous vous appelez, je bois à votre santé. Je me sens rajeunir depuis que je vous connais.

— Et moi aussi. » Je trinque avec lui. Nous portons nos verres à nos lèvres sans nous quitter du regard. Je finis par baisser les yeux. Bill peut se montrer assez intense.

« Vous êtes une belle femme, vous savez », dit-il après quelques instants.

La désinvolture dans sa voix me désarçonne. Je ris et bois rapidement une nouvelle gorgée de vin. « C'était peut-être vrai dans ma jeunesse, mais je suis devenue vieille et grise. Ça me manque, par moments.

— On est tous pareils. Vous auriez dû me voir quand j'étais au top de ma forme ! Aucune femme ne me résistait. »

Il a un petit sourire en coin, j'en déduis qu'il plaisante.

Doucement, je réponds : « Je n'ai jamais été comme ça. Je ne sais pas si les hommes me remarquaient, en tout cas je ne m'en rendais pas compte.

— Oh, je suis certain qu'ils vous remarquaient.

— Je ne sais pas. J'étais jolie, mais très timide. Le seul homme qui ait jamais vraiment fait attention à moi… » Je m'interromps, j'ai failli dire son nom. Est-ce que je lui ai donné un faux prénom quand nous avons parlé de lui au restaurant ? Impossible de m'en souvenir. Pour le moment il vaut mieux que j'évite tous les prénoms, histoire d'être sûre.

« Vous revoyez votre ex, de temps en temps ? me demande Bill en se laissant aller contre les coussins.

— Non. Mon Dieu, non. À ma connaissance, il est toujours avec la femme pour laquelle il m'a quittée.

— Ça doit être dur pour vous. Excusez-moi, mais vous ne m'aviez pas dit que c'était uniquement sexuel entre eux ? Donc il n'y avait pas que ça ? »

J'ai dit ça ? Je me repasse nos précédentes conversations en accéléré. C'est tout à fait possible. Mais peut-être aussi qu'il essaie de me piéger, de me faire avouer mon mensonge.

Finalement, je réponds : « Je l'ai fichu à la porte parce qu'il avait une liaison sordide avec elle, et là il lui est tombé dans les bras. » C'est assez ambigu ; pas d'éléments importants à mémoriser.

« Je vois. »

L'expression de son visage m'inquiète. Il n'a pas l'air très convaincu. Je dois à tout prix éviter de lui donner des raisons de fouiller dans ma vie privée, ce serait une catastrophe.

« Et donc, cet homme, continue Bill en me fixant. À quoi est-ce qu'il ressemblait ? Je me demande si vous avez un type d'homme. »

Ça me fait rire. « Je ne pense pas. »

Il s'approche de moi. « Tout le monde a un type.

— J'aime les hommes gentils.

— Vous me trouvez gentil ? »

Je suis paniquée. Je suis euphorique. Il s'approche encore. Il va m'embrasser. J'en ai envie, je refuse. Je m'oppose à cette invasion de mon espace mais je suis attirée par ses joues tannées, son sourire éclatant. J'ai envie de le toucher. Je n'en ai pas envie. Ce serait une transgression, et aucun homme ne…

Ses lèvres sont sur les miennes. Je ne m'attendais pas à ce qu'elles soient si dures. De la pierre. Elles insistent, exercent une pression sur les miennes, les forcent à s'écarter.

Je devrais y prendre du plaisir. Et c'est peut-être ce que je fais, un petit peu. Je suis désirée, c'est grisant. C'est un pouvoir : j'ai une emprise sur lui, et ça n'est pas rien. Mais sa langue est maintenant dans ma bouche, et la sensation est plus indiscrète qu'érotique. Une limace qui se faufile entre les lattes du parquet. Une éponge humide. Je la touche avec la mienne et réprime un mouvement de recul. Son baiser est plein de salive. Mais ça vient peut-être de moi, je ne maîtrise rien. Qu'est-ce que je dois faire ? Est-ce que je dois enrouler ma langue à la sienne, m'engager dans une espèce de danse baveuse ? L'avancer et la reculer, comme il fait maintenant ? Et où est-ce que je dois mettre mes mains ? J'ai toujours le verre de vin dans l'une d'elles, je ne peux pas le poser sans risquer de le renverser.

Enfin, Bill s'écarte de moi. Je prends une grande inspiration.

Il se lèche les lèvres et me fait un clin d'œil. « Ça faisait longtemps que j'avais envie de vous embrasser.

— C'était… bien. » Ma voix est minuscule.

« Mais je suis un gentleman, continue-t-il en se resservant. Je n'attends rien de plus et je n'insisterai jamais. J'apprécie votre compagnie, Robin, et je veux que vous soyez à l'aise avec moi. »

Je me rends compte qu'Henry n'aurait jamais dit ça et je me détends un peu. Bill tient compte de ce que je ressens. Il est attiré par moi, et il a des besoins parce que c'est un homme, mais il les contrôle par respect pour moi. C'est un homme bien.

Je réponds simplement : « Merci. Vous comptez vraiment beaucoup pour moi, Bill.

— Alors là, vous faites le bonheur d'un vieux garçon comme moi. »

Je souris, j'ai envie de me blottir contre lui, qu'il me prenne dans ses bras forts. J'ai aussi envie qu'il s'en aille. J'ai besoin de tranquillité, de temps pour digérer. Mais une partie plus sombre de moi me chuchote que, s'il s'en va, les hallucinations vont revenir. Je relègue cette pensée dans un coin. Elle n'a rien à faire ici, surtout pas maintenant.

- 16 -

J'ai mal dormi. Pas à cause des cauchemars, cette fois, Dieu merci. Je n'ai pas arrêté de cogiter. Je me suis imaginée fuyant la ville au mépris des règles imbéciles de ma conditionnelle, monter dans un train et partir le plus au nord possible. Emmener Bill avec moi, trouver un cottage minuscule, quelque part sur une île. J'ai aussi eu des idées plus noires. Je me suis demandé combien de temps je pourrais continuer à mentir de manière convaincante avant de me faire pincer. La pression est énorme. J'ai dû sombrer peu avant l'aube. Je me souviens que le ciel s'éclaircissait. Quand mon téléphone sonne, j'ai l'impression d'entendre l'alarme, ce bruit strident qui nous réveillait tous les matins en prison.

Je ne sais pas qui appelle, mais on insiste. Je laisse sonner, et puis ça commence à m'inquiéter. C'était peut-être l'agence pour l'emploi, ou bien le docteur Holland. Ou Margot. D'ailleurs, il faut toujours que je remplisse le formulaire de demande d'aides et que je postule pour des jobs.

Une quinzaine de minutes plus tard, le téléphone se remet à sonner. Cette fois je décroche.

« Allo ? C'est Robin Smith à l'appareil ? »

Une voix de femme, trop jeune pour être Margot. Étrange. Est-ce que ça pourrait être ma harceleuse, prête à passer à la vitesse supérieure ? Je balaie le salon du regard, me rappelle la présence du couteau, et des autres, un peu partout dans la maison. Je suis bien protégée.

« C'est moi. Qu'est-ce que je peux faire pour vous ?

— Génial, c'est le bon numéro. Votre voisine, Amber, nous a laissé votre adresse et j'ai pris la liberté de chercher à vous contacter. J'espère que ça ne vous dérange pas ?

— Excusez-moi mais… qu'est-ce qui se passe ?

— Je suis Madeleine Mason, de *L'Écho*.

— Quel écho ?

— *L'Écho*. Le journal. Je ne vais pas vous embêter longtemps, mais nous préparons un papier sur les rues du centre-ville et nous aimerions beaucoup un mot de votre part à propos de la petite fille que vous avez sauvée. Si j'ai bien compris, la voiture a foncé droit sur le trottoir ? »

Je vois. Un autre type de harcèlement. J'aurais dû me douter que cette histoire continuerait à me suivre.

Je dis : « Je suis désolée, je ne peux pas vous aider.

— Nous aimerions seulement une ou deux phrases, pour illustrer à quel point ces rues sont dangereuses. Ça pourrait inciter la mairie à agir.

— Je ne peux rien faire.

— Oh. » Elle se tait. Je vois d'ici à quoi elle ressemble : elle est mince, elle porte une jupe droite de pimbêche, et elle a des ongles vernis qu'elle est probablement en train de mordiller. Sur un ton plus froid, elle reprend,

« D'accord. Nous avons l'intention de revenir sur cet incident, parce qu'il y a eu pas mal de témoins. Est-ce que vous accepteriez de m'envoyer une photo récente de vous ?

— Absolument pas.

— Il y en a peut-être une sur Internet que je pourrais utiliser ?

— Non, et je vous demanderais de ne pas chercher. »

Elle émet un petit bruit désapprobateur. Cette garce ne manque pas de culot, alors que je ne fais que défendre mon droit à la vie privée. Elle a de la chance de ne pas être devant moi, je l'aurais attrapée par la queue-de-cheval – je suis prête à parier qu'elle en a une – et je lui aurais aplati la tête dans le mur le plus proche. Comment ose-t-elle faire irruption dans ma vie de cette façon ? C'est écœurant, les gens n'ont plus aucun respect pour autrui.

« Je vous remercie de m'avoir accordé un peu de temps », dit-elle enfin d'un ton pincé.

Je raccroche sans un mot.

Ce coup de fil m'a mise de mauvaise humeur. Je ne *voulais pas* être de mauvaise humeur, parce que cette journée était censée être bonne. Hier, Bill m'a embrassée, et je suis certaine que j'en avais envie, donc je devrais être heureuse. Et voilà que je me sens à nouveau traquée.

Je n'ai pas ouvert les rideaux. Je ne veux pas qu'on m'espionne. Cette petite fouineuse de Madeleine, je crois que c'est son prénom, serait capable de venir me prendre en photo pendant que je regarde la télé dans le salon. Ou bien Amber pourrait décider de passer la matinée à m'observer depuis sa fenêtre sans que je m'en rende compte. En plus, il ne fait pas très beau. Il tombe une grosse pluie continue. Elle paraît presque démoralisée, comme si elle était trop fatiguée pour s'arrêter de tomber.

J'envisage de me recoucher. Mais ça supposerait de reprendre des somnifères, or je ne veux pas taper dans mes réserves, pas même dans les comprimés plus légers sans ordonnance. Les boîtes et les flacons forment un mur réconfortant sur l'étagère de l'armoire à pharmacie, une forteresse de néant à portée de main, et j'aime assez les avoir là, parce qu'ils étaient pratiquement interdits en prison. Le docteur Holland a proposé de rédiger une nouvelle ordonnance, mais ça signifierait lui donner le contrôle de tout, lui permettre de décider ce que je dois prendre et quand. Je préfère garder le contrôle. C'est mon corps, après tout.

Jane Marshall avait une consommation de médicaments délirante. La quantité de comprimés qu'elle prenait me dégoûtait, et leur bruit dans les flacons me rendait folle. Tous les matins, elle les alignait sur le plan de travail, un de ci, deux de ça, puis elle les rassemblait dans le creux de sa main et les avalait avec une grande gorgée d'eau, comme un animal assoiffé. Parfois, Papa lui reprochait de ne pas les compter assez soigneusement. Un jour, il lui a même dit, *J'ai déjà perdu une femme, je n'ai pas envie d'en perdre une deuxième.* Comme si la mort de ma mère avait été une simple maladresse, et non la fin d'une vie. J'ai tendu l'oreille quand il a prononcé cette phrase. À ce moment-là j'étais dans le salon, en train de lire une bande dessinée que j'avais trouvée au fond de mon placard, probablement oubliée par les locataires précédents. J'ai jeté un œil par-dessus le dossier du canapé, il l'embrassait dans le cou. Un petit bisou, rien de trop passionné.

Elle a vu que je les regardais, et elle a souri.

Comme elle aurait aimé que je disparaisse. La plupart des gens ne peuvent pas comprendre ce que ça fait, de ne pas être désirée quand on est enfant. Bien sûr, Papa aurait été différent si elle n'était pas entrée dans sa vie. Avant, il lui arrivait encore de me parler, pour me transmettre ses connaissances. Je le suivais pendant qu'il travaillait et il m'enseignait tout ce qu'il savait. J'étais sa protégée et j'aurais pu faire de grandes choses, j'en suis certaine. Et puis Jane Marshall est arrivée et elle a tout foutu en l'air. Jane et ses dents trop grandes. Jane et son rire de cheval. Jane et ses cirés, ses bottes en caoutchouc si pratiques. Jane et sa ribambelle de médicaments.

J'en ai examiné quelques-uns, un jour, pendant que Papa et elle montraient les principales colonies de l'île à des scientifiques de passage. Je les ai posés sur la table et je les ai mis, un par un, dans un verre d'eau. Un résidu qui ressemblait à de la craie s'est déposé au fond, parce que j'en avais mis dix. Pourtant, on ne sentait presque pas leur goût dans l'eau. Dans une tasse de thé ou de café, ils seraient passés inaperçus.

Ses cachets pour le cœur. Les plus intéressants. Ils étaient tout petits. Des choses minuscules, et cependant cruciales pour sa survie. Je crois que j'aurais aimé faire des études scientifiques, quand j'étais plus jeune. J'avais un don naturel pour les longues expériences patientes, ce qui n'est pas courant chez une enfant aussi jeune.

Ça va mieux le lendemain, malgré la pluie qui continue. Passer une journée toute seule m'a fait du bien. Il suffit parfois d'un peu de solitude et de silence total. Ça vide la tête et permet aux idées de s'ordonner. Je me sens plus en forme. J'ai hélas rendez-vous chez le docteur Holland, mais il faut ce qu'il faut et je dois me plier aux conditions de ma liberté. Heureusement que j'ai un parapluie. La pluie ne m'atteindra pas, et quand bien même, ce ne serait pas très grave. Ce n'est que de l'eau.

Mes pieds connaissent déjà le chemin de son cabinet, je n'ai presque plus besoin de réfléchir. Je danse entre les flaques et m'écarte du bord du trottoir quand les voitures passent trop près. Je n'ai pas besoin qu'un conducteur étourdi m'éclabousse.

Le docteur Holland est encore en train de nouer sa cravate quand il m'ouvre la porte. Est-ce qu'il vient seulement de s'habiller ? Dans ce cas, qu'est-ce qu'il faisait avant ? Est-ce qu'il traînait devant son petit déjeuner ? Regardait une des émissions nullissimes qui passent à la télé à cette heure-ci ? S'envoyait un whisky en douce pour se calmer ? Tout est possible.

« Comment allez-vous aujourd'hui, Robin ? me demande-t-il pendant que nous nous dirigeons vers son bureau.

— Bien, merci.

— Malgré ce temps ? Sinistre, non ? Asseyez-vous, je vous en prie. »

J'attends patiemment qu'il s'installe, qu'il attrape ses notes. Il prend quelques minutes pour les compulser – chose qu'il aurait dû faire avant que j'arrive. Même quand on se trouve face à une personne qu'on estime sans valeur, cette absence de préparation est inexcusable.

« Beaucoup d'émotions la dernière fois, n'est-ce pas ? dit le docteur Holland en levant les yeux. Nous avons abordé des sujets difficiles, et ça a pu être douloureux, mais ce sera certainement bénéfique à long terme.

— Je ne vois pas comment, pour être honnête. » Il a beau être nul, il a un don pour me mettre à cran. « Je suis tout à fait consciente de ce qui s'est passé autrefois. C'est une torture quotidienne. En parler sert uniquement à tout faire remonter. »

Le docteur Holland opine. « Votre ressenti est compréhensible. Mais lorsque nous refoulons nos émotions, elles resurgissent souvent quand nous ne nous y attendons pas, et elles peuvent être toxiques. C'est précisément ce que nous cherchons à éviter. Vous êtes en sécurité ici, Robin, vous pouvez parler.

— Je ne suis pas sûre de me sentir en sécurité.

— C'est dommage. Il faut que vous sachiez que je suis là pour vous aider à mener à bien votre réinsertion dans la société.

— J'ai l'impression que j'y arrive. Je cherche du travail. J'ai même débuté une relation avec quelqu'un.

— Eh bien, pour une nouvelle. » Il fronce les sourcils. « Et comment se passe cette relation ? »

Je souris. « Très bien, merci. C'est quelqu'un de gentil, très ouvert et chaleureux.

— Ce sont des termes intéressants. Est-ce que vous lui avez parlé de votre passé ?

— Je lui ai dit beaucoup de choses à mon sujet.

— Y compris la raison pour laquelle vous êtes allée en prison ?

— Pas encore.

— Pas encore. » Il prend quelque chose en note. « Je suppose qu'il s'agit de l'homme dont nous avons déjà parlé, celui avec qui vous êtes allée au restaurant. Comment envisagez-vous d'inscrire votre passé dans cette relation ? »

C'est une question difficile. Je m'agite sur ma chaise. « J'estime que je ne me limite pas à ce que j'ai fait autrefois. Je suis qui je suis, au-delà de tout ce qui est arrivé.

— Vous employez des termes très passifs, Robin. Vous devriez vous approprier davantage ces actions. Vous avez peut-être de profonds regrets, mais cela n'empêche pas que nous devions prendre acte de…

— Je suis certaine que j'y arriverai quand le moment sera venu.

— Parfait. Si vous souhaitez que je vous propose plusieurs stratégies pour aborder cette tâche, nous pouvons…

— Non, ce n'est pas nécessaire. » Je pose mes mains sur mes cuisses. « Nous en sommes au tout début de notre relation.

— Entendu. Mais sachez qu'il serait certainement plus facile d'en parler maintenant que plus tard. Ça pourrait être une piste de réflexion ? »

Je ne veux pas de ses *pistes de réflexion*. Je suis parfaitement capable de réfléchir toute seule. Mais je fais oui de la tête. Je lui montre ce qu'il souhaite voir : je suis raisonnable et je gobe son baratin comme une gentille petite fille.

Histoire de changer de sujet, je demande : « Est-ce qu'on pourrait parler de mon traitement ?

— De ce qu'il serait possible de faire, vous voulez dire ?

— Non, seulement de mes somnifères. Est-ce que vous pourriez augmenter le dosage, au moins pour un petit moment ? Je recommence à avoir du mal à dormir. »

Il tapote avec son stylo sur son cahier. « Les somnifères ne peuvent être qu'une mesure de court terme. Il serait plus intéressant de nous pencher sur les causes profondes, ou d'essayer des thérapies alternatives. »

Nous ? Aux dernières nouvelles, je suis toute seule dans cette galère. Mais je souris et je hoche la tête.

« Ça a l'air super, mais est-ce que vous pourriez augmenter la dose d'ici là ? J'ai du sommeil en retard.

— Quand est-ce que vous en avez pris pour la dernière fois ?

— Je fais une pause depuis quelques jours. » Un mensonge.

Il soupire. Je vois bien qu'il hésite à me croire, mais il n'a pas l'énergie de me contredire.

« Je vais vous faire une dernière ordonnance pour passer cette période d'insomnies, et ensuite nous envisagerons d'autres possibilités. Je tiens aussi à vous rappeler les risques liés aux somnifères : la confusion, les troubles respiratoires, et on a même relevé quelques rares cas d'overdose mortelle…

— C'est pareil avec tous les médicaments, non ? »

Il a un sourire triste. « Hélas.

— Donc vous voulez bien m'en prescrire ?

— Oui, je peux faire ça.

— Parfait. » Je me recule contre le dossier de la chaise.

Il scrute mon visage, ouvre la bouche, la referme et se met à noter des choses dans son cahier. J'ignore ce qu'il écrit et je m'en moque. L'important, c'est que pour une fois il me sert à quelque chose.

La journée a été productive. Le docteur Holland m'a prescrit ce que je lui ai demandé et j'ai découvert une pharmacie, dans la rue parallèle à la mienne, qui m'a donné mes cachets sans broncher. Nous vivons décidément une époque formidable où ces choses sont d'une simplicité enfantine. L'espace d'un instant, je suis même tentée de croire que certaines personnes se soucient de nous. Elles s'empressent de nous anesthésier avec des centaines de médicaments sans poser la moindre question. Il est probablement plus facile de gérer des gens assommés et insensibilisés que des malades imprévisibles.

J'ajoute le flacon à ma collection dans l'armoire à pharmacie. C'est une satisfaction de les voir alignés comme ça, ils me procurent un sentiment de liberté.

Lorsque Ditz a parlé d'en finir, je lui ai recommandé les médicaments. Je lui ai même expliqué comment les broyer et les mélanger dans l'eau pour qu'ils soient plus faciles à ingurgiter. Tout le monde sait qu'il s'agit de la méthode la plus douce, bien plus en tout cas que de se balancer au bout d'une corde. Elle a eu tort de ne pas m'écouter, ou plutôt de retenir uniquement ce qui l'arrangeait. Enfin, ce n'est pas mon problème, pas plus aujourd'hui qu'autrefois.

Je connaissais les médicaments, je savais de quoi je parlais. Par bonheur, Ditz ignorait tout de mon passé, c'était une feuille de papier vierge sur laquelle je pouvais écrire ce que je voulais. Un torrent de mots destinés à une femme d'une grande naïveté qui ne demandait qu'à les avaler tout ronds. *Oiseau boucher*, comme elles m'ont appelée par la suite. *Tu l'as tuée, espèce de sale meurtrière.* Elles se trompaient. Je ne l'ai pas touchée : elle s'est donné la mort elle-même, rien de plus, rien de moins. De toute façon, elle n'aurait pas survécu dans le monde extérieur, elle était trop faible. J'ai eu beau essayer de l'endurcir, de la soutenir comme l'aurait fait n'importe quelle amie attentionnée, tous mes efforts se sont révélés vains.

Après avoir emporté le corps de Ditz, les gardiens m'ont soumise à un interrogatoire serré. Même le médecin s'y est mis. Il a dit qu'il y était obligé, et que si j'étais au courant de quelque chose, je devais en parler. Je n'avais rien à avouer et je n'étais pas très sûre de savoir où il voulait en venir. Est-ce qu'ils s'imaginaient que je m'étais matérialisée dans la cellule de Ditz en traversant le mur pour la pendre moi-même ?

Il a marmonné, *Les autres détenues nous ont fait remonter des choses*. Toutes ces femmes au visage de marbre. En théorie, balancer était la pire des fautes – sauf, bien sûr, si c'était moi qu'il s'agissait de balancer. Ça ne m'atteignait pas ; je les méprisais.

Je me suis encore laissé emporter par mes pensées. Au temps de ma jeunesse, je savais les maîtriser. Elles étaient des petits cailloux au creux de ma paume, je pouvais les faire rouler à ma guise et fermer la main lorsque je voulais qu'elles disparaissent. Désormais elles ne sont plus que des grains de sable ; elles glissent en permanence les unes contre les autres et j'ai toutes les peines du monde à les maîtriser.

Le soir est arrivé sans que je m'en aperçoive. Ça signifie que les ombres se sont allongées dans les coins et qu'il est probablement temps d'allumer. Je n'ai pas envie de voir des choses qui n'existent pas. Je me demande si Bill a toqué à la porte alors que j'étais dans mes pensées. Il y a des chances. Il est en train de tomber amoureux de moi, et c'est comme ça que ça fonctionne. Le galant poursuit sa dulcinée de ses ardeurs ; si on en croit la littérature et le cinéma, tout du moins. J'ai envie de me dire qu'il a essayé. Ça signifie qu'il désire me voir et qu'il me considère comme digne d'intérêt. Mais pour ce qui est de s'embrasser, j'ai des doutes. Je n'ai jamais vraiment su quoi penser des relations physiques. Je n'aime pas beaucoup y réfléchir ; elles me paraissent disgracieuses et encombrantes – des bras et des jambes qui s'emmêlent, de la transpiration partout, des échanges de fluides corporels et des odeurs trop fortes. Un baiser, en revanche, c'est quelque chose de romantique, un symbole. Donc, j'aimerais que Bill m'embrasse encore, pour le symbole. Bien sûr, il voudra aller plus loin, c'est un homme. Un baiser ne leur suffit jamais ; c'est la marque d'assentiment qu'ils attendent pour passer à la suite.

Henry, lui, n'en avait pas toujours besoin. Certaines fois, pendant nos rapports, il ne m'embrassait pas. Je crois qu'il ne me regardait même pas dans les yeux.

Vous voyez ? Encore ces pensées grains de sable qui remontent du passé et qui s'accumulent anarchiquement dans les recoins de mon esprit. Tous ces recoins sombres où je ne vais jamais : ce sont eux le vrai problème. Il faudrait que mon cerveau soit vaste, aéré, une prairie ouverte. Moins d'obscurité, moins d'ombres. Je ne vais pas tarder à me coucher, avant que la nuit s'abatte aussi sur mes pensées. La journée a été productive et il ne m'est rien arrivé de mal. C'est quelque chose de positif, je devrais m'en estimer heureuse.

- 17 -

Le lendemain matin, je m'attaque au formulaire de demande d'aides associées à la recherche d'emploi. C'est un exploit de réussir à remplir ce machin, j'ai un mal fou avec l'ordinateur. Quand je clique avec la souris, je me retrouve souvent à des endroits où je ne voulais pas aller.

Et maintenant, postuler. Les papiers qu'on m'a donnés ne me font pas particulièrement envie. Je n'arrive pas à m'imaginer passer mes journées dans une boutique. Ni en train de m'activer chez quelqu'un d'autre comme un crabe surexcité, le plumeau dans une main et l'encaustique dans l'autre. Ce sont des métiers qui conviennent à certaines personnes, pas à moi. Néanmoins l'agence pour l'emploi exige que je cherche activement un travail et précise qu'il y aura des contrôles. Il ne me reste plus qu'à espérer que mon casier judiciaire découragera les employeurs.

Je remplis deux formulaires de candidature, et je n'ai pas honte de dire que je n'y mets aucune bonne volonté. Je sais évidemment épeler le mot *assiduité*, mais cette qualité devient nettement moins séduisante quand on l'écrit *aciduité*. Au fond, cette tâche a quelque chose d'assez gratifiant. À tel point qu'il me faut un moment pour me rendre compte qu'on sonne à la porte. Ce doit être Bill ; je n'attends personne aujourd'hui. Je me regarde brièvement dans le miroir avant de descendre.

Je m'aperçois tout de suite qu'il y a deux personnes à la porte. Une silhouette plutôt grande, et une autre plus petite et plus fine. Bill, pas de doute, mais aussi Amber, malheureusement. Ils m'ont certainement vue dans le couloir, je dois leur ouvrir, je ne peux plus me défiler. Je reste pétrifiée quelques instants, ils ressemblent à s'y méprendre aux deux policiers qui sont venus ce jour-là. Un grand, un petit. Un homme, une femme. Leurs voix à travers la porte, *Nous vous voyons, Ava, ouvrez la porte. Ava, si vous n'ouvrez pas nous allons devoir faire usage de la force. Ava. Ava.*

Moi. Ava. Je m'appelle Ava, pas Robin. Je peux y arriver.

Je tourne le verrou et j'ouvre la porte. Ils sont tous les deux en noir, leurs vêtements sont un uniforme qui les identifie comme un duo et me laisse à part. Mais je plante mes yeux dans ceux d'Amber et je me dis, *Il est à moi maintenant*. Il n'est plus à elle. Je le tiens.

« Bonjour, Robin, me salue Bill avec son éternel sourire. On allait déjeuner en ville, vous voulez vous joindre à nous ?

— Mon Dieu, il est déjà si tard ? » Je les regarde plus en détail : il rayonne sous ce soleil d'automne, elle n'arrive pas à cacher sa réticence. Il lui a forcé la main, l'a obligée à être gentille pour lui faire plaisir. Je sens combien ce rôle de fille modèle lui coûte. Cette Amber est une saleté, jusqu'au bout des ongles.

« Il y a un nouveau café dans Sidwell Street, ils font un brunch à tomber par terre. Qu'est-ce que vous en dites ? »

Je fais non de la tête. « Je suis désolée, je ne peux pas. Je cherche du travail.

— Ah bon ? » Bill fronce les sourcils. « Ils vous cassent les pieds ? »

Avec un clin d'œil, je lui réponds : « Vous savez comment ils sont.

— Mais vous voulez contribuer à la société, non ? intervient Amber. Tout ce qu'ils veulent, c'est que vous donniez un peu au lieu de recevoir tout le temps. »

Elle recommence à me prendre de haut avec ses opinions définitives. Bill pose une main sur son bras et le caresse d'un geste affectueux. « Tu as raison, il faut que je me remette en selle. Il faut que je recommence à avoir du respect pour la société au lieu de la considérer comme une ennemie. »

Je réponds : « Moi, je trouve que vous respectez parfaitement la société.

— Mais le gouvernement ne peut pas continuer à distribuer de l'argent à des gens qui sont capables de travailler, dit Amber.

— Et vous, est-ce que vous travaillez ? Je peux vous demander quel métier vous faites ? »

Bill tousse dans son poing. « Amber est au chômage en ce moment ; elle prend un peu de temps pour faire le point. Mais bref, si je n'arrive pas à vous convaincre de venir avec nous, est-ce que je peux passer vous voir tout à l'heure ? Je pourrais prendre quelque chose à emporter pour le dîner ?

— Oh, mais je ne veux pas monopoliser votre soirée. » Je dis cela en regardant Amber droit dans les yeux.

Elle secoue la tête. « Je sors ce soir, j'ai un cours de yoga près des quais. »

Je rêve, ou elle a fait exprès de le préciser ? C'est à deux pas de l'endroit où j'ai vu pour la première fois la silhouette qui me traque. Et elle me dit ça avec son drôle de demi-sourire, celui qui suggère qu'elle joue avec moi.

Sans aucune sincérité, je réponds : « Du yoga, sympa. Et c'est très joli par là-bas, près de la rivière. Ça vous arrive d'aller y marcher ? J'adore me balader sur la berge. »

Sa mâchoire se crispe. Je l'ai vu, elle a saisi mon sous-entendu. C'était bien elle. Ça y est, j'ai ma preuve. Comment ose-t-elle essayer de m'intimider, et qu'est-ce qui a pris à Henry de la mêler à ça ? Comment a-t-il fait pour la repérer ? Il ne manque pas de ressources ; il a sûrement découvert où j'habite, puis il est entré en contact avec Amber et il lui a expliqué ce qu'elle pouvait faire pour me punir. Ça signifie qu'elle est certainement au courant de ce qui s'est passé et…

« Robin ? dit Bill en agitant une main devant mes yeux. Vous êtes encore plongée dans vos rêveries.

— Oui, pardon. » Je lui souris en évitant de regarder ses lèvres. Elles me font trop penser à ce baiser qui me paraît maintenant obscène, immoral.

« Donc, est-ce que ça vous dit que je vienne ce soir ? » Il passe un bras sur l'épaule d'Amber. « Vous savez quoi, je vais acheter des trucs en ville, quelque chose qu'on n'aura qu'à mettre au four. Histoire de ne pas jeter nos allocs par les fenêtres.

— C'est une bonne idée. »

Il s'avance vers moi. Sa main sur mon bras, et tout à coup sa bouche contre ma joue. Je sens la chaleur de son haleine. Un léger effluve de café qui s'évanouit dès qu'il se recule. C'était tendre. Rien de plus, pas de pression. Comme ça, Amber sait à quoi s'en tenir. Elle ne va pas se débarrasser de moi aussi facilement. Il faut seulement que j'arrive à déterminer ce qu'elle sait, et à m'assurer qu'elle ne dise rien.

« Je serai là vers 18 heures, si ça vous va, dit Bill en se préparant déjà à partir.

— Merveilleux. »

Amber lève une main, dit : « Au revoir, Robin. » C'est peut-être mon imagination, mais je suis à peu près sûre qu'elle a insisté sur ce prénom, peut-être pour me montrer qu'elle sait que ce n'est pas le vrai. Petite sotte. Tu t'attaques à plus forte que toi.

Je m'empresse de refermer la porte. Mon cœur bat fort, je m'en aperçois seulement maintenant. Les pièces du puzzle commencent à se mettre en place, et j'ai enfin la preuve que c'est Amber qui me traque. Reste à savoir pourquoi. Qu'est-ce qu'Henry a pu lui offrir ? Est-ce qu'il la paie ? À moins qu'il se soit servi de son charme pour la convaincre de faire tout ce qu'il veut. J'y ai déjà pensé ; peut-être qu'il couche avec elle et qu'il l'utilise comme il en a utilisé d'autres. Je n'aime pas ne pas savoir. Évidemment, il est toujours possible qu'Amber travaille seule. Qu'elle m'ait simplement prise en grippe. Et elle est assez perverse pour déclarer une vendetta uniquement parce que ça l'amuse. Ou bien elle a découvert ma véritable identité et elle se fait un devoir de rendre la justice elle-même.

Prochaine étape pour moi : découvrir ce qu'elle sait et quelles sont ses motivations. Ce soir, je vais tenter de soutirer des informations à Bill, subtilement, pour éviter qu'il me prenne la main dans le sac. J'ai une emprise sur lui, ça me donne un avantage. Je peux encore la renforcer, et c'est cette emprise qui me permettra de le soutirer aux griffes d'Amber.

J'ai mon plan. C'est la guerre. Amber ne va rien voir venir, parce qu'elle me sous-estime cruellement. Je lui souhaiterais volontiers bonne chance, elle en aura besoin. Mais, en vérité, je lui souhaite toute la malchance du monde.

Il est temps de revêtir mon masque de combat. Du rouge à lèvres, bien que je ne sois pas très douée pour l'appliquer. Une touche de rouge sur les joues aussi, ou plutôt de blush, à en croire ce qui est écrit sur le tube en plastique. Un coup de fer à friser. Je retrouve un peu mes cheveux d'autrefois, épais et soyeux. Vue sous un certain angle, je suis presque redevenue une jeune femme.

Je rentre le ventre et j'étudie mon reflet. Ma silhouette est encore pas mal. Un effet légèrement papier crépon sur le ventre et autour des cuisses, et un peu de chair flasque au-dessus de la ceinture de mon pantalon. Mais c'est une silhouette désirable, surtout pour mon âge. Le fait que je n'aie jamais eu d'enfant y est pour quelque chose, ma peau a conservé une partie de son élasticité. Je prends mes seins dans mes mains. Ils sont plus gros qu'autrefois, et ils tombent davantage. Mais ils feront l'affaire. Les hommes aiment les caresser, baver dessus. Henry me mordait. Il me faisait penser à un aigle qui lacère le lapin qu'il vient d'attraper. Pas Henry, pas maintenant. Je ne veux pas penser à lui. Mais, si mon instinct est bon, c'est peut-être pour bientôt. Je vais le retrouver, et cette fois il devra m'affronter comme un homme, pas comme un lâche.

Il faut probablement que je tienne compte de toi. Parfois, j'oublie toute l'amertume et toute la tristesse qu'Henry a dû ressentir après ta mort. Mais je m'oblige à me rappeler que c'est sa faute à lui, et de toute façon je ne veux pas non plus penser à toi, parce que tu vas apparaître dans le coin de la chambre et que je ne veux pas de ça. Non.

Je vais mettre mon chemisier noir et défaire le bouton du haut. Il est suggestif, il laisse imaginer des choses. Une jupe qui me tombe au genou, pas de collants. J'ai de l'allure, c'est indéniable. Encore dix minutes. Le temps de boire un petit verre pour me détendre, pour avoir moins l'impression d'être montée sur ressorts. Dans le miroir, je découvre une femme plus sombre, plus déterminée que d'habitude. Mais il y a aussi un aspect sacrificiel en moi. Je suis l'agneau qui s'offre au couteau pour la bonne cause.

Ça fait longtemps et j'ai le trac. Mieux vaut ne pas m'attarder sur cette idée maintenant. Un verre de vin, donc.

Il a quelques minutes de retard, mais ce n'est pas grave. La tête me tourne, j'ai dû boire trop vite. Respirer profondément. Tout va bien se passer, la soirée va se dérouler exactement comme prévu.

Il porte une chemise en jean et un pantalon en toile. Il a retroussé ses manches et ça me plaît : ça met en valeur les courbes de ses avant-bras, la force qu'ils recèlent.

« J'arrive avec de quoi manger, annonce-t-il en brandissant un sac en toile. Des plats chinois. Tout ce qu'on a à faire, c'est de les coller au four pendant une demi-heure.

— C'est parfait. » Je le fais entrer et note le regard approbateur qu'il pose sur moi. Il est content de voir que j'ai fait un effort. Tout va bien.

Nous passons quelques minutes à bavarder de tout et de rien pendant que je déballe le dîner et que je nous sers un verre. Un *deuxième* verre, en ce qui me concerne. Il ne faut pas que je boive trop, je risquerais de tout gâcher. Je dois garder mon objectif en ligne de mire. Bill s'appuie au plan de travail et m'observe. Quand je me penche, je sens son regard sur mes fesses. Puis sur mes jambes quand je me relève. Son admiration me réchauffe autant qu'elle m'inquiète, mais je peux faire face. Je l'ai déjà fait ; je sais plier les autres à ma volonté.

Je range les maniques et je demande : « Alors, ce déjeuner avec Amber ?

— On est allés dans un resto végétarien. C'était sympa. Elle essaie d'avoir une alimentation écolo. Je trouve ça bien.

— C'est une fille engagée. » Je prends mon verre et j'indique la direction du salon. Nous avons besoin de confort. Je veux qu'il soit à l'aise et je veux qu'il soit en confiance, ça me permettra d'apprendre contre qui je me bats.

« Amber fait des fixettes, par moments, dit Bill en prenant place dans le canapé. Vous savez ce que c'est. Ça l'empêche de nouer des liens avec les autres. »

Je ne vois pas vraiment de quoi il parle, mais je lui offre mon sourire le plus compréhensif. C'est ce qu'il attend de moi. Une Robin douce, accommodante. À qui on donnerait le bon Dieu sans confession. Je pense à tes os, l'espace d'une seconde. Quand tu étais dans le coin de ma chambre. Tes os couverts de mousse. Si vieux. *Ce n'est pas le moment.*

Je botte en touche. « Vous savez qu'une journaliste m'a appelée, l'autre jour ?

— Ah bon ? Amber m'a dit qu'elle avait laissé tomber.

— Apparemment pas. » Je lui donne une petite tape sur la cuisse et attends un tout petit peu trop longtemps avant de retirer ma main. « Aucun problème, ne vous inquiétez pas. Je ne pense pas qu'elle me rappellera. Et de toute façon ce n'est pas une histoire si intéressante que ça.

— Les journaux locaux sont bien obligés de prendre ce qui passe. » Il fait la grimace. « Amber pensait bien faire, vous comprenez, n'est-ce pas ?

— Oh, bien sûr. Elle est charmante. » J'inspire un grand coup et j'entre dans le vif du sujet. Pas la peine de tourner autour du pot, et il n'y a rien de tel qu'un mensonge pour faire émerger la vérité. Habilement, je dis : « L'autre jour, je l'ai entendue parler au téléphone avec un certain Henry. Elle a un nouveau compagnon ? »

Il fronce les sourcils. « Pas que je sache. Henry ? Elle ne m'a jamais parlé d'un Henry. »

Est-ce qu'il me le dirait, dans le cas contraire ? Oui, je pense. Il ne se doute pas de mon passé, c'est évident. Je me rapproche de lui. « Je ne vous ai rien dit, évidemment, mais j'ai eu l'impression qu'ils avaient une conversation assez agitée. Vous êtes vraiment sûr qu'elle ne voit personne ?

— Pratiquement. Elle me le dirait. Elle est très franche. »

Oh que non. *Tu n'imagines pas*. Cela dit, je pense que, si elle avait une liaison avec Henry, elle serait discrète. Peut-être qu'il l'a contactée par mail, ou quelque chose comme ça. Sur les réseaux sociaux ? Je ne comprends rien à toutes ces nouvelles manières de communiquer.

« J'ai vu quelqu'un qui lui ressemblait, l'autre jour. » Je bois une gorgée de vin. « Près de la rivière, avec un grand chapeau. Vous croyez que ça pourrait être elle ? »

Nouveau froncement de sourcils. « Elle a un chapeau en laine, dit Bill en se grattant le front. Mais elle l'a seulement mis hier pour la première fois. Il ne faisait pas encore assez froid. Ça devait être quelqu'un d'autre, Robin. »

Je me force à rire. « Oh là là, mince, j'ai fait signe à la mauvaise personne en croyant que c'était elle.

— Je pense que vous vous êtes trompée. »

Non, je suis sûre que c'était elle. Elle sait s'y prendre pour effacer ses traces.

« Est-ce qu'elle va beaucoup sur Internet ? » Il faut bien qu'elle trouve ses informations *quelque part*, il suffit que je…

« Vous me posez des questions bizarres, dit Bill en me regardant de travers. Il y a quelque chose qui vous embête ? Vous vous faites du souci à propos de ma fille ? »

Je n'ai pas été aussi subtile que je l'aurais voulu. Quelle imbécile ; j'ai foncé tête baissée comme un éléphant en panique, ce n'est pas de cette façon qu'on obtient des réponses. La faute au vin qui a altéré mon jugement.

Lentement, je réponds : « Elle m'a dit des choses étranges. Je m'inquiète pour sa santé mentale. Par moments, j'ai l'impression qu'elle délire un peu. »

Ça devrait aller. Si elle se met à lancer des accusations, je pourrai gagner du temps en répliquant qu'elle a tout imaginé.

« Oh non, pas de risque, dit Bill. Ne vous en faites pas. Elle est directe, elle ne prend pas de gants, mais elle n'a aucun problème psychologique. Je vous remercie quand même de vous inquiéter. Elle sera touchée.

— Ne lui dites surtout pas que je vous ai parlé de ça.

— Bien sûr que non. » Il passe son bras sur mon épaule. « Vous êtes très belle ce soir, Robin. Est-ce que j'ai le droit de me sentir flatté que vous vous soyez habillée pour moi ?

— À condition que j'aie le droit de me sentir flattée que vous ayez fait la même chose pour moi.

— J'ai fait un effort, je ne vais pas le nier. C'est ma chemise spéciale, je la mets uniquement pour les personnes spéciales. »

Je m'oblige à toucher le bouton du haut. « Elle vous va bien.

— Ça me fait plaisir que vous le pensiez. »

Et à nouveau ses lèvres sur les miennes ; presque sans prévenir. C'est mieux cette fois. Je suis plus engourdie par l'alcool, et je réussis à poser mon verre sur la table basse à un endroit où je ne risque pas de le renverser. Bill est plus insistant cette fois : sa langue entre immédiatement en jeu. Moins humide toutefois. Presque agréable. Presque. Je pourrais peut-être me laisser porter, comme font les autres.

Sa main sur ma taille. Je me tends, ça me rappelle toutes ces fois où j'ai été attrapée et secouée comme un morceau de chiffon. Mais il est moins enragé qu'Henry. Ses doigts caressent ma peau sous le tissu de mon chemisier avec une certaine assurance. Ils montent jusqu'à effleurer ma poitrine. Je prends une grande inspiration et je devine qu'il l'interprète comme un signe de plaisir. C'est peut-être le cas. Je ne sais pas ce que je ressens, je sais seulement que nous avons quinze minutes avant de devoir sortir le dîner du four. C'est une bonne chose, une limite.

Il me murmure à l'oreille : « Tu me plais vraiment beaucoup, Robin », et puis il commence à m'embrasser dans le cou. Je préfère. J'aime sentir son souffle qui descend vers ma clavicule.

Ses intentions sont claires. Je lui ai donné le feu vert et il se sent suffisamment en confiance pour foncer vers la ligne d'arrivée. Je risque un regard et je vois une bosse dans son pantalon. Avec un soupçon de fierté, je me dis, *C'est moi qui fais ça.* Il doit avoir envie que je la touche. Moi, je ne suis pas sûre d'en avoir envie. Il faut que j'arrête de cogiter et que je commence à *agir*, parce que c'est ce que tout le monde fait sur cette planète. Il faut que je me comporte normalement, c'est ce qu'on attend de moi.

Soudain, sa main s'en va et se faufile sous ma jupe comme un serpent. Je suis prise au dépourvu, mes défenses ont été renversées avant que j'aie le temps de réagir. Entre mes jambes, sa main qui écarte mes cuisses. Et qui se retire tout à coup.

L'air soucieux, il me demande : « Je vais trop vite ? Il faut me dire, Robin. Des fois j'ai du mal à deviner, avec toi. »

Je ne sais pas quoi répondre. J'ai besoin qu'il soit de mon côté, sans équivoque, et le seul moyen d'y parvenir est de faire en sorte qu'il m'aime, de me rendre plus indispensable que tout le reste. Sans compter qu'une petite partie de moi en a envie aussi, envie de sentir un corps sur le mien. C'est ma part animale, enfouie profondément. Elle m'effraie.

Je demande : « Tu veux bien me laisser quelques minutes ?

— Oui, oui, bien sûr. On n'est même pas obligés de faire quoi que ce soit, si tu n'as pas envie.

— Ce serait peut-être mieux de dîner d'abord. » Je tente un petit sourire. « Ça m'aidera peut-être à me décontracter. »

Il m'attire contre lui, mais affectueusement cette fois, sans passion. « Écoute, dit-il en m'embrassant le sommet du crâne. Prends tout le temps qu'il te faut. Je ne bouge pas. »

Il ne bouge pas. J'ai un frisson d'excitation. Il est à moi.

Le dîner est fade et gorgé d'eau, mais il nous nourrit. Il me permet de canaliser mes pensées, il empêche qu'elles tournent en rond. Nous mangeons dans la cuisine, plaisantons, parlons des endroits où nous aimions nous promener quand nous étions plus jeunes. Il a de la chance ; il a toujours été libre de ses mouvements, alors que j'ai passé la moitié de ma vie enfermée dans une cellule. Mais je ne veux pas penser à la prison, le moment est trop agréable pour ça. La lampe adoucit les traits de Bill et j'ai tout loisir d'admirer l'angle de ses pommettes, le chaume sur son menton et sous son nez. C'est un bel homme. Même sa calvitie est masculine : elle dégage quelque chose de ferme, protecteur. Je peux y arriver, j'en suis sûre. Ça ne va pas être une épreuve si difficile, et ce que j'en retirerai éclipsera tous les désagréments.

Nous terminons en même temps et nous nous tapotons le ventre. Ça me fait rire. Nous sommes déjà synchronisés, comme des danseurs sur une scène. À cet instant, je me rends compte que je suis prête. Je veux être à nouveau désirée. Ça fait trop longtemps, et jusqu'ici mon expérience de l'amour s'est limitée à la maltraitance. Ça va être maintenant, je dois lui envoyer un signe.

Ma main glisse jusqu'à la sienne. Je serre son pouce entre mes doigts, puis je continue vers son poignet.

« Et si on montait ? »

Il cligne des yeux. « Quoi, tu veux…

— Oui. Tu en as envie ? »

Je n'ai pas besoin de lui proposer deux fois.

- 18 -

Bill passe la nuit avec moi, bien que je ne lui aie pas demandé. Résultat, je dors mal, quelques bribes de sommeil par-ci par-là, et je suis constamment réveillée par ses bruits de bouche. Sa présence est aussi rassurante qu'envahissante. Un monticule d'épaules là où il n'y avait auparavant que du plat, et ce mouvement rythmique de haut en bas, semblable à un lent tremblement de terre qui se propage dans tout le lit.

Ça me laisse néanmoins le temps de digérer ce qui vient de se produire. Je me sens dépucelée, mais il fallait s'y attendre. Ce rapport sexuel a été un curieux événement, d'abord lent et tendre, plein de caresses, de langueur et d'envie. Et puis Bill est entré en moi et tout s'est fini très vite. J'ai cru le perdre au moment où il a capitulé devant la tempête qui faisait rage en lui. Soudain je n'étais plus une femme, simplement un réceptacle. D'un autre côté, c'est à ça que ressemble le pouvoir. Il y a quelque chose de vertigineux à savoir qu'on les possède, qu'on les a enfermés dans la cage que l'on a fabriquée avec tant de soin. On peut les façonner, les manipuler, et leur cœur devient un objet qui obéit à nos désirs.

C'était pareil avec Ditz, même si notre relation s'apparentait davantage à celle d'une mère et de sa fille. Et avec toi aussi, c'était pareil. Tu m'admirais, tu attendais que je change ta vie. Je l'aurais fait. J'aurais pu le faire ; j'en avais le pouvoir.

Ce jour-là, quand tu es venu chez moi, tu mourais d'envie de voir le bébé étourneau que j'avais trouvé. Tu me disais que ta mère n'accepterait jamais que tu rapportes un oisillon à la maison. Elle traitait les oiseaux du jardin de vermine volante, ou autre nom ridicule du même genre. Je ne comprenais pas comment Henry avait pu épouser une personne pareille.

Nous nous sommes demandé comment nous allions l'appeler. Tu as proposé Gerald, pour une raison qui t'appartenait. Topher. Star. Une étoile. Un scintillement. Une petite vie que tu pourrais contempler dans le creux de ta main. Ça lui allait comme un gant.

Tu as hésité sur le pas de la porte, mais c'est parce que tu étais un garçon raisonnable. Après tout, nous ne nous connaissions pas depuis si longtemps, et tu as précisé que tes parents risquaient de s'inquiéter. Je t'ai complimenté pour ta sagesse, puis je t'ai dit que je ne pouvais pas sortir l'oisillon pour te le montrer : il était trop fragile, trop peureux. Tu as compris et tu es entré. C'était aussi simple que ça. Non, pas simple. Dans l'ordre des choses. Toi aussi tu étais un petit oiseau qui avait besoin de soins.

Si tu as été étonné par l'exiguïté de mon appartement, tu as été assez poli pour ne pas le montrer. J'ai commencé par te proposer quelque chose à boire – du sirop de cassis. Tu ne le savais pas, mais je l'avais acheté spécialement pour toi, je t'avais vu en boire une ou deux fois pendant que j'observais la fenêtre de ton salon. Tu n'as pas voulu de gâteau ; tu n'aimais pas les raisins secs.

L'oisillon s'est mis à pépier de toutes ses forces quand j'ai ouvert la boîte. Je l'ai déposé dans tes mains et tu as ri et tu m'as dit que les plumes te chatouillaient. Je t'ai demandé si Henry t'avait déjà laissé prendre un petit oiseau entre tes mains. Tu m'as regardée bizarrement, je l'ai interprété comme un non.

Jusque-là tout se passait à la perfection. Nous avons fait quelques parties de cartes, je t'ai appris le gin-rummy. J'avais prévu de te préparer à dîner, comme l'aurait fait une bonne mère. Ce que cuisinait la mienne était fade, triste. J'avais acheté des spaghettis, du bon hachis, du basilic et du parmesan. Un repas copieux pour un garçon en pleine croissance, quelque chose qui allait te caler, étoffer un peu ton frêle squelette. Je l'ai fait par pure affection franche et innocente, je le jure. Il n'y avait rien de pervers ni de cruel. Et puis tu as demandé à rentrer chez toi, et tout a été gâché.

Je n'ai pas aimé l'expression que j'ai vue sur ton visage. Tu es passé rapidement de l'obéissance placide à la suspicion et à la dureté. Ça m'a blessée, tu sais. Je ne t'avais donné aucune raison de te méfier de moi, mais tu étais bien le fils de ton père. Le sang d'Henry coulait dans tes veines, que ça me plaise ou non. Je t'ai rappelé que ta mère n'avait jamais eu ce genre d'attentions pour toi, que tu aurais dû éprouver de la gratitude et pas de la colère. C'est là que tu m'as insultée. Ça ne te ressemblait tellement pas que je n'ai pas su comment réagir. J'étais si déçue. J'avais soudain l'impression de ne pas te connaître, l'impression que tu ne faisais que me décevoir, comme tous les autres. On pourrait aller jusqu'à dire que tu es responsable. Mais tu n'étais qu'un enfant. Ce n'est la faute de personne, absolument personne. C'est seulement une de ces choses affreuses, terribles.

Ce n'est la faute de personne. De personne.

Bill s'agite dans son sommeil. L'espace d'un instant il me fait penser à un enfant, à toi, et je me mets à pleurer. Je colle une main sur ma bouche, de peur de lever les yeux et de te voir en train de m'observer avec tes orbites vides et tes lèvres qui bleuissent.

Je ne voulais pas que ça arrive. Je n'ai jamais, jamais…

Bill ouvre les yeux. Il paraît désorienté, se met sur le dos et s'étire.

« Pendant une seconde je me demandais où j'étais, dit-il, encore tout bouffi de sommeil.

— Moi aussi. »

Il glousse. « Tu me fais rire, Robin. »

En un seul mouvement, il se coule de mon côté du lit, glisse un bras sous moi et passe l'autre autour de mon épaule. Je suis enveloppée, la pression de son corps m'étouffe un peu. Mais ça a le mérite de me distraire de mes pensées.

« C'était très spécial, hier soir », chuchote-t-il. Son haleine est âcre et forte ; la digestion des plats chinois, sans aucun doute. « Ça faisait longtemps. J'espère que je ne t'ai pas déçue.

— Pas du tout. » Ce n'est pas tout à fait un mensonge. Comment être déçue alors que je n'attendais rien ?

Il m'embrasse. J'aurais préféré qu'il se retienne, j'ai du mal à respirer. Dieu merci, cette fois il garde sa langue pour lui, mais ses mains se précipitent sous la couette pour chercher ma peau nue. Ses intentions sont claires, mais je sais d'expérience que je me mets en position d'infériorité si je cède. Alors je le repousse et j'adoucis ma réaction par un sourire.

Je lui dis : « Tu es insatiable », et je lui donne une claque sur le bras. « Reste ici, je vais nous préparer un petit déjeuner.

— Je préférerais autre chose », dit-il en essayant de m'attraper.

J'esquive ses griffes, j'écarte habilement la couette et au passage j'aperçois son pénis, déjà gonflé de désir. Un sentiment de triomphe m'envahit : c'est la marque, le symbole du contrôle que j'exerce sur lui. *Je vais te faire haïr ta fille.*

Tout en enfilant ma robe de chambre, je demande : « Des œufs et du bacon, ça te dit ? »

Il a le bon sens de ne pas insister, même si je détecte une touche de bouderie dans la courbe de ses lèvres. Pauvre petit garçon privé de son jouet.

« Le rêve, ça serait un sandwich à l'œuf frit, dit-il en s'asseyant dans le lit. Si tu es vraiment sûre que tu ne préfères pas…

— Chaque chose en son temps. » Et là-dessus je sors tranquillement de la chambre. Il va attendre. La porte a été ouverte, il me suffit maintenant d'attirer doucement Bill et de refermer derrière lui. Un sandwich à l'œuf, c'est d'accord. Je refuse de penser à toi, et il faut que tu arrêtes de t'immiscer dans mes pensées ; ça fait trop longtemps que tu règnes sur elles. Ce dont j'ai besoin maintenant, c'est de me venger, pour moi et pour les années qui m'ont été volées. Et peut-être pour toi aussi, parce que tu serais encore en vie si ton père s'était mieux comporté avec moi.

Là. Assez réfléchi, ça ne m'avancera à rien ce matin. Pas aujourd'hui, pas aujourd'hui.

Bill finit par s'en aller juste avant le déjeuner, malgré mes multiples appels du pied pour qu'il parte plus tôt. La maison semble se détendre à l'instant où la porte se referme sur lui, et je recommence à respirer. La nuit a été fructueuse, mais elle a nécessité des efforts éreintants. J'ai besoin de dormir, de me vider la tête.

Pas besoin de cachets cette fois, le sommeil s'abat sur moi comme une couverture lâchée sur mon corps. Je prends mes aises sur le matelas et, pendant quelques heures, il n'y a plus qu'une immense étendue de néant.

Quand je me réveille, la nuit tombe déjà. Il doit être 17 ou 18 heures. Le ciel a cet aspect poussiéreux, délavé, qui indique l'arrivée prochaine de la lune. Je sens l'odeur de Bill sur moi, et aussi autre chose de plus sordide, moins avouable. Il est temps de prendre un bain, de me débarrasser de toute cette crasse.

Tandis que l'eau coule, le parfum du bain moussant emplit l'air. Lavande, tubéreuse, des senteurs naturellement enivrantes. Les bulles m'enveloppent lorsque je me glisse dans la baignoire et la chaleur fait rosir ma peau. Je m'y enfonce et je frotte mon corps pour le nettoyer des restes de la nuit dernière. Enfin je me retrouve. L'eau refroidit, sa température devient plus douce, et les bulles se sont ancrées à mon ventre, à mes bras, à mes cuisses. Je descends mes doigts et je les laisse là un petit moment. Ce corps est capable de choses formidables ; c'est un outil d'une importance cruciale. Il ne faut pas que je perde cela de vue. Je ne suis pas uniquement mon esprit.

Tandis que je me touche, le visage d'Henry apparaît devant moi. Sa manière de lever un sourcil, de suggérer les choses sans les dire : un message destiné à personne d'autre que moi. J'étais spéciale pour lui, j'étais une amante, et pas seulement une femme avec laquelle il jouait. Je comptais pour lui, c'est obligé. C'était elle, *Miranda*, qui ne pouvait pas supporter de le partager. Quand bien même je n'avais rien alors qu'elle avait tout.

Je retire ma main et cherche la bonde. Il est l'heure de sortir du bain, de toute façon.

Aucune chance que je réussisse à fermer l'œil après la longue sieste de cet après-midi. Je prendrai des cachets tout à l'heure, mais d'ici là je décide de me familiariser un peu avec Internet. Il s'agit quand même d'une des merveilles du monde moderne, et je refuse de devenir une vieille femme larguée. J'ouvre la fenêtre du navigateur, comme le moniteur nous l'a enseigné en prison. Nous n'avions pas accès à grand-chose là-bas, uniquement à des sites homologués qui étaient majoritairement des plateformes d'apprentissage au niveau bien trop bas pour moi. C'est prodigieux, je peux taper tout ce que je veux dans cette petite case blanche et l'ordinateur me le trouve. Je tape le nom de Bill, mais il y a trop de Bill. Des Bill sur Facebook, des Bill qui travaillent dans des cabinets d'avocats londoniens. Un grand Bill aux cheveux noirs qui joue au rugby dans une équipe du Yorkshire. Un nombre effarant de personnes unies par un hasard voulant que leurs parents aient jeté leur dévolu sur le même nom en quatre lettres : *Bill.* Et Bill, en anglais, c'est aussi le billet de banque et la facture, l'argent. Ainsi que le bec de l'oiseau. Tant de significations pour un mot si bref.

Je cherche aussi Amber, mais là encore il y en a trop. Ce prénom désigne aussi un bloc de résine fossilisée, ce qui n'arrange rien. Joli, mais trouble et trompeur. Ça lui va bien. Enfin j'ose chercher Henry, en espérant que le gouvernement n'a pas accès à mes recherches. Ça ne me surprendrait pas ; le gouvernement semble capable de tout, de nos jours.

Je le trouve facilement. Du moins, je trouve le Henry d'autrefois. Il y a plusieurs articles sur nous, sur ce qui s'est passé. Un du *Mail*, avec en bonus ma photo d'identité judiciaire : la photo que je hais le plus au monde, sur laquelle mes lèvres donnent l'impression que je grogne. C'était de la terreur, mais le photographe s'est débrouillé pour me donner un air cruel. Ces articles haineux ne me disent rien que je ne sache déjà. Et, de toute façon, Henry ne ressemble plus à ça ; ce que je vois sur l'écran appartient au passé. Je veux découvrir ce qu'il fait maintenant, où il vit et avec qui. Ce n'est pas bon pour moi. Je me dépêche de fermer Internet. Je suis soulagée de pouvoir le faire aussi facilement, mais je reste une bonne minute à fixer l'écran en craignant que la fenêtre se rouvre d'elle-même, comme un fantôme impossible à exorciser. C'est bon, elle a disparu, je ne la vois plus, je suis de nouveau en sécurité.

J'ai eu tort de faire cette recherche. On m'avait expressément conseillé de ne jamais tenter de le retrouver.

D'autant plus que je ne veux même pas le voir, pas après ce qu'il m'a fait. Mais j'ai besoin d'en savoir plus sur sa vie. De voir si ses cheveux ont grisonné ou s'ils sont tombés. De voir ces épaules, ce torse, et de déterminer s'ils se sont avachis ou bien empâtés à cause de son coup de fourchette. Que ferait-il en me voyant ? Serait-il choqué par mon physique, ou plutôt impressionné que je sois si bien conservée ?

Mais il sait probablement déjà à quoi je ressemble. Il dispose d'un accès illimité à l'information. Il connaît peut-être mon adresse ; c'est certainement le cas s'il s'est allié avec Amber contre moi. Il est peut-être déjà passé devant la maison en se moquant de sa simplicité. Il a peut-être même vu Bill et s'est étonné que je puisse me satisfaire de *ça* après un homme tel que lui. Il y a aussi une probabilité pour qu'Amber et lui se voient régulièrement dans le quartier pour parler de moi. S'il a toujours la même allure qu'autrefois, je ne serais pas surprise qu'il ait réussi à la séduire. Certaines femmes sont attirées par les hommes plus âgés.

Je me lève et je vais vérifier la porte d'entrée : le couteau est toujours là où je l'ai mis. Tout comme celui qui se trouve sous mon oreiller. Henry ne peut pas m'atteindre, ou en tout cas il aura du mal. Et c'est aussi vrai pour tous les autres.

Il semblerait que j'aie un entretien, si j'en crois ce mail. Une certaine Samira, la fleuriste, me demande si je peux venir aujourd'hui ou demain. C'est une catastrophe. Je ne veux pas travailler dans un magasin de fleurs. Je n'aime pas beaucoup les fleurs et j'aime encore moins les gens. Mais je sais que Margot elle aussi a reçu ce mail, parce que j'ai été obligée d'ajouter son adresse. Si je ne réponds pas elle le saura, et ma demande d'aides sera rejetée.

Je termine mon toast, bien qu'il soit un peu brûlé, et je réponds que je peux venir après le déjeuner. Si ça se trouve, ça va bien se passer. Je vais très bien m'entendre avec cette Samira et nous allons devenir amies. Je suis capable de me faire des amies, j'en suis sûre, malgré ce que les gens ont pu dire autrefois.

J'aperçois le crâne de Bill, il travaille derrière la palissade du jardin. C'est une balise joyeuse, un dôme tout rond qui scintille sous le soleil. Je devrais sortir lui annoncer la nouvelle et m'assurer d'être au premier plan de ses pensées pour la journée. Il ne faut surtout pas que je laisse s'émousser son intérêt pour moi.

J'ouvre la porte de derrière et je lance : « Comment ça va ce matin ? »

Ses yeux apparaissent au-dessus de la palissade et ses pattes-d'oie se plissent.

« C'est déjà pratiquement l'après-midi, réplique-t-il. T'as pas vu l'heure ?

— Je viens juste de prendre mon petit déjeuner.

— T'as vraiment la belle vie, toi.

— Tu sais quoi ? J'ai un entretien d'embauche cet après-midi. »

Ses pattes-d'oie s'accentuent encore. « Intéressant. Comment tu le sens ?

— Je vais jouer le jeu et garder l'esprit ouvert. »

Il lève un pouce dont je ne vois que la moitié. « Je suis content pour toi. C'est bien que ton casier ne les ait pas découragés.

— Oui, enfin, je ne suis pas non plus une criminelle au sens strict.

— Je ne suis pas sûr qu'ils soient du même avis. »

Je me renfrogne. Sa condescendance m'irrite. Comme s'il pouvait comprendre. Il n'a jamais été à ma place, n'a jamais eu à subir les mêmes choses que moi.

Je mets les mains sur mes hanches et j'assène : « Je leur expliquerai que j'ai été accusée à tort. »

Il lève les sourcils. « Je comprends pas, tu m'as bien dit que tu l'avais volé, cet argent. »

Merde. J'ai encore oublié ; il faut que j'aie constamment mon histoire en tête, sinon je vais éveiller ses soupçons. Très vite, je réponds : « Oui, c'est vrai », et je panique parce que j'ai peur que les mots sonnent faux.

« C'est ce que tu m'avais dit, non ? Ou alors j'ai des soucis de mémoire ?

— Non, c'est bien ça. »

Je n'aime pas ce silence ; je ne voulais pas que la conversation prenne cette direction. Ça aurait dû être un moment de flirt, pas d'angoisse.

« Bon, eh bien bonne chance, dit-il enfin. Je suis sûr que tu vas être prise. »

En trépignant un peu, je pense, *Demande si tu peux venir tout à l'heure. Allez, c'est l'occasion parfaite.*

Au lieu de ça, il dit simplement : « Je redressais ce rosier », en poussant sur la tige. « Il grimpe de travers.

— Ils ne font jamais ce qu'on voudrait.

— C'est vrai. On croit connaître un rosier, et puis il prend un chemin complètement inattendu. Ce ne sont pas des fleurs simples.

— Mais elles sont belles.

— Et pleines d'épines. » Il me montre un doigt d'un air chagrin. Une goutte de sang brille au bout.

Alors que mes pieds font demi-tour d'eux-mêmes, je bafouille : « Tu n'aurais pas envie de venir, ce soir ?

— Je ne peux pas, malheureusement. On va voir un film avec Amber. »

Et tu ne m'invites pas ? J'attends. Il a couché avec moi, le minimum serait de m'emmener au ciné. Donc il veut la jouer comme ça ? Il a eu ce qu'il voulait et il passe à autre chose ? Tout ce baratin à propos d'Amber et moi qui devions apprendre à nous connaître, c'était *avant* le sexe. Maintenant je ne compte plus pour rien.

Je dis : « D'accord », et je tourne les talons.

Je l'entends marmonner quelque chose à propos de nous rattraper à un autre moment, mais je n'y prête pas attention. Je vais le laisser mariner un peu. S'il croit qu'il peut me traiter comme un petit animal obéissant qu'on caresse une seconde avant de le rejeter, il se fourre le doigt dans l'œil.

Samira est efficace. Je m'en rends compte tout de suite à la sévérité de sa robe grise et à son regard ferme et impassible. Et sa boutique est à son image : des murs blancs, des fleurs alignées dans des pots impeccables, des seaux remplis de bouquets parfaitement emballés et rangés.

Je vais jusqu'à la caisse, je plonge mes mains dans mes poches et je les en retire aussitôt. C'est ridicule. Je n'ai aucun don pour le commerce, et pas davantage d'intérêt pour ce boulot. Encore une tâche idiote qui permettra aux autorités de se féliciter de m'avoir accompagnée dans le monde réel. Pourtant, je veux faire bonne impression. Je n'ai pas envie d'être rembarrée, ni qu'on me considère comme un cas désespéré et inemployable.

J'attends qu'elle ait fini de noter quelque chose dans son cahier. Enfin, elle le ferme et le met de côté.

« Ça y est, je suis à vous », dit-elle. Il y a un embryon de sourire quelque part, mais il n'arrive pas jusqu'à ses lèvres. « Donc, vous vous appelez Robin Smith et vous cherchez un travail. Vous dites que vous n'avez aucune expérience avec les fleurs.

— Pas la moindre. »

Elle croise les bras. « Ce qui m'amène à vous demander pourquoi vous avez postulé.

— Je n'ai pas eu le choix. L'agence pour l'emploi m'a obligée. »

Elle éclate d'un grand rire joyeux. J'y perçois des sonorités londoniennes, une voix râpeuse qu'elle dissimule sous un vernis sophistiqué.

« Au moins vous êtes franche.

— Presque trop.

— Vous avez un casier judiciaire. »

J'opine. Je ne m'attendais pas à ce qu'elle mette ça sur la table aussi rapidement, mais ça ne me surprend pas. Elle n'a pas l'air du genre à y aller par quatre chemins.

« Étant donné que vous allez travailler au contact de la clientèle, la loi m'autorise à vous demander pour quelle raison vous avez fait de la prison, dit-elle en me regardant droit dans les yeux. Je vous écoute.

— J'ai été accusée de meurtre, à tort. » Je tâche de garder une voix aussi neutre que possible. « Mais j'aimerais mieux ne pas entrer dans les détails, pour ne pas mettre en danger ma situation actuelle.

— Je vois. C'est un problème.

— Je comprends.

— Dommage, dit-elle après quelques instants. Vous semblez avoir les pieds sur terre. J'aime les gens qui ont du bon sens. La dernière qui a travaillé ici paniquait tout le temps, ça me rendait folle.

— Vous devriez peut-être me juger en fonction de ce que je suis maintenant, pas de ce que j'ai prétendument fait il y a des années. »

Elle laisse encore passer quelques secondes. « Peut-être, dit-elle lentement. Mais on parle quand même d'un meurtre. C'est énorme. Si vous pétez les plombs et tuez un de mes clients, tout le monde dira que je n'aurais pas dû vous embaucher. Vous comprenez mon problème ?

— Je n'ai jamais pété les plombs.

— Je vous crois. Mais ça ne change rien.

— Donc c'est non ? »

Elle opine. « Je n'ai pas le choix. Un conseil : la prochaine fois que vous postulerez, dites tout de suite pourquoi vous avez été condamnée. Ça fera gagner du temps à tout le monde.

— Je suis désolée si vous avez l'impression que je vous ai fait perdre votre temps.

— Ce n'est rien. Bonne chance pour la suite. »

Bonne chance. Elle se moque de moi ? Son visage me dit le contraire, mais l'intonation de sa voix suggère que je me fais des illusions.

Alors c'est comme ça que ça va se passer. D'un côté, je n'aurai plus jamais de travail, ce qui est une bonne chose car je n'aime pas la compagnie. D'un autre côté, la réaction de Samira me montre comment je serai toujours jugée. Cette histoire va me coller à la peau. Tu ne me lâcheras jamais.

C'est ça ta vraie vengeance, davantage que la prison.

- 19 -

Ça ne sert à rien de ruminer. Pourtant c'est ce que je fais, assise dans le noir sur le canapé.

Je suis en colère. D'après le docteur Holland, il est important que j'admette ce que j'éprouve, donc voilà : un vilain déversement d'émotions. J'en veux à la fleuriste de m'avoir donné l'impression que je ne valais rien. J'en veux à Bill d'être au cinéma avec sa saleté de fille alors qu'il devrait être en train de me réconforter. Et, bien sûr, j'en veux à Amber. Ses manigances. Sa façon de me suivre sournoisement. Sa volonté de me briser, sa possible connivence avec Henry.

Je m'en veux à moi, aussi. En prison, je me répétais toutes les nuits que je ne baisserais jamais plus la garde, que je ne revivrais plus la même situation qu'avec Henry. Et regardez-moi, je me transforme en lycéenne écervelée alors même que je ne voulais rien faire avec Bill. Je n'ai pas aimé sentir ses doigts sur mon corps, dans mon corps, ni ses lèvres humides qui écrasaient les miennes. Je n'ai pas aimé cette langue mouillée et inquisitrice. Son avidité qui violait tout ce qui me constitue : j'ai détesté, je l'ai fait uniquement parce que c'était nécessaire. J'aurais dû me rendre compte que, comme n'importe quel autre homme, Bill allait prendre ce qui l'intéressait et jeter le reste.

Tout à l'heure, je suis allée chercher le couteau que j'avais caché dans le salon et je l'ai posé sur mes genoux. La sensation n'a pas été aussi plaisante que je l'espérais. J'ai appuyé la pointe contre mon bras, pour essayer. Du sang est apparu, mais seulement après que j'ai appliqué une pression considérable. Je sens l'entaille palpiter, et c'est ce qu'il me faut actuellement. Quelque chose sur quoi me concentrer. Non, un couteau n'est pas une arme fiable. Il faut être proche pour blesser. Il faut aussi de la force, bien sûr, et on risque d'en mettre partout. Le couteau est l'instrument de la passion, de ceux qui se laissent guider par leur cœur et non par leur tête. Papa disait que le couteau de cuisine était le meilleur ami du boucher. Boucher. Oiseau boucher. Il a massacré beaucoup d'oiseaux avec ce couteau, principalement des poulets que nous mangions ensuite. Quand je pense à ce couteau, je revois sa lame fendre une peau marbrée et plumée. En dessous, la chair d'un rose nacré et les muscles étirés, tendus.

Des dindes, aussi, pour Noël. Comme j'ai pu détester ces Noëls avec Jane Marshall. J'en ai seulement enduré trois, je ne m'en sors pas trop mal. Le troisième a eu lieu peu de temps après qu'ils m'ont annoncé qu'ils allaient se marier. Elle voulait informer l'organisme pour lequel travaillait Papa, mais lui était inquiet. Ils n'avaient pas encore rendu leur relation publique ; ils avaient trop peur qu'elle compromette leur carrière.

Elle refusait systématiquement que nous mettions des guirlandes. Elle trouvait que c'était du consumérisme de mauvais goût. Nous avions donc du houx. Des branches de pin au-dessus des cheminées, au-dessus des portes. L'odeur puissante du bois humide envahissait le cottage. Certes, il n'y avait rien à reprocher à ses décorations. Mais elle en tirait une fierté insupportable, elle insistait pour que Papa la photographie sous le gui comme une adolescente aguicheuse.

Ce troisième Noël a été mémorable. Le lendemain, en tout cas. C'est ce jour-là que la santé de Jane Marshall s'est irrémédiablement dégradée.

Je lève le couteau pour que les lumières de la rue fassent briller le fil de la lame. Si je tue quelqu'un avec, ce sera sans conteste un meurtre. Une agression volontaire, violente et soudaine. Glisser quelques comprimés dans un verre de vin chaud, je trouve que ce n'est pas la même chose. Et puis il faut tenir compte de l'intention. Quand on n'a pas forcément l'intention de tuer mais que la personne meurt néanmoins, l'acte ne peut pas être qualifié de meurtre. La même chose vaut pour les expériences, qui relèvent davantage de la recherche que de l'émotion.

Je voulais voir ce qui se passerait si elle prenait trop de ses foutus médicaments. Je voulais la voir s'éteindre, perdre connaissance sur le canapé et s'en aller sans bruit. J'étais jeune ; je ne comprenais pas réellement que cette quantité de comprimés pouvait causer un arrêt cardiaque.

J'ai eu quelques remords par la suite. Toutefois je suis pratiquement certaine qu'elle aurait fini par m'avoir si je n'avais pas agi la première. En pensant à ces quelques jours, je me remémore des moments troublants. Je suis près d'elle sur le bord de la falaise, et soudain je sens sa main qui appuie dans mon dos. Qui s'apprête à pousser un grand coup, peut-être ; je n'en aurais pas été surprise. Elle voulait m'écarter, et elle était certainement prête à tout pour y parvenir.

Papa a été anéanti, bien entendu. Mais il savait qu'elle avait des problèmes de cœur, et le médecin a confirmé ce qu'il savait déjà : ça aurait pu arriver n'importe quand.

Médicaments ou non. Il existe une possibilité pour que sa mort n'ait eu aucun rapport avec eux.

La nuit a été mauvaise, je ne vais pas prétendre le contraire. J'en ai passé une bonne partie dans la salle de bains, assise sur le carrelage, la tête appuyée contre le mur. C'est le seul endroit frais que j'aie trouvé ; j'avais l'impression qu'un incendie avait éclaté dans la maison au milieu de la nuit, je ruisselais de sueur. D'ailleurs je me sens toujours un peu fébrile, j'ai peut-être attrapé froid.

Je commence à m'attacher à mon ordinateur. C'est une petite fenêtre sur le monde qui m'épargne de devoir m'y aventurer physiquement. Je commence aussi à prendre mes marques sur Internet, j'essaie de nouvelles recherches. Les chaînes d'information sont tellement sensationnalistes que j'en viens à m'interroger quant à ce qui est vrai et ce qui ne l'est pas. Ça n'a peut-être plus d'importance ; tout est une question de point de vue, de toute façon.

Je devrais peut-être candidater pour d'autres postes, montrer à l'agence pour l'emploi que je ne ménage pas mes efforts, alors que je suis clairement inemployable. J'ai quand même des réticences à me soumettre à tous ces examens successifs. Plus il y aura de personnes à savoir pourquoi je suis allée en prison, plus le risque sera grand que l'une d'elles fasse le rapprochement.

Une lettre atterrit sur le paillasson un peu après le déjeuner. Le bruit qu'elle fait en tombant me suffit pour deviner la taille de l'enveloppe. D'ordinaire le facteur ne passe pas à cette heure, ce qui me tend immédiatement. Une nouvelle lettre venimeuse ; je n'ai pas besoin de ça. C'est encore *elle*. Je devrais y aller tout de suite, lui ouvrir la bouche de force et lui faire avaler son torchon.

Pas d'adresse au recto, mais un nom : *Robin*, pas Ava. Écrit à la main. Rien de menaçant en apparence. Je me force à inspirer, à reprendre le contrôle. Ces réactions démesurées ne m'aident pas. Je déchire l'enveloppe et j'en sors une carte : un chiot à longues oreilles qui tient un bouquet de marguerites. Elle est de mauvaise qualité et le dessin est franchement immonde. Je l'ouvre quand même.

Est-ce que tu veux faire quelque chose tout à l'heure ? Un verre au pub ? Bisous, Bill

Pourquoi est-ce qu'il n'a pas frappé, tout simplement ? C'est davantage son style : direct et spontané. Cette carte pue les flirts idiots de cour d'école. Mais s'il a envie de jouer… Je repars dans la cuisine et j'attrape mon bloc-notes.

Ça dépend si tu m'invites. Bisous, Robin

Je me faufile à l'extérieur, passe discrètement le portail et glisse la feuille pliée en deux dans sa boîte aux lettres. J'entends un mouvement, quelque part dans le couloir. Je me carapate chez moi, un sourire narquois aux lèvres.

Quelques minutes plus tard, on sonne à la porte. Je le laisse poireauter. Je ne lui ai pas encore pardonné pour hier soir, ça va lui faire les pieds de se rendre compte qu'il n'est pas indispensable. Je finis tout de même par lui ouvrir.

« Quelle joie de te voir. » Ma voix est plutôt glaciale.

Il exécute une révérence, puis il se penche vers moi et m'embrasse sur la joue. « Bien sûr que je t'invite. Tant que tu ne commandes pas du champagne.

— Mais c'est ce que j'aime boire.

— Alors tu vas devoir être très gentille si tu veux que je te fasse ce genre de faveur. »

J'ai du mal à retenir une grimace. Nous ressemblons à deux personnages d'un roman à l'eau de rose mal écrit. Je lui demande : « Il était bien ce film, hier soir ? » et je m'appuie au chambranle de la porte pour l'empêcher d'entrer.

« Je me suis endormi vers la moitié. Amber n'a pas adoré.

— À ce point ? Tu aurais dû me proposer de venir avec vous. »

Il lève un sourcil. « J'ai pensé qu'il valait mieux laisser passer un moment avant que vous vous revoyiez, toutes les deux. Vous n'avez pas l'air de très bien vous entendre, et elle m'a dit que…

— Qu'est-ce qu'elle a dit ?

— Rien, je n'aurais même pas dû en parler. Alors, on va au White Horse ce soir ? Ils ont un bon choix de bières. »

Qu'est-ce qu'elle a dit ? Je scrute le visage de Bill, ça m'obsède. Je veux savoir. Si elle m'a cassé du sucre sur le dos, ou pire, si elle a commencé à semer les graines du doute en sous-entendant des choses à propos de mon passé, il faut que je sois au courant.

« Amber est vraiment une gentille fille. » Chaque mot dégouline de sarcasme et je vois qu'il s'en rend compte.

« Ne commençons pas, dit Bill en croisant les bras. Je préfère rester sur la nuit que nous avons passée ensemble.

— Ah bon ?

— Pas toi ? Ça a pas eu l'air de te déplaire, pourtant. »

J'ai miaulé comme un chat qu'on torture parce que c'est ce que les hommes attendent. S'il est tombé dans le panneau, c'est qu'il n'est pas très observateur. Probablement trop concentré sur son propre orgasme.

N'oublie pas de sourire. Bill est quelqu'un de bien, il le mérite. Je me fabrique une expression pleine de fausse pudeur qui me donne l'impression d'être une traînée. Je suis trop vieille pour jouer à ce jeu ; je n'ai même jamais été très douée.

« Je passe te prendre à 19 heures ? fait Bill. On pourra y aller ensemble.

— Disons 18. J'aimerais être rentrée de bonne heure. »

Un clin d'œil. « J'aime ta manière de penser. »

Oh, Seigneur. Ce n'est pas ce que je voulais dire. Sans m'en rendre compte, je viens de signer pour une nouvelle nuit de sexe. Je préférerais largement pouvoir dormir ; j'ai déjà du mal à garder les yeux ouverts.

Je réponds : « À tout à l'heure, donc », et c'est alors que quelque chose se brise derrière moi. Un fracas assourdissant, anormal, violent, qui me fait sursauter.

Des pensées décousues envahissent mon esprit et je m'efforce de donner un sens à ce qui vient d'arriver.

Objet cassé. Menace. Oiseau boucher. C'est elle, ils m'ont trouvée, ils viennent me tuer. Bill me regarde bouche bée, et je m'aperçois que nos deux visages se répondent.

« C'était quoi, ça ? » demande-t-il, puis il se secoue et s'engouffre dans le couloir.

Je reste à cligner des yeux bêtement comme une chouette étonnée. C'était un bruit de verre. Beaucoup de verre. Mais c'est impossible – je n'ai pas beaucoup d'objets en verre. À moins que ce soit la fenêtre.

Quelqu'un a lancé quelque chose dans ma fenêtre, peut-être pour essayer de m'atteindre. Un engin explosif ? Une pierre qui m'aurait fendu le crâne ? Je refuse d'imaginer des crânes brisés, ça va déclencher les hallucinations, je vais te voir et… *Stop.*

Quand je rejoins Bill dans la cuisine, je m'attends à tout. Mais c'est encore pire que je ne l'imaginais. Le sol, l'évier, le plan de travail sont couverts de débris de verre scintillants. La fenêtre n'est plus qu'un trou béant qui laisse entrer le vent. Et au milieu de tout ça, il y a une brique. Une *brique*, bon sang, avec un mot attaché.

Bill se baisse pour la ramasser. Moi aussi. Nos mains se percutent.

Je feule : « Laisse. Elle est à moi.

— Robin, j'essayais seulement de…

— Ne la regarde pas. »

Il s'accroupit et il pousse un sifflement. « Eva ? C'est qui ? Ou Ava, j'ai pas eu le temps de lire. »

Je suis consternée. Je suis une pelote qui se défait, qui se dévide au milieu des morceaux de verre. J'ai du sang sur moi : j'ai dû me couper le doigt. Je l'étale vivement sur le papier, il faut à tout prix que j'efface ce prénom. Il ne doit pas le voir, c'est hors de question.

Je réponds : « Ève. C'est un surnom.

— Un surnom ? Tu veux dire que tu sais qui a fait ça ? »

Réfléchis vite – *plus vite*. Il faut que les réponses jaillissent comme un torrent, surtout pas qu'elles stagnent dans ce silence, ou sinon il va avoir des doutes. Il a *déjà* des doutes, je le vois sur son visage.

« C'est mon ex. Il veut me récupérer, il n'arrête pas de m'attaquer. »

Bill fronce les sourcils. « Mais, l'autre jour, tu m'as dit que…

— Je sais, j'ai menti. Je suis désolée, je ne voulais pas te mêler à ça. »

Il fait un geste en direction de la fenêtre. « On peut pas le laisser faire. J'appelle la police.

— Non ! » Je lui attrape le bras. Il pousse un cri ; j'ai dû serrer un peu fort.

« Robin, on peut pas en rester là. Il est taré, ce mec. Tu es peut-être en danger. »

Je me demande qui a lancé cette brique. Certainement Amber, depuis le fond de leur jardin. Elle savait que son père serait là et qu'il lirait le nom sur le papier. Je vais la tuer. Je le jure devant Dieu, elle va le payer de sa vie. Cette sale vicieuse…

« Robin ? » Bill me tapote l'épaule, pas très sûr de lui. « Je n'aime pas du tout ça. Je m'inquiète. Est-ce que je peux lire ?

— Non, absolument pas.

— Montre-moi. Je peux t'aider.

— Non. »

Il faudrait que je fonde en larmes. Ça l'amadouerait, il prêterait moins d'attention aux incohérences de mon histoire. Mais les larmes de crocodile n'ont jamais été mon fort, et en plus ma colère m'empêche d'en verser. Je veux serrer le cou maigrichon de cette imbécile d'Amber entre mes mains, pas me mettre à pleurnicher comme une enfant.

« Il vaut mieux que tu y ailles, Bill. » Je tiens la brique dans mon dos. Je veux voir ce qu'il y a sur le papier, je veux lire ce que ces lâches d'Henry et Amber ont à me dire. Mais je ne peux pas tant qu'il est là.

« Je peux pas te laisser comme ça ; regarde l'état de ta cuisine. Il faut que tu appelles…

— J'appellerai tout à l'heure, c'est promis. » Je mens. « J'ai seulement besoin d'un peu de temps pour digérer. Je te demande de me comprendre.

— Tu ne veux pas au moins que je t'aide à ramasser…

— Non, franchement. Viens à 18 heures. Ça ira mieux. »

Je n'aime pas du tout son regard. J'y aperçois du trouble, et autre chose de plus dangereux. Il sent qu'il y a un problème, et son esprit est déjà en train d'essayer d'identifier ce qui le fait tiquer.

Il se relève, secoue sa chaussure pour en faire tomber quelques morceaux de verre. « Tu es sûre que c'est ce que tu veux ? demande-t-il avec circonspection.

— Certaine. Mais je te remercie de t'inquiéter pour moi, vraiment. »

Il laisse encore passer un moment et puis il s'en va. J'entends la porte se fermer et je recommence enfin à respirer. Cette situation ne l'enchante pas, mais il fallait s'y attendre. Je m'en occuperai plus tard, une fois que j'aurai pris le temps de digérer.

Le mot est attaché sans soin par un élastique. Jaune et épais, comme ceux de notre facteur. Encore un indice qui accable Amber. Des capitales d'imprimerie. Rien à tirer de l'écriture.

AVA

TON SECRET VA SORTIR SALE MEUTRIÈRE JE VAIS TOUT DIRE AUX JOURNAUX. TOUT LE MONDE VA SAVOIR QUI TU ES. JE SAIS CE QUE TU FAIS PARCE QUE JE T'OBSERVE.

Aussi succinct que délicieux. Je bute sur la faute à *meurtrière* ; je ne pensais pas Amber aussi ignorante. Mais l'allusion aux journaux : c'est elle, aucun doute. Elle a dû attendre que son père lui annonce qu'il passait me voir, elle est sortie sans bruit dans le jardin, elle a poussé le portail de derrière et elle a lancé la brique. Mon jardin est minuscule, il n'y avait pas besoin de beaucoup de force. Je suis sûre qu'elle a jubilé lorsque la vitre s'est brisée. Et qu'elle avait encore un grand sourire en rentrant se planquer, que son cœur battait d'excitation. Je me demande si elle a ri en imaginant mon visage terrifié et mes tentatives désespérées pour cacher la brique à son père.

Sans m'en rendre compte, je me suis laissée tomber sur le carrelage. Mes jambes baignent dans les éclats de verre, ma main libre aussi. L'autre tient toujours le mot. C'est curieux, je n'avais même pas conscience des entailles dans ma peau ni de la douleur. Je suis lacérée par la cruauté d'Amber.

Je ne vais rien dire à Margot. Pas tout de suite. J'ai d'abord besoin de rassembler mes idées et de réfléchir aux conséquences de mes actes. C'est ce que me recommande toujours le docteur Holland.

Mais ça ne va pas m'empêcher de m'occuper d'Amber et d'Henry. C'est une certitude. J'en ai marre de ce harcèlement, de cette torture psychologique. J'ai tiré ma peine, j'ai expié ma faute. J'ai passé des années à moisir en cellule, obligée d'écouter des cruches comme Ditz pleurnicher sur leur sort. Il est temps que j'arrête de jouer à l'oisillon fragile et que je devienne un prédateur. Je me lève et je passe une main sur mes jambes. Les morceaux de verre tintent en tombant, des sonorités flûtées, des notes de clavecin. J'ai du sang sur la peau, des mouchetures brillantes. Assez jolies à leur manière étrange et morbide.

La douleur m'aide à me concentrer et je pense, *Merci*. C'est un cadeau, je compte en faire bon usage.

- 20 -

« Alors ça y est, tu as tout balayé », dit Bill, planté à la porte de la cuisine, l'air de ne pas trop savoir où se mettre.

J'acquiesce et souris. Il n'imagine pas le temps qu'il m'a fallu pour tout nettoyer, éponger et briquer la moindre surface de façon à ne pas oublier un seul éclat de verre. J'ai bouché le trou au moyen de mon vieil atlas que j'ai ouvert en grand et scotché sur les montants de la fenêtre. La meilleure idée que j'aie pu trouver en si peu de temps.

Il secoue la tête, visiblement horrifié. « Je n'arrive toujours pas à croire que quelqu'un a pu te faire ça.

— C'est atroce, hein ?

— C'est encore pire, c'est terrifiant. » Il s'interrompt et me lance un regard en biais. « Quand j'en ai parlé à Amber, elle m'a demandé si c'était un homme qui s'appelle Henry. »

Je n'arrive pas à contenir ma surprise. Elle transparaît dans mes muscles qui se crispent, dans mon souffle qui accroche, il va la voir. « Comment est-ce qu'elle connaît Henry ? » Les mots ont fusé malgré moi.

Bill fronce les sourcils. « Elle ne le connaît pas. Elle m'a dit que tu l'avais accusée d'aider cet Henry à te faire du mal. C'est lui, c'est ton ex ? Je vois sur ton visage que c'est lui. »

Je me prends le crâne entre les mains et je marmonne : « Non, pas ça. » J'ai la tête sous l'eau, les bruits sont assourdis, de plus en plus lointains.

« Robin ? Qui c'est, cet Henry ? »

Ressaisis-toi. Je suis en train de m'effondrer, et si je continue il va poser des questions à Amber et elle finira par tout lui dire. Elle va le faire quoi qu'il arrive, mais ça n'aura pour effet que de précipiter les choses et de m'enlever toute chance de reprendre le dessus.

« Il s'appelle Harry. » Ça sonne affreusement faux, mais il ne faut pas que Bill découvre le nom de famille d'Henry, ce serait bien trop dangereux. « Amber a mal entendu. Et je ne voulais pas l'accuser, je n'étais pas dans mon état normal ce jour-là. Je venais de recevoir une lettre de lui et…

— Mais qu'est-ce que ça a à voir avec Amber ?

— Henry – pardon, Harry… il aime les jolies filles. Je le soupçonnais d'utiliser une personne comme Amber pour m'atteindre. »

Il n'a pas l'air convaincu. « Excuse-moi, Robin, mais c'est une drôle de logique.

— Non, je t'assure. Il fonctionne comme ça. Il me harcèle psychologiquement. S'il apprend qu'on est ensemble, il fera tout ce qu'il peut pour nous séparer. »

Il a un mouvement de recul. Qu'est-ce qui se passe ? C'est la possibilité que nous soyons séparés ? L'idée que nous soyons ensemble ? Est-ce que je vais trop vite ? C'est une torture. Je ne m'attendais pas à ça ;

je pensais que nous irions boire un verre au pub et que nous tournerions la page. Qu'est-ce qui lui a pris de parler d'Henry ? Ou plutôt, qu'est-ce qui a pris à Amber ? Si elle essaie de me briser, je suis forcée d'admettre qu'elle y arrive très bien.

« On ferait peut-être mieux de ne pas sortir ce soir, dit lentement Bill en jouant avec la manche de sa chemise. J'ai l'impression que tu es à bout de nerfs.

— Tu n'as plus envie ?

— Ce n'est pas que je ne veux pas, c'est que tu n'as pas l'air dans ton assiette. Et c'est normal. Je maintiens que tu devrais appeler la police.

— Ça ne sert à rien. Et je ne t'en veux pas de ne pas vouloir me sortir. Je ne peux pas t'obliger. »

Le silence qui nous sépare est un gouffre rempli de pensées secrètes. Bill ne me regarde pas, il contemple l'atlas fixé à la fenêtre et sa posture trahit son malaise. Je n'aime pas le tour que prend cette conversation.

En m'efforçant de me calmer, je lui dis, « Écoute, ça a été une journée difficile, mais j'aimerais beaucoup boire un verre, si tu es toujours partant. »

Il ouvre la bouche. La referme. Inspire un grand coup. « Je crois qu'on ferait mieux de remettre ça à plus tard.

— Mais pourquoi ?

— Je ne sais pas. Je m'inquiète, Robin. »

Ça y est. L'aveu. Il s'inquiète. Aucun problème pour mettre ses inquiétudes de côté pendant qu'il couchait avec moi, mais tout à coup elles sont importantes. Il est pareil qu'Henry, aussi minable, aussi égoïste.

« Qu'est-ce qui t'inquiète, exactement ? » Chaque mot est une stalactite qui menace de se décrocher.

J'aimerais que mes mots soient faits de verre, comme les éclats qui jonchent le sol. Ils le tailleraient en pièces.

« Parlons-nous demain, quand tu te seras reposée. Et, tu sais, si tu veux que j'appelle la police à ta place, je le ferai. L'important, c'est que tu te sentes en sécurité.

— Je ne veux pas qu'on se parle demain. Qu'est-ce qui t'inquiète ?

— Laisse tomber. Oublie que j'en ai parlé.

— Dis-moi.

— C'est seulement que tu es difficile à cerner. Et tu dis des choses qui paraissent un peu…

— Un peu quoi ?

— Je ne sais pas. Si on…

— Un peu *quoi* ? »

Il secoue la tête. « J'ai l'impression qu'il y a une autre personne cachée à l'intérieur de la Robin à laquelle je me suis attaché. Ne le prends pas mal, mais est-ce que tu as vu un médecin récemment ? Ça pourrait te faire du bien d'avoir quelqu'un avec qui parler. Je crois que ton ex a fait beaucoup de dégâts, et pas seulement à ta fenêtre.

— Tu essaies de me dire que j'ai des problèmes ?

— Non. Pas du tout. Simplement que, par moments, tu me fais penser à un mec que j'ai connu quand je dormais dehors. Gentil, plutôt sympa, et d'un coup il se repliait sur lui-même et il disait des trucs qui ne correspondaient pas avec ce qu'il avait dit avant.

— Et tu sous-entends que je suis comme lui ? »

Il rougit. « Non, pas à ce point. Il était malade, c'est évident. Mais, je ne sais pas, il y a des fois où je me fais du souci pour toi. Rien de plus. Par moments tu me fais penser à Amber – elle aussi, elle a du mal à maîtriser ses émotions.

— Oh, mais bon Dieu, je vais très bien et, surtout, je n'ai rien à voir avec ta fille. »

Mes poings se ferment d'eux-mêmes. Je ne dois pas lui laisser voir ma colère, même si je meurs d'envie de lui faire du mal. D'empoigner ce couteau que j'ai caché et de lui faire subir la même violence que celle qu'il m'a infligée. Je l'ai laissé faire, et tout ça pour rien. Il suffit de voir l'image qu'il a de moi. Une chose pitoyable, voire une chose dont il faudrait se méfier. Il m'a pris ma substance, le noyau de ce que je suis, et il l'a transformée en une chose immonde.

« Tu vois, c'est le deuxième problème », continue-t-il sur sa lancée. Je me rends compte qu'il attendait depuis longtemps de pouvoir vider son sac. « Tu es sans arrêt en train d'agresser Amber. Tu sais bien qu'elle est comme elle est et qu'elle n'y peut rien. C'est une femme intelligente et généreuse et je n'aime pas que tu insinues autre chose.

— Tu plaisantes, elle a été épouvantable avec moi !

— Mais non ! J'étais presque tout le temps là. Elle a seulement été elle-même. Un peu abrupte, mais pas méchante. Elle a même essayé de te rendre service avec cette histoire d'article dans le journal, elle pensait que ça t'aiderait à prendre confiance en toi.

— Elle n'avait aucun droit de penser à ma place. »

Il lève les mains comme pour se protéger de moi. D'une voix plus douce, il fait : « On va pas se disputer. J'aimerais qu'on reste bons amis.

— Amis ? Vraiment ? Ça t'arrive souvent de te taper tes amis ?

— Robin, c'est moche et ça ne te ressemble pas. Normalement tu es plus féminine que ça.

— Tu me connais mal.

— C'est possible. » Il danse d'un pied sur l'autre. « Je vais rentrer chez moi. On pourra continuer à se parler demain, quand tu seras calmée.

— Bill, ne t'en va pas, s'il te plaît. » Ma dernière chance. Il faut que je le retienne, sinon ce sera terminé et j'aurai fait tout ça pour rien. Je me jette sur lui, j'enroule mes bras autour de son cou et j'attire son visage contre le mien. Il résiste à mon baiser, ses lèvres sont dures comme la pierre et résolument closes. Il me repousse d'un geste ferme, comme un père qui gronde son enfant. Un geste définitif et par conséquent terrifiant.

« Repose-toi, dit-il. Et si quelque chose t'angoisse cette nuit, appelle la police, s'il te plaît. C'est eux qui seront le mieux placés pour t'aider. »

Sérieusement ? Je n'oublie pas les policiers derrière ma porte, il y a des années, et le traitement qu'ils m'ont fait subir lorsqu'ils t'ont trouvé, leur manière de me baisser la tête pour me faire entrer dans leur voiture. Et pendant ce temps les voisins regardaient, se penchaient à leur balcon pour mieux voir. C'est l'un d'eux qui les a appelés, j'en ai la certitude, il a entendu le bruit et il en a tiré des conclusions erronées, il les a dressés contre moi dès le début. Les gens sont répugnants, donc Bill l'est aussi ; il ne vaut pas mieux que les autres. Je tends la main vers lui, mais il est déjà dans le couloir, il ouvre la porte. Un dernier regard attristé dans ma direction et il est dehors, et moi je reste les bras ballants, à le regarder d'un air idiot. Comme l'aurait fait Ditz ou n'importe quelle autre abrutie.

Ça y est, je me retrouve seule. Je finis toujours par me retrouver seule.

« Vous paraissez très agitée aujourd'hui, Robin », me dit le docteur Holland.

Je l'entends à peine. Pour être honnête, je ne sais même pas comment je suis arrivée ici ; mes pieds m'y ont conduite sans que j'en aie conscience. Mes cheveux et mon pantalon sont humides. Il doit pleuvoir.

Sans perdre de temps, je lui demande : « Je peux vous poser une question ? »

Il paraît surpris, mais il accepte.

« Combien de temps est-ce qu'on va continuer cette plaisanterie ?

— Cette plaisanterie ? Robin, il est important que…

— Ce n'est même pas mon vrai nom. Je suis qui je suis ; je ne peux pas rentrer dans le moule d'une autre personne. »

Il inspire, croise les jambes. « Robin, dit-il sur un ton très patient, personne ne cherche à vous enlever votre identité.

— C'est *exactement* ce que vous faites. Vous m'avez donné ce nom débile, Margot essaie de me refiler un boulot qui n'est pas pour moi alors que je suis inemployable, vous m'avez collée dans une baraque où je ne voudrais pas vivre même si on me payait, et…

— Attendez, je vous arrête, vous voyez les choses en noir. Essayons de changer de point de vue, vous voulez bien ? Votre nouveau nom vous protège. Un emploi vous donnerait un objet qui occuperait vos pensées.

Et vous avez un toit sur la tête, ce qui vous permet de ne pas être livrée à vous-même dans la rue. On peut considérer que ce sont des bienfaits plutôt que des obstacles, non ? »

Je visualise Bill allongé sur le pas d'une porte, le sac de couchage remonté jusqu'à son menton pas rasé. Ça m'ennuie de le dire, mais le docteur Holland a raison ; je n'aurais pas supporté cette vie et je devrais m'estimer heureuse d'avoir un logement payé par l'État. Mais, dans les faits, cette existence est ignoble ; c'est à peine une vie. Je suis pourchassée, à la merci d'une femme haineuse qui habite dans la maison d'à côté et qui est déterminée à me détruire, et…

« Robin ? Que vous inspire ce que je viens de vous dire ? »

Je ramène mon regard sur son visage. « Je suis certaine que vous avez raison. »

Il paraît satisfait. « Et pour ce qui est d'être inemployable, je lis sur mes fiches que vous n'avez passé qu'un seul entretien pour le moment. Le métier parfait vous attend peut-être quelque part, vous allez finir par le trouver.

— Le métier parfait ? Je m'en fiche, de ça. Ce que je veux, moi, c'est partir d'ici.

— Très bien, parlons-en. Où voulez-vous aller ?

— N'importe où. Dans un endroit où il n'y aura personne.

— Et le compagnon que vous avez évoqué la dernière fois, qu'est-ce que vous en faites ? »

J'avais oublié que je lui avais parlé de Bill. Je secoue la tête. « Ça n'a pas marché.

— C'est pour ça que vous êtes en colère aujourd'hui ?

— Non, ça n'a rien à voir. Il ne valait pas grand-chose, c'est tout.

— Qu'est-ce qui vous fait dire ça ?

— Il voulait seulement se servir de moi, comme tous les autres. »

Il griffonne quelque chose dans son cahier. J'aimerais tant le lui arracher, déchirer cette saloperie en petits morceaux, en faire une grosse boule et la lui enfoncer dans la gorge. Il s'étoufferait, et ce ne serait pas une mort douce. Je n'ai encore jamais vu personne s'étouffer, je me borne donc à imaginer. La prise de conscience progressive. La glotte qui s'active fébrilement, en vain. Les yeux qui sortent de la tête. Les mains qui s'agitent. Les mots gargouillés, sifflants à cause du manque d'oxygène.

Il tousse, inconscient de ce qui se passe dans mon crâne. « C'est réellement ce que vous pensez, Robin ?

— Quoi donc ?

— Que les hommes cherchent uniquement à se servir de vous ? »

Je me marre. « Parce que c'est faux ?

— Je ne peux pas répondre à ça. »

Bien sûr. Tu es un homme, vous vous serrez les coudes.

Il prend encore quelques notes, puis il lève les yeux. « Il faut que nous discutions de votre traitement. Est-ce qu'il donne des résultats ? Est-ce que vous avez l'impression de mieux dormir ? »

Évidemment, il n'y a que le sommeil qui compte. Mes émotions, mon esprit… tout ça, c'est secondaire. Je résiste à l'envie de hurler, d'ouvrir grand la bouche pour évacuer ma rage, et je me contente d'opiner sagement.

« Parfait, c'est ce que nous voulons entendre. Je ne peux pas vous en prescrire davantage, bien sûr, mais…

— Oui, je sais.

— Et, plus généralement, comment vous sentez-vous ? J'ai noté une certaine tension aujourd'hui. Est-ce que vous avez remarqué des sautes d'humeur ?

— Non, rien.

— Hmm. » Encore ce regard dubitatif, qui me donne envie de lui envoyer mon poing dans les dents. « Robin, je crois que nous pouvons arrêter pour aujourd'hui.

— Mais il reste encore sept minutes.

— J'en suis bien conscient. Mais je sens que nous n'avancerons pas, à moins que vous vouliez aborder un sujet en particulier. »

Ton inutilité totale, par exemple ? La possibilité que le monde se porterait bien mieux sans toi et les autres de ton espèce ?

« Je pense que je vais demander une évaluation approfondie, conclut le docteur Holland en tapant un rythme lent avec ses doigts sur sa cuisse.

— Pourquoi ?

— C'est dans votre intérêt, de façon à être sûrs que nous vous apportons les meilleurs soins possible, pour vous comme pour votre entourage.

— Vous ne soignez pas les gens de mon entourage.

— Non, mais ils peuvent être affectés par… vous voyez ce que je veux dire. Ça fait partie du programme de réinsertion. »

Je me demande s'il a parlé avec Amber. Voire avec Bill. Ce ne serait pas délirant qu'ils contactent les voisins d'une ex-détenue. Pourquoi je n'y ai pas pensé plus tôt ? Tandis que les paroles du docteur Holland pénètrent en moi, l'énormité de cette évidence me frappe comme une pierre lancée dans l'eau.

Bill était peut-être déjà au courant. Amber aussi. Des figurants placés là pour me surveiller, pour surveiller que je me tienne bien.

Non, c'est n'importe quoi. Bill n'aurait pas couché avec moi, ça n'aurait pas été professionnel. À moins qu'ils fassent ça clandestinement aujourd'hui. Il est très possible que le programme comprenne des prestations sexuelles garantissant que les désirs du criminel seront satisfaits, et qu'il sera donc moins enclin à agresser autrui. Quelle ironie, si c'est le cas. Non. Non. Mais… peut-être. Je ne sais plus ce que je dois croire.

« Robin ? Vous ne dites plus rien. » Aussi assourdissante qu'une paire de castagnettes, la voix du docteur Holland fait voler en éclats mes réflexions.

À voix basse, je dis : « J'aimerais m'en aller, maintenant. »

- 21 -

Je n'arrête pas de vous voir aujourd'hui, toi et Ditz. Vous êtes vraiment obligés d'apparaître ensemble, tous les deux ? Et pourquoi est-ce que je commence parfois à vous confondre ?

Ce matin, quand je me suis réveillée, tu étais au pied de mon lit. Pâle, d'une pâleur de cadavre, mais au moins tu avais de la peau sur les os. Tes joues étaient zébrées par les larmes, preuve que tu n'étais qu'une hallucination parce que, de ton vivant, tu ne ressemblais pas à ça quand tu pleurais. Tu étais bouffi comme une taupe aveugle, ton visage rougissait et tu braillais à en perdre la voix.

Ditz est pendue dans mon placard. Je vois le sommet de son crâne qui dépasse au-dessus de la tringle et je découvre le reste de son corps lorsque j'écarte les vêtements. Elle a une expression démente, le cou brisé, la bouche entrouverte comme un chien assoiffé. Je sais qu'elle n'est pas là, mais ça n'arrange rien. Surtout quand elle se met à rire.

Je me demande si elle manque à quelqu'un. Elle ne parlait que de sa sœur, mais il y a peut-être un homme qui comptait plus que les autres. Un cousin éloigné qui pense encore parfois à elle. Ou même un ancien professeur, qui garde d'elle l'image d'une jeune fille craintive aux yeux écarquillés, qui n'accomplirait jamais rien de notable. J'en doute. Elle n'était personne, c'est la raison pour laquelle, lorsqu'elle me parlait de mettre fin à ses jours, je lui répondais que ce serait certainement le mieux à faire. À quoi bon s'éterniser dans un monde pareil ? Je lui ai peut-être conseillé trop souvent d'en finir. Mais, en vérité, je lui rendais service. Sa vie n'allait nulle part.

Où va la mienne ? Je me le demande. Mais je ne vais pas me laisser emporter par ces réflexions. Je ne suis pas comme elle ; je n'aurais même pas l'idée de me comporter d'une manière aussi lâche.

Toute la journée, tu restes à la périphérie de mon champ de vision. J'ouvre le frigo et tu m'observes entre les charnières de la porte. Je monte à l'étage et je sens tes pas derrière les miens, aussi lents et réguliers qu'un robinet qui goutte. Tu me suis comme un chien et tu essaies de me dire quelque chose. Je ne sais pas si je finirai par comprendre ce que tu veux.

Ce jour-là, chez moi, quand tu t'es lassé du bébé étourneau, quand tu en as eu marre de jouer aux cartes, tu m'as demandé de te ramener. Je t'ai dit d'attendre, parce que je voulais apprendre à te connaître encore un peu. Ce n'était pas une demande excessive, et c'est ce qui explique que j'aie légèrement haussé la voix. J'essayais simplement de te faire entendre que tu me *devais* ça. À cause des crimes de ton père. J'espérais que tu me fournirais une sorte d'explication, que tu me permettrais de comprendre pourquoi il avait agi de cette façon, pourquoi il avait décidé de me détruire.

Je t'ai proposé d'autres jeux. J'avais des échecs, un Ludo, et bien sûr les cartes. Je me serais fait une joie de te préparer à dîner. J'étais bonne cuisinière ; j'avais tout appris toute seule. Mais tu es devenu grossier et j'ai été prise de court. Tu es devenu comme lui : brutal, sec, blessant. Tu m'as insultée et tu m'as rejetée quand j'ai posé mes mains sur tes épaules, tu m'as donné l'impression qu'elles te dégoûtaient. J'essayais simplement de te calmer. J'avais peur que tu te fasses du mal, quelle ironie. Tu étais si fragile, à tant d'égards. Nous avons *eu des mots*. C'est l'expression que ton père employait toujours quand il me criait dessus. Et j'avoue que, lorsque tu t'es mis à pleurer, mon cœur a failli se briser. Tu étais si petit à ce moment-là. Un oisillon maigre et délaissé, désespéré, qui appelle au secours.

J'aurais dû te laisser partir. Je l'aurais fait, tu sais. Si tu ne m'avais pas menacée de tout leur dire, si tu n'avais pas dit ces choses horribles, j'aurais ouvert la porte et je t'aurais laissé sortir. C'est ce que je comptais faire depuis le début. Mais tu m'as traitée de malade, de *cinglée*. Comment as-tu pu dire une chose pareille ? C'était terriblement injuste, surtout après tout ce que j'avais fait pour toi.

J'ai encore essayé de te maîtriser, et tu m'as repoussée avec des coups dans lesquels il n'y avait aucune force, pratiquement des caresses que j'ai interprétées comme des signes de ton désarroi. Tu me ressemblais tant ; seul au milieu de ta famille. Ignoré, mal-aimé. J'ai attiré ton crâne contre ma poitrine et je t'ai serré avec une tendresse maternelle. Mais tu as résisté. Je faisais preuve d'une grande gentillesse malgré ta cruauté, et pourtant tu m'as rabrouée.

Tu aurais dû être mon enfant. Tout aurait été différent si tu étais né de moi et pas de Miranda. Nous aurions nagé dans une autre vie : moi aux fourneaux, occupée à te faire à dîner, toi assis à la table, un stylo dans la bouche, en train de griffonner des additions pour tes devoirs de maths. Henry qui lance un *bonsoir* guilleret en suspendant son manteau et en nous souriant. Je crois que je te l'ai dit. Je ne sais pas – les souvenirs s'emmêlent comme du varech, certains ne sont pas au bon endroit et d'autres ne sont peut-être même pas authentiques.

Tu m'as rembarrée et je t'ai demandé ce que j'avais fait, j'ai insisté. Je t'ai rattrapé quand tu es parti vers le couloir, mais je ne voulais rien te faire. Uniquement te protéger de toi-même. Je ne pensais qu'à toi, pas à moi. Je t'ai peut-être tiré trop fort. Je l'ai fait. Je le sais. Malgré leur minceur, à cet instant mes bras ont eu une force qui m'a stupéfiée. Tu es tombé en arrière et tu m'as échappé. Tu es tombé, je ne t'ai pas poussé, contrairement à ce qu'a dit l'avocat. Ta petite voix d'oiseau. Le cri affligé d'une créature précipitée du haut d'une falaise, alors que la chute jusqu'au sol n'était pas si longue.

Ta tête a heurté le coin de la table basse. Un vilain meuble de mauvaise qualité, tout en angles et en arêtes. Il y a eu un bruit mou, étouffé, celui d'une brique lâchée dans du ciment frais. Et tes yeux se sont tournés vers moi alors que tu commençais déjà à être pris de convulsions.

Par la suite, tout le monde a affirmé que je l'avais fait exprès, mais c'est faux. Et tu le sais, tu étais présent. C'était entièrement ta faute. Je n'étais pas en colère. Je me suis agenouillée et j'ai recueilli ta tête au creux de mes bras. Le problème avec les blessures ouvertes, c'est qu'elles saignent énormément et paraissent souvent plus graves qu'elles ne le sont.

Bien entendu, les somnifères ont beaucoup intéressé le tribunal. Ils revenaient souvent dans le dossier. Ça n'a rien d'étonnant. J'imagine l'impression qu'ils donnaient. Sauf que je cherchais uniquement à te calmer, à me laisser le temps de réfléchir à la suite. Tu avais si peur. Tu paniquais à la vue de tout ce sang, or les cachets parvenaient toujours à me calmer, tu comprends ? Je me disais qu'ils auraient le même effet sur toi. Si je t'en ai donné cette dose, c'était pour qu'ils agissent plus vite. Et ils ont agi vite, mais pas comme je l'escomptais. Sur le coup, j'ai cru à un retour de bâton, à une revanche lugubre que je prenais sur toi, à cause de la cruauté avec laquelle tu m'avais rejetée. Je comprends maintenant que c'est toi qui te vengeais. Mes années de souffrance ne faisaient que commencer.

Tu as englouti le sirop de cassis comme un chiot, et les comprimés avec. Tu en as fait couler un peu sur toi et sur la moquette, tellement tu tremblais ; je n'arrivais pas à te faire tenir tranquille. Une minute plus tard, le blanc de tes yeux est apparu et j'ai cru que tu avais trouvé la paix, malgré ton sang qui continuait de s'écouler. Tout ce sang pour un garçon si mince, si fin. Plein tes cheveux, plein la moquette, plein mes mains. J'ai pleuré, et ça non plus le tribunal ne l'a pas cru. Lorsque tu as cessé de bouger, tu étais aussi parfait qu'un nouveau-né. Si calme, si sage. J'ai longuement caressé ton front et je t'ai fredonné une chanson en espérant que tu l'entendais.

Ce n'était pas ma faute, simplement une série d'événements imprévisibles. C'est la vie. Elle nous ballotte d'un côté à l'autre sans nous laisser notre mot à dire.

Je souffre de penser à ce jour, et je n'arrive pas à ne pas y penser quand tu me suis partout. Tu es là, sous mes yeux, secoué comme autrefois par les spasmes et les tremblements. Toute cette écume au coin de ta bouche – je ne pensais pas qu'un humain pouvait en produire autant. Mais le pire, ce sont tes pleurs. Tes supplications. Le sanglot bloqué au fond de ta gorge, tes mains tendues vers le ciel dans les derniers instants, comme pour tenter d'agripper un objet insaisissable. Je donnerais n'importe quoi pour effacer ces souvenirs.

On m'a accusée de t'avoir regardé *sans la moindre pitié*. Comment osaient-ils me juger alors qu'ils n'étaient pas là, qu'ils n'avaient rien vu ? Il n'existe pas de plus grande pitié que celle qui m'a poussée à te taper dans le dos pour te faire vomir ce que tu avais bu. J'ai même plongé mes doigts dans ta gorge, mais tu n'arrêtais pas de basculer en arrière, et puis tu as enfoncé tes incisives tranchantes dans ma main.

S'il te plaît. Je n'en peux plus de repenser à ça, je n'en peux plus. Je ne veux pas arriver au moment où j'ai compris que tu étais… où j'ai compris que je t'avais…

Quand je t'ai allongé sur le sol, quand cet atroce soupir est sorti d'entre tes lèvres comme si tout s'échappait de toi, j'ai…

Je pleure. Regarde-moi, bon Dieu, je n'arrive pas à m'arrêter. Et cette nausée qui me tord le ventre et qui va me déchirer. Et j'entends le rire de Ditz. Je crois que c'est ce qu'elle veut, me voir m'écrouler. Jane aussi est là, quelque part, elle m'observe en attendant son heure. Ils sont tous là, *tous*, et ils veulent me voir morte : Bill, Amber, Henry, Miranda, tous ils veulent me voir morte, mais je suis vivante. Malgré eux tous, *je suis vivante*.

Je me laisse tomber par terre. Je coule. Je coule.

Il fait noir mais je m'en fiche. L'obscurité est préférable, en un sens, parce que je ne fais que te deviner au lieu d'être contrainte de te voir. Je ne suis pas seule dans la maison, je le jure. Jane est cachée quelque part à l'étage, elle cherche peut-être ses cachets dans le grenier. Elle traîne les pieds, elle n'arrive pas à marcher correctement, elle agrippe sa poitrine et elle est désorientée, elle ne comprend pas ce qui se passe.

Papa est ailleurs mais il me tourne le dos, certainement absorbé par quelque chose de plus important. Quand il n'observait pas les oiseaux, il regardait Jane ; moi, jamais. Quelle déception ça a dû être pour lui d'avoir une fille aussi transparente, aussi inintéressante. Est-ce qu'il rit ? Est-ce qu'il pleure ? Non, il ne pleurait pas. À l'enterrement de Jane il est resté de marbre et n'a pas versé une larme, même quand le cercueil a été mis en terre. Une des cordes a filé trop vite et le coin supérieur a percuté le sol avec un bruit sourd et incongru. La tête de Jane a dû rouler dans tous les sens à l'intérieur comme une boule de bowling mal lancée.

Il y a aussi des femmes tout autour de moi, des rangées interminables de femmes qui tapent sur des portes en métal. Qui hurlent des obscénités. Qui beuglent, qui vagissent, qui crient *ta faute, c'est toi, Oiseau boucher, c'est toi la coupable, tu devrais te foutre en l'air, fais-le.* Ces couloirs avec leurs rangées de portes à perte de vue, dans le noir, toujours dans le noir. Je cache ma tête entre mes bras pour les faire taire. Mon corps a adopté un rythme qui lui est propre. D'avant en arrière, d'avant en arrière, tel un cheval à bascule. C'est incantatoire, une sorte de bouclier qui les éloigne. Je suis dans les bras de ma mère ; elle me caresse les cheveux en silence. Elle n'a jamais eu besoin de parler, seulement d'être *elle*, avec la douceur de son souffle, la chaleur de sa joue contre la mienne. Mais Papa la comparait à une souris, il disait qu'elle était faible, incapable de réfléchir par elle-même. Elle le freinait, l'empêchait de mener à bien ses recherches, et donc…

Et donc. Balance-toi en avant.

Et donc. En arrière.

Impossible de me concentrer. Mes idées filent et m'emportent avec elles, je suis balayée par les souvenirs, les émotions, les opinions. Des mots m'éclaboussent à l'intérieur, certains affilés comme des lames et d'autres flous, informes.

Tu es à côté de moi. Est-ce toi qui m'as tendu les comprimés, ou est-ce que je les ai pris toute seule dans le flacon ? Je ne me souviens pas, j'ignore comment ils sont arrivés là – et comment *je* suis arrivée là, recroquevillée sur le sol. Tu me chuchotes, *Prends-les. Prends-les, ils vont te calmer.* J'ai besoin de calme ; je veux que tout s'arrête. Mais est-ce que je ne risque pas de finir comme toi ? L'écume aux lèvres, le dos cambré tel un serpent qui se débat ?

Les comprimés tremblent. Non, c'est ma main, voilà pourquoi ils font ce bruit. Je ne sais pas quoi faire.

Que veux-tu que je fasse ?

Quelque part dans l'obscurité, j'aperçois Miranda. Pas telle qu'elle doit être aujourd'hui, plus âgée, plus grise et les hanches encore plus larges, mais la Miranda d'autrefois, du jour où elle est venue me rendre visite en prison.

Comme elle se tenait droite sur cette chaise en plastique, les mains croisées sur les genoux. Raide et stricte, aussi rigide qu'une planche. Ses lèvres ont tressailli lorsqu'elle m'a vue. Ses yeux se sont rivés aux miens, y ont plongé loin, m'ont traquée et ont rapporté ce qu'ils pouvaient à la surface. *Je veux savoir pourquoi tu as fait ça*, m'a-t-elle dit. *Pourquoi tu as tué mon fils. Mon psy m'a dit que j'avais besoin de faire mon deuil. Tu me dois au moins ça.*

J'avais du béton à la place de la langue. Mes lèvres étaient collées, m'empêchaient de parler. Pour dire quoi, de toute façon ? Que je ne l'avais pas fait exprès, que je vivais la même torture qu'elle ? J'ai dû finir par bafouiller quelques mots, mais elle ne m'a pas entendue, elle ne voulait pas écouter. Je m'attendais à des pleurs. À un déversement de rage, à des ongles qui tentaient de lacérer mon cou, mon visage. Mais elle s'est bornée à ricaner, et ça a été beaucoup plus difficile à supporter. Elle m'a craché, *Tu n'es même pas capable de me demander pardon, hein ? Tu me fais pitié. Tu es pathétique, c'est à peine croyable.*

De la pitié. Ce mot pire que la haine. Pire que tout. Elle n'avait pas le droit. C'est moi qui aurais dû la prendre en pitié à cause de sa cupidité profonde, de sa capacité à rester avec un mari infidèle pour quelques sacs de créateur et des vacances au soleil. C'est elle qui était pathétique, à vivre comme une créature piégée. Moi, j'avais osé être libre.

Et pourtant je n'ai pas réussi à lui répondre, pas sur le moment. J'ai exprimé ce que je ressentais par mes regards noirs, par mes poings serrés. Elle continuait à parler ; chaque mot était une pierre taillée qu'elle me jetait au visage. Elle ne m'a pas laissé une seconde pour respirer.

Tu es tellement pathétique que tu as préféré ôter la vie à un enfant, plutôt que nous affronter, Henry ou moi. Tu es faible, médiocre, regarde-toi. C'est toi qui aurais dû mourir, pas lui. Ce n'était qu'un enfant, mais il avait plus de force que tu n'en auras jamais.

Je n'ai rien répondu, j'ai seulement levé les mains pour tenter de parer l'assaut, de repousser les immondices qui jaillissaient de sa bouche. Les gardiens n'ont pas tardé à venir m'embarquer, ils m'ont soulevée et ma chaise a basculé sous moi, menaçant de tomber. Miranda a éclaté de rire, mais c'était une autre émotion qui mouillait ses yeux. Peut-être de la pitié. Je suis sûre qu'elle l'a raconté dans les moindres détails à son psy de luxe.

Espèce de monstre, tu mérites de souffrir, m'a-t-elle encore dit par-dessus le vacarme. *J'espère que tu ne seras jamais débarrassée du poids de ce que tu as fait.*

Sauf que je ne suis pas coupable de ce dont elle m'accuse. Ça ne s'est pas passé comme ça, pas du tout. Ce n'est pas vrai. Enfin, si, en un sens. C'est toute l'ironie de la vie, n'est-ce pas ? Rarement noire ou blanche, tout le temps dans des nuances de gris ambiguës. J'appartiens dorénavant au gris. Coincée entre un endroit et un autre, incapable de bouger. La malédiction de Miranda a fonctionné, j'ai bel et bien souffert, et le poids ne s'est jamais envolé.

Quelque part dans le noir, j'entends pleurer. Ce n'est pas Miranda car elle n'a pas versé une seule larme ce jour-là, du moins pas devant moi. Pas non plus Ditz, ni toi, avec ton visage odieux, trempé de larmes.

Et puis, je me rends compte avec stupéfaction que c'est moi. Avec une tristesse indicible, insondable. C'est moi qui pleure parce que tout est foutu. Depuis que tu es mort, voire depuis encore avant. Il n'y a aucun espoir, rien du tout.

Monstre. Oiseau boucher. Meurtrière.

Ava.

À la seconde où je me réveille, je comprends que j'ai traversé un mauvais épisode. C'est ce qu'ils disaient en prison, chaque fois qu'il fallait m'emmener à l'infirmerie à cause de mes angoisses.

Il y avait longtemps que ça ne m'était pas arrivé. Plusieurs années. C'est le stress qui les déclenche. Le stress et le fardeau qu'il me faut porter au quotidien. Je ne suis pas folle. Ils me le répétaient, et je suis convaincue qu'ils avaient raison. Je suis la personne la plus saine d'esprit que je connaisse ; j'ai simplement tendance à me laisser submerger lorsqu'on me maltraite et qu'on abuse de moi.

Les somnifères sont juste là. J'attrape le flacon et je le secoue timidement. Il est encore assez lourd et fait un bruit de maracas. Bien. Je me souviens que j'ai pu avoir des idées noires au cours de ces épisodes dépressifs, et je m'en serais voulu d'avoir fait une bêtise. Cependant j'ai mal à la tête, au niveau de la tempe. Étrange, j'ai une croûte à l'endroit où tu t'es blessé en heurtant la table basse. J'ai dû me cogner dans un mur, mais je n'en ai aucun souvenir.

Je me lève avec peine. Je me sens raide, je grince comme une porte qui n'a pas été ouverte depuis des années. Je suis prise de vertige et je dois m'appuyer contre le mur. Il faut que je mange et que je boive ; je ne suis pas sûre de l'avoir fait hier. À point nommé, mon estomac me répond par un grondement.

Allez, en route pour le rez-de-chaussée. Pas si difficile, une fois que je réussis à mettre un pied devant l'autre. Les murs ont une texture curieuse, par endroits l'espace est distordu, à d'autres il est trop serré. Mais ça va aller. Tout va bien se passer tant que je continue à avancer et que je reste concentrée.

Il n'y a pas grand-chose à manger. Je vais devoir me contenter d'un bout de pain, même si la miche est un peu dure. Je n'ai pas de beurre mais je peux y verser quelques gouttes d'huile, ou bien y vaporiser de l'eau pour le ramollir. C'est une chose qui se fait, ou c'est bizarre ? J'ai l'impression d'avoir oublié les petites astuces de tous les jours, je me sens aussi ignorante et malléable qu'un bébé.

J'entends des coups au moment où je glisse une tranche dans le grille-pain. Il me faut quelques instants pour comprendre : c'est la porte, évidemment. Je croise les doigts pour que ce ne soit pas ma harceleuse, que je n'aie pas à endurer quoi que ce soit de plus. Je n'y arriverais pas, je suis un élastique près de se rompre.

La silhouette derrière la vitre est celle d'une femme. Pas Bill, donc. Margot. Elle a mis son manteau rouge, il doit faire froid dehors.

J'ouvre la porte et je dis : « Je ne vous attendais pas. »

Elle me toise des pieds à la tête. « C'est ce que je vois. Qu'est-ce que vous vous êtes fait à la tête, Robin ?

— J'ai trébuché.

— Vous devriez voir un médecin, ça a l'air profond.

— On n'a pas rendez-vous aujourd'hui, si ? »

Elle émet un petit bruit désapprobateur et entre sans que je l'aie invitée. « Je vous ai envoyé un mail. Le docteur Holland m'a contactée. Nous allons faire une évaluation rapide pour voir comment vous vous en sortez. Et je me disais aussi que ce serait l'occasion de revenir sur votre entretien d'embauche.

— Ce n'est pas le bon moment, je ne vais pas y arriver. »

Elle pénètre dans la cuisine et j'entends depuis le couloir qu'elle a un hoquet de surprise.

« Robin, mais qu'est-ce qui s'est passé ici ?

— Des voyous qui ont cassé la fenêtre.

— Seigneur. Je savais que le quartier n'était pas facile, mais c'est affreux. Vous allez devoir faire réparer ça.

— Avec quel argent ?

— Celui que l'État vous donne. »

Je me laisse tomber sur une chaise et je fixe la table. Je n'ai pas besoin de ça ; je ne vais pas supporter sa voix monocorde et péremptoire qui me nargue.

Elle s'assied et hume l'air. « Vous étiez en train de faire griller du pain ? Je ne voudrais pas vous interrompre.

— Je n'ai plus faim.

— Ne vous privez pas pour moi, en tout cas. C'est bien de prendre soin de vous. »

J'agite une main dans sa direction et je fais : « Allez. Qu'on en finisse. »

Ses sourcils froncés me disent tout ce que j'ai besoin de savoir. Le docteur Holland et elle se font du souci. Ils veulent voir comment je m'en sors, pour déterminer s'ils peuvent me renvoyer en prison et, ce coup-ci, jeter la clé. Ils pensent que c'est le mieux à faire, sinon je risque d'être un danger pour moi et pour les autres. Voilà comment on traite les gens comme moi : des risques à éliminer le plus vite possible, sans faire trop de vagues. Le moindre prétexte justifie notre élimination.

« Le docteur Holland a demandé un profil psychologique approfondi, dit lentement Margot. Il s'interroge sur la façon dont vous gérez votre vie en ce moment.

— Je la gère parfaitement bien.

— Hé, je ne fais que transmettre le message, ne m'agressez pas. Le docteur Holland est un professionnel, je pars du principe qu'il connaît les signaux à prendre en compte.

— Je n'émets pas de signaux, je ne suis pas une antenne. »

Ça ne la fait pas sourire. Elle se contente de se pencher vers moi et de dire : « Allez. Dites-moi honnêtement, est-ce que vous avez des difficultés ? Vous n'avez pas l'air en grande forme aujourd'hui ; vous êtes toujours en robe de chambre, vous avez une grosse tache qui ressemble à du sang et vous n'êtes pas coiffée. Quelque chose ne va pas.

— Et donc ? Tout le monde s'en fout. Tant que je me tiens sage, c'est l'essentiel, non ?

— Tout le monde ne s'en fout pas. Le processus de réinsertion n'est pas à prendre à la légère, et il y a des structures qui peuvent vous aider à…

— J'ai l'impression d'entendre Holland. Je croyais que vous aviez un peu plus les pieds sur terre que lui. »

Je suis consciente que les mots qui sortent de ma bouche ne vont pas jouer en ma faveur, mais tant pis. Pour une fois, ils vont entendre ce que je pense réellement. On va voir comment ils vont réagir si je refuse de jouer à leur petit jeu.

« Le docteur Holland m'a dit qu'il vous a prescrit des…

— Tout va bien niveau médicaments, si c'est ce que vous voulez savoir. »

Elle pose le menton dans ses mains et me lance un regard noir. « D'accord. Et les entretiens ? J'ai appris que vous ne vous êtes pas franchement battue pour avoir le job.

— Qui est-ce qui vous a dit ça ?

— J'ai reçu un compte rendu, c'est une pratique habituelle après…

— Elle vous a dit que je n'ai même pas essayé ? Elle ment. C'est elle qui a été horrible. Elle m'a dit que je n'avais aucune chance, que je ferais aussi bien d'abandonner parce que personne ne va engager quelqu'un qui… qui a été condamné pour la même chose que moi. »

Margot inspire profondément. Elle est embêtée, c'est évident, mais ça ne vient pas de moi. Personne ne s'intéresse à moi, dans le fond. Ce qu'elle voit, elle, c'est un problème de plus dans sa vie, un caillou dans sa chaussure, un obstacle à surmonter. Je suis un cafard et elle crève d'envie de m'arroser d'insecticide.

« Dans le cadre de votre réinsertion, me dit-elle comme à une enfant, j'ai besoin de vérifier que vous êtes apte à vivre dans le monde extérieur. Il y a toute une liste de points à valider, notamment la capacité à chercher ou à exercer un emploi, et…

— Je cherche. J'ai envoyé d'autres candidatures.

— Je sais. J'ai aussi besoin de m'assurer que vous ne mettez pas votre vie en danger. Je n'aime pas la blessure que vous avez à la tête. Je pense qu'il vaut mieux que j'envoie quelqu'un un peu plus tard dans la semaine pour vous examiner.

— Un psychiatre, vous voulez dire, c'est ça ? Je le sais. »

Elle ne répond rien. Elle n'en a pas besoin. Cette vie, ce qu'il en reste, est en train de craquer aux coutures, de se disloquer, et c'est triste parce que je m'en sortais bien. Je prenais soin de moi, je parlais à des gens, je me conduisais conformément à ce qu'on attendait de moi, comme un être humain ordinaire. Mais je me rends compte que je n'arriverai jamais à remplir tous les critères. Je ne cocherai jamais toutes les cases de leur liste. Parce que je ne suis pas adaptée et que je ne l'ai jamais été. Il n'y a pas de place pour moi dans ce monde.

D'une voix blanche, je dis : « D'accord », mais mon esprit est déjà en train de mouliner, de se projeter. « Faites ce qui vous paraît nécessaire. »

Elle parcourt ses notes et dit : « Finalement ce ne sera peut-être pas avant la semaine prochaine. Tout le monde est sous l'eau en ce moment à cause des réductions de personnel. D'ici là, j'aimerais que vous preniez les médicaments que le docteur Holland vous a recommandés.

— Et si j'ai besoin d'aide ?

— Quel genre d'aide ?

— Je me demande juste si vous seriez en mesure de m'aider. Parce que je suis seule, au fond, n'est-ce pas ? »

Elle secoue la tête. « Est-ce que ce n'est pas notre cas à tous, Robin ? »

Quelle réponse. Cette planète court à sa perte, et on se contente de hausser les épaules en se disant mutuellement qu'on ne peut rien y faire.

Je vais y faire quelque chose. Ma vie m'appartient, il est grand temps que je la prenne en main.

Je me repose sur le canapé. Je fixe les murs, leur peinture rose pâle et fade, et je dors par intermittence. Ma tête roule d'un côté à l'autre. Pendant les moments de conscience, mes tempes me font mal. Tu as dû ressentir la même chose, après l'accident. J'éprouve davantage de compassion pour toi maintenant ; c'est une pression incessante qui me fait perdre mes repères.

Le ciel passe du bleu pastel au gris et peu à peu au noir. Les nuits rallongent, l'hiver sera là en un clin d'œil. Le froid. La glace. La neige, peut-être, qui drapera le monde dans sa blancheur. Je me souviens des saisons enneigées sur les îles : les congères contre la porte, les motifs des flocons sur la fenêtre solitaire de ma chambre, mes doigts qui blêmissaient et s'engourdissaient quand je les pressais contre la vitre.

Un choc étouffé me tire de ce souvenir fragile comme le givre. C'est une lettre qui atterrit sur le paillasson, je suis prête à le parier. Je m'assieds, déjà épuisée par l'inéluctabilité. Ça va se passer comme ça maintenant. Ils ont commencé à me persécuter et ils ne vont pas me lâcher de sitôt. C'est forcément Amber. Qui d'autre viendrait me déposer une lettre aussi tard ? Elle croit qu'elle a le dessus sur moi ; j'imagine qu'elle pense avoir déjà gagné.

Je jette un coup d'œil en direction de la porte et je vois la petite enveloppe blanche, de la même taille que les précédentes, qui trône délicatement au milieu de mon paillasson. Sans surprise, mon prénom est écrit dessus. Mon vrai prénom. *Ava.* Je n'ai pas peur, j'ai fini d'avoir peur. Elle s'est bien amusée avec moi, elle m'a rendue méfiante, m'a donné l'impression de devenir folle. Mais c'est terminé, je reprends la main. Elle va apprendre à me craindre, et Henry aussi. Je vais attendre le bon moment et je vais les anéantir.

La lettre est plus longue que d'habitude. Amber commence visiblement à apprécier l'exercice.

AVA,

J'ESPÈRE QUE LE CADEAU DANS TA VITRE T'A FAIT PLAISIR. CE N'EST RIEN COMPARÉ À CE QUE J'AI EN RÉSERVE. JE VEUX QUE TU SOUFFRES COMME ELLE A SOUFFERT À CAUSE DE TOI. TU ES RÉPUNIANTE, MAUVAISE, ET JE VAIS M'ASSURER QUE TU FINIRAS MORTE DANS UNE TOMBE ANONYME. JE SAIS QUE TU M'AS VUE PENDANT QUE JE TE SUIVAIS. SALOPE. TU VAS BIENTÔT ME REVOIR.

Il faut vraiment qu'elle apprenne l'orthographe. Je lui en toucherai un mot quand je lui ferai avaler son torchon. Une mort par asphyxie, ce serait parfait : ça lui ferait enfin ravaler son venin. Et il faut aussi qu'elle rectifie le pronom. À ce que je sache, tu étais un garçon, pas une fille. Encore une preuve qu'elle agit sur ordre d'Henry et qu'elle ne pige rien à rien.

J'ouvre la porte. Il fait nuit dehors, tout le monde est déjà rentré du travail et les voitures sont garées le long des trottoirs. Une bruine dans l'air forme un halo autour des réverbères. Il y a quelqu'un sur le trottoir opposé, qui a ce manteau. Ce chapeau. La même attitude crâneuse, entendue. C'est *elle*.

J'ai du courage ; je peux y arriver. Je sors, je pousse le portail et je me campe en face d'elle, les mains sur les hanches. L'humidité transperce immédiatement mes chaussettes, mais je m'en moque. Je veux qu'elle comprenne que je vais l'affronter, et que je vais gagner.

C'est Amber, je ne sais pas comment j'ai pu en douter. La même taille, la même corpulence. Et les petits détails ne font que le confirmer, il suffit de voir ces épaules légèrement affaissées, en position défensive. Elle se tourne vers moi et imite ma façon de me tenir. Elle essaie de m'intimider, c'est risible.

Je crie : « Ça ne marchera pas ! » Les mots fusent dans l'air calme du soir. « Je sais qui tu es, idiote. C'était évident depuis le début. »

Amber tressaille. Je le vois malgré la distance, même si son visage demeure caché. *Voilà.* Je jubile. *Maintenant elle sait à qui elle a affaire.*

« T'es une lâche, tu le sais ? » Je suis consciente que ma voix déraille, mais je n'y peux rien. C'est trop bon ; la seule chose qui me ferait encore plus plaisir serait de l'annihiler une fois pour toutes. J'aurais dû prendre un de mes couteaux ; j'aurais pu attraper celui qui est près de la porte en sortant. Elle aurait compris son erreur quand la lame aurait transpercé son manteau, sa peau, sa cage thoracique.

Une image me vient à l'esprit. J'apprends à Ditz comment fabriquer un surin identique à celui qu'avaient toutes les autres détenues. Rien de plus simple que d'aiguiser un objet de tous les jours, pourvu qu'on en ait l'idée. J'ai appuyé la pointe contre son ventre et elle a eu un mouvement de recul qui m'a fait rire. *C'est tellement facile de tuer quelqu'un.* À quoi j'ai ajouté, *Ou de se suicider.* Une vérité qu'elle devait découvrir par elle-même.

Je hurle : « Tu ne dis rien ? »

La femme, *Amber*, secoue la tête. Ça m'énerve qu'elle ne me montre pas son visage, ce chapeau ne me laisse entrevoir qu'un soupçon de menton mais je suppose que c'est bon signe. Elle a trop peur de m'affronter en égale. Elle sait que je vais la démolir.

Je continue : « Tu me dégoûtes. Regarde-toi, tu te planques comme une gamine. Tu crois que tu me fais peur ? C'est ça que tu racontes à Henry ? »

La porte d'une maison s'ouvre quelque part sur ma gauche. La lumière qui s'en échappe arrive presque jusqu'à moi, et j'entends des voix assourdies. Ce n'est pas grand-chose, mais ça suffit à me déconcentrer. Je détourne la tête et je prends conscience d'un mouvement près de moi. Une silhouette s'arrête devant mes yeux et me bloque la vue. C'est un homme, des épaules larges et une barbe ridicule qui lui tombe presque à la poitrine. Je ne le connais pas, je ne l'ai jamais vu. Une autre personne le rejoint, une femme, double menton, air inquiet, épaisse chevelure noire.

« Est-ce que ça va ? demande-t-elle. On vous a entendue crier.

— C'est cette salope, là. » Je me décale et je la pointe du doigt. Amber est partie, évidemment. Je sentais bien qu'elle était intimidée, elle se rendait compte qu'elle s'attaquait à plus fort qu'elle. Elle a dû se cacher, à moins que la peur l'ait fait détaler.

Le couple jette un coup d'œil dans la direction que j'indique, puis se retourne vers moi.

« Y a personne, dit l'homme.

— Je sais. Je vois. Je suis pas idiote. »

La femme baisse les yeux vers mes pieds trempés. « Vous n'avez pas de chaussures. Vous voulez qu'on vous aide à rentrer chez vous ?

— J'ai pas besoin qu'on m'aide. J'ai besoin que cette femme arrête de me pourrir la vie. »

Ils se regardent et je devine les conclusions qu'ils sont en train de tirer. Les mauvaises, naturellement. Toujours, toujours les mauvaises, parce que personne ne prend la peine de chercher la vérité. Parce qu'il est plus facile de se former des opinions à partir d'informations incomplètes et de preuves falsifiées.

Je leur dis : « Je vais très bien. Je ne suis pas folle, je suis juste en colère. Vous n'avez aucune idée de ce que je subis.

— Bien sûr », dit la femme, et elle avance sa main vers mon épaule. Je me recule, je m'éloigne de ses griffes. Il faut que je rentre, ça ne sert à rien de m'attarder ici. Amber a disparu ; je suis certaine qu'elle trouvera une autre idée ignoble d'ici un jour ou deux, mais pour l'heure elle s'est enfuie. Ce soir, c'est elle qui a perdu.

« Vous êtes sûre que ça va ? » me lance l'homme tandis que je m'éloigne. Inutile de répondre : il n'est rien pour moi. Qu'ils aillent au diable, tous, je m'en fous.

Vu comme ce monde traite les gens tels que moi, il mérite de finir en cendres.

- 22 -

Je me réveille, et pendant quelques instants j'ai l'impression qu'Henry est allongé auprès de moi. Pas sous ses traits actuels, mais tel que je l'ai connu. L'arête régulière de son épaule. Les petits cheveux sur sa nuque. J'arrive presque à sentir son odeur – une touche d'après-rasage épicé, le musc de son corps. Et puis la sensation se dissipe, remplacée par un silence spectral, et je me rends compte que je suis seule.

J'ai dû rêver de lui. C'est étonnant, vu la quantité de somnifères que j'ai prise ; d'habitude, les cachets étouffent les rêves dans l'œuf. Cette fois, mon esprit conserve quelques bribes d'images, des souvenirs de la nuit où il a dormi avec moi parce que Miranda avait emmené les enfants passer le week-end chez sa mère. Au matin il a approché une main de mon visage et il a écarté les cheveux qui me tombaient sur les yeux. C'était tendre. Ça signifiait quelque chose. Pour moi, en tout cas.

Curieusement, c'est souvent dans les moments de calme et de solitude que j'ai des éclairs de lucidité. Je vois le chemin qui s'ouvre devant moi et il me rassure parce que je n'aurai pas la même fin que Ditz. Je ne me balancerai pas au bout d'une corde, je ne mettrai pas fin à mes jours. J'ai trop de vie en moi et la ferme intention de partir d'ici, conditionnelle ou pas. Ils ne me retrouveront jamais ; pas là où je vais.

Mais avant ça, il me reste des affaires à régler, des dossiers à fermer. Je n'aime pas laisser du désordre derrière moi. Tant qu'à régler son compte à Amber, autant le faire dès aujourd'hui. Elle va apprendre que les actes ont des conséquences.

Il serait exagéré de dire que j'éprouve de la haine pour elle. Je n'ai jamais réussi à haïr quiconque, malgré le nombre de personnes qui ont failli m'y pousser. Elle a simplement été manipulée, comme je l'ai été et comme l'ont été tant d'autres femmes par le passé. Mais je n'irais pas non plus jusqu'à dire qu'elle n'est pas responsable. Elle s'est laissé utiliser. J'ai fait la même chose et je l'ai payé au prix fort. Maintenant, c'est son tour.

Mon plan est simple. Comme c'est souvent le cas pour les plans imparables.

Il fait beau aujourd'hui. Le soleil se reflète dans les flaques d'eau de mon jardin, dont le miroitement me semble plein d'une énergie motrice. Il y a les gouttes qui scintillent dans les toiles d'araignées, entre les pots de fleurs. Les feuilles sont serties de diamants. Les nuages flottent sans heurt. Cette planète est un endroit splendide, malgré l'obscurité qui l'enveloppe si souvent.

Je décolle l'atlas de la fenêtre de la cuisine et je respire l'air qui afflue par le trou béant. Nous sommes faits pour vivre comme ça : pas dans nos boîtes en briques, coupés des éléments, mais dans la nature. Nous donnons le meilleur de nous-mêmes quand nous agissons en créatures de la terre. Nous sommes nés pour filer dans les airs, pour chercher la chaleur du sol. Pas pour nous terrer derrière des écrans aveuglants ou nous dissimuler derrière les murs invisibles que créent les téléphones. L'espace d'une seconde, je suis inondée d'amour. Pas pour *eux*, eux tous, là-dehors. Mais pour le reste. Pour les endroits déserts. C'est une bonne sensation. Ça va aller ; je vais y arriver.

Mes comprimés sont disposés sur le plan de travail de la cuisine. J'ai bien fait de garder autant de *petits amis*, maintenant alignés proprement devant moi. À côté, dans une jatte, il y a la pâte à génoise. Le gâteau que je vais faire ne va pas être trop gros, parce que je veux être sûre que le mélange sera fortement dosé. Trop de pâte et les effets seront dilués. Mon moule à manqué mesure quinze centimètres de diamètre, le gâteau pourra être découpé en quarts. Ça devrait suffire. L'acidité de la confiture de cerise masquera l'arrière-goût éventuel.

Il me faut du temps pour broyer les comprimés. Je regrette de ne pas avoir de mortier ni de pilon, comme lorsque nous vivions sur les îles avec Papa. Ils rendent ces tâches pénibles bien plus rapides. Je vais devoir me contenter du dos d'une cuillère. La débrouillardise dont je suis capable a quelque chose de gratifiant. C'est elle qui m'a permis de survivre toutes ces années en prison. J'invente des solutions aux problèmes les plus complexes. Je me hisse au-dessus des autres et je *gagne*.

Quand je termine enfin, je verse la poudre dans la pâte. Le gâteau part au four, et lorsqu'il sera cuit j'en goûterai un petit morceau pour m'assurer qu'on ne sent rien, pas la moindre trace d'amertume. Surtout, ne pas éveiller les soupçons.

Pendant que le gâteau cuit, je dois me préparer. Bill n'est plus attiré par moi, c'est évident. Mais il ne mentait peut-être pas quand il a dit vouloir que nous soyons amis. Il avait peut-être l'arrogance de croire que j'accepterais les conditions qu'il m'imposait. Cette proposition de trêve fera l'affaire. Je suis capable d'être le charme incarné quand il le faut.

Ça ressemble un peu à la fin d'une époque, comme si tout avait tendu vers ce moment final. Bientôt je renaîtrai dans une nouvelle vie, dans une existence débarrassée des Margot et des docteur Holland. Des Bill et des Amber. Des souvenirs de toi, qui me laissent chaque jour en miettes. J'ignore pourquoi je n'ai pas osé le faire plus tôt. Je m'accrochais sûrement à l'idée que je réussirais à devenir ce qu'ils veulent que je sois : un oiseau de jardin docile, satisfait de sauter d'une palissade à l'autre pour accepter les miettes qu'ils daignent me donner.

Sauf que ça, ce n'est pas moi. Et ça ne le sera jamais.

J'ai de l'allure, je trouve. Je porte une jupe gris tourterelle et un gilet crème. Des couleurs littorales en un sens, comme si mon corps revêtait les à-pics des falaises. Le stress des derniers jours m'a fait perdre du poids, mais ce n'est pas un problème ; cette jupe met en valeur les os de mes hanches. Mes omoplates ressortent quand je plie les bras. Ce sont mes ailes.

Je les sens qui me portent, qui palpitent et bougent sous ma peau. Mon maquillage est discret et élégant. Pas de rouge à lèvres de pétasse aujourd'hui. Il s'agit de me racheter, de réparer une amitié, et je veux susciter de la chaleur chez Bill. Je veux qu'une dernière braise de son désir pour moi le réchauffe tout au fond de lui. Je crains qu'Amber lui ait déjà tout dit. Mais je la soupçonne de continuer à jouer avec lui – sur les consignes d'Henry, bien sûr. Elle gagne du temps et, ce faisant, elle m'en donne. Une erreur qui lui sera fatale.

Le manqué me met l'eau à la bouche quand je le sors du four. Je prélève une minuscule lamelle sur le pourtour, rien à signaler hormis une toute petite pointe d'amertume. J'ai bien sucré la pâte pour compenser, et une fois que j'aurai ajouté la confiture et la crème fouettée, on ne détectera plus rien. Je ne sais pas trop ce qui leur arrivera après qu'ils l'auront mangé. Je ne suis pas une experte. Avec toi, c'était différent ; tu étais jeune, ton corps n'avait pas la même résistance. Avec Jane aussi c'était différent, ses problèmes de cœur la rendaient plus sensible. Je veux être sûre qu'il se passera quelque chose. Ils méritent de souffrir : Bill pour son égoïsme et sa déloyauté, Amber pour le harcèlement incessant qu'elle m'a fait subir.

Et s'il ne se passe rien du tout ? C'est un vrai souci. Le dosage n'est peut-être pas suffisant. Ils vont piquer du nez, et encore, ça risque de prendre du temps. Mais je ne veux pas penser à tout ça pour le moment. Ce ne sont que de simples suppositions qui ne reposent sur rien de concret. Le docteur Holland veut que je m'appuie sur les faits, pas sur mes réactions émotionnelles, et pour une fois il a raison. À ce stade, inutile de m'inquiéter sans raison valable.

Je décide d'attendre 18 heures. Ils seront certainement chez eux. La journée a été longue mais plaisante. Je me sens bien. Comme j'aimerais que Margot puisse me voir. Je lui ferais meilleure impression. Envolée, la Robin éteinte, je suis redevenue moi-même à cent pour cent.

Le soir approche et l'heure arrive. Le moule à gâteau dans une main, une bouteille de vin sous le bras, je sors et je ferme à clé. Je ne suis qu'action et détermination. Ils ne pourront pas me résister.

Chez Bill les rideaux sont tirés, mais ils laissent passer un peu de lumière. Je le connais tellement bien que je suis capable de sentir sa présence, il doit être devant la télé, ou en train de réfléchir à ce qu'il va faire pour le dîner. Je parie qu'Amber est là aussi. Elle regarde son téléphone ou elle lit un magazine à scandale. Dans ma tête, je leur dis, *Attention, j'arrive*, et je frappe.

La porte ne s'ouvre pas tout de suite. La tête de Bill apparaît, l'éclairage du couloir fait scintiller son crâne. Il m'adresse un sourire hésitant.

« Bonsoir, Robin, dit-il en m'inspectant des pieds à la tête. Comment ça va ?

— Très bien. » Je lui tends le gâteau et la bouteille, et je dis : « Je suis venue faire la paix. C'est un geste d'amitié entre voisins, rien de plus, ne t'inquiète pas. Je n'attends rien en échange. »

Il se gratte la tête et accepte ce que je lui offre. « C'est très gentil de ta part. Un gâteau fait maison, en plus.

— La recette de ma mère ! Un bon vieux manqué avec plein de confiture.

— Ça a l'air délicieux. » Il jette un coup d'œil derrière lui et prend un air ennuyé. « Je te proposerais bien d'entrer, mais Amber est là et je sais que tu…

— C'est aussi pour ça que je suis venue. J'ai eu quelques jours pour réfléchir, et je me rends compte que je me suis laissé emporter par ma paranoïa. J'aimerais présenter mes excuses à ta fille ; je me suis mal comportée.

— Vraiment ? Tu n'as pas besoin de t'excuser, Robin, mais elle sera heureuse que tu aies compris qu'elle n'a rien contre toi. »

Mon sourire bête toujours vissé aux lèvres, je me dis, *Je pense plutôt qu'elle va être soufflée.* « Oh, je ne veux pas te mettre la pression, mais j'adorerais entrer quelques minutes, histoire de lui parler un peu en tête à tête. »

Il me fait signe d'entrer. Je suis fascinée par la rapidité avec laquelle il a changé d'attitude, passant de la circonspection froide à la bonhomie. Quelle crédulité, s'il s'imagine que tout est pardonné.

« Je suis content de te voir, me dit-il dans le salon en m'indiquant le canapé le plus proche. Je m'inquiétais pour toi. Tu as fini par appeler la police ? »

Il me faut quelques instants pour comprendre à quoi il fait allusion. « Pour la fenêtre ? Non, ça ne sert à rien. Mon ex aurait tout nié. C'est à cause de lui que j'étais aussi stressée, mais j'ai décidé que je n'allais plus le laisser me gâcher la vie. Il m'a déjà volé trop d'années. »

Son regard s'adoucit. C'est un excellent signe. « Je vais nous servir un verre, dit-il en levant la bouteille. Amber est en haut, je vais lui proposer de se joindre à nous.

— N'oublie pas le gâteau ! Je crois que je l'ai assez bien réussi. »

Il sourit et disparaît dans le couloir. Je patiente en écoutant la pendule qui tictaque doucement sur le radiateur. Cette pièce est vraiment immonde : poussiéreuse, sale, pas accueillante. Ça fait longtemps qu'il habite ici, il aurait quand même pu faire quelque chose. Mettre un coup de peinture sur les murs, par exemple, ou au moins ajouter quelques coussins sur son horrible canapé décoloré. Décidément, il y a des gens qui ne se respectent pas. Ils vivent dans des porcheries et ça ne les dérange pas.

J'entends des pas dans l'escalier et je me compose un visage avenant et contrit. Quelques secondes plus tard, Amber passe la tête par la porte entrouverte. Si elle est surprise de me voir, elle le cache très bien. Mais je dois garder à l'esprit qu'elle excelle dans la duplicité, elle me l'a montré plusieurs fois.

« Bonsoir, Robin, dit-elle, impassible. Papa m'a dit que vous étiez venue pour me voir. »

Je souris et je me lève. C'est le moment de réaliser la performance de ma vie, car je suis certaine que Bill nous écoute.

« Oui, je tenais à vous voir, Amber. » Ma voix dégouline de sincérité. « Pour m'excuser, vous comprenez. Je ne sais pas si votre père vous a expliqué, mais mon ex me fait une vie infernale en ce moment, et… »

D'un geste vaguement méprisant, elle évacue la fin de ma tirade. « Je sais ce que c'est, les ex compliqués », dit-elle sans croiser mon regard.

Tu m'étonnes. Elle connaît très bien Henry, j'en ai la preuve.

« J'espère que vous accepterez mes excuses. »

Il y a un silence. Je crois que je l'ai complètement déstabilisée. Elle repense à notre confrontation d'hier soir dans la rue. Elle ne comprend pas ce qui se passe, son cerveau de gamine ne sait pas comment réagir. Je prends enfin le dessus.

« Alors, qui veut du gâteau ? fait la voix de Bill depuis le couloir.

— Du gâteau ? dit Amber en levant un sourcil.

— J'en ai fait un pour l'occasion.

— Quel genre ?

— Un manqué. »

Elle se mordille un ongle. « Ça pourrait me dire. Je vais en prendre une tranche, Papa. »

Bingo. C'est trop facile. Mais je ne dois pas me reposer sur mes lauriers, ils n'ont pas encore mangé le gâteau, rien n'est joué. Je ne serai satisfaite que lorsque j'aurai vu la dernière bouchée descendre dans leur gosier.

Bill apporte le gâteau sur trois assiettes, avec une fourchette sur chacune. Une pour Papa Ours, une pour Maman Ours et une pour Bébé Ours, en rang sur la table basse, qui leur font de l'œil. Mais cette fois, ça ne sera ni trop chaud, ni trop froid. Tout va se dérouler selon mon plan.

« Où est-ce que tu as appris à faire des gâteaux ? » me demande Bill en s'asseyant à côté de moi et en nous tendant les assiettes.

Nous avions des cours de pâtisserie en prison, mais la plupart des filles préféraient se balancer de la pâte à gâteau ou essayer de voler des spatules et des cuillères en bois pour s'en resservir plus tard. Ces cours n'ont pas duré. À cause des coupes budgétaires, la partie éducative a été réduite au strict minimum.

Tout en prenant ma fourchette, je réponds : « Avec ma mère, quand j'étais petite. » Bill est le premier à le goûter, une belle bouchée qu'il met un moment à mastiquer. Des miettes se collent aux commissures de ses lèvres. Je ne comprends pas comment j'ai pu le trouver séduisant. Il est aussi ridé qu'une tortue et ces profondes crevasses autour du nez et des yeux lui donnent un air sale et négligé.

Je coupe délicatement une bouchée de gâteau, et puis je pose ma fourchette. « Alors, qu'est-ce que tu en penses ? »

Il hoche la tête. « C'est délicieux. »

Amber aussi a attaqué. Je porte une toute petite bouchée à mes lèvres, en veillant à prendre surtout de la confiture et de la crème.

Soudain, Bill pose son assiette. « Ça alors, j'ai oublié le vin. Mais qu'est-ce qui m'arrive ? »

Je lève les mains pour décliner. « Ce n'est pas la peine. Il est pour Amber et toi.

— Tu es sûre ? Tu préfères une tasse de thé ?

— Non, merci, rien du tout. »

Amber fait la grimace. « Il a un drôle d'arrière-goût ce gâteau, non ? »

Mince. Elle a un doute. Pas grand-chose, une petite sonnette d'alarme qui se déclenche dans sa tête fourbe. J'aurais dû m'en douter ; on s'est tout de même déclaré la guerre hier soir, dans la rue. C'est déjà un miracle qu'elle touche à ce gâteau, mais elle est peut-être plus bête qu'elle ne le paraît.

Je ne me laisse pas démonter et je mens. « C'est peut-être le bicarbonate de soude. Je ne sais jamais combien il faut en mettre. »

Elle prend une deuxième bouchée et je hoche la tête avec contentement. J'ai du mal à estimer quelle quantité de somnifère ils ont ingurgitée, mais je dirais au moins dix comprimés chacun. Ils ne devraient pas trop tarder à avoir envie de dormir. J'en ai pris suffisamment dans ma vie pour le savoir.

J'avale une nouvelle fourchetée de confiture.

« Alors, quand est-ce que tu vas faire venir quelqu'un pour ta fenêtre ? me demande Bill.

— Bientôt, j'espère. Il fait un froid de canard dans la cuisine. » Je me tourne vers Amber. « Votre père vous a dit ce qui m'est arrivé ? On se demande qui est capable de faire une chose pareille.

— Votre ex, dit-elle en se tournant rapidement vers son père. Ce n'était pas lui ?

— Si, si. Mais comment peut-on penser que c'est un comportement acceptable ? Je n'ai jamais compris. »

Elle plisse les yeux. Elle saisit le sous-entendu. Nous avons commencé à jouer au chat et à la souris, et je suis stupéfaite qu'elle continue à manger mon gâteau. Incroyable.

« Votre ex a l'air charmant, dit-elle. Le mien ne valait pas mieux, mais j'imagine aussi que je ne suis pas toujours facile à vivre. »

Sans blague. J'ai envie de vomir quand je vois les regards que Bill lui lance : un chiot débile en admiration devant son maître. Affichant mon sourire le plus faux, je lui réponds : « Ma pauvre. C'est dur, hein ?

— Votre ex s'appelle Henry, c'est bien ça ? »

Nous y voilà. Je savais que ce serait notre champ de bataille, l'affrontement final. Elle en est à la moitié de sa part de gâteau : dix-huit, peut-être vingt comprimés. Ils vont faire effet d'un moment à l'autre, c'est sûr. Je me rappelle quand le visage de Jane est devenu livide, elle a titubé jusqu'au canapé et elle a dit à Papa qu'elle avait besoin de s'allonger, que la tête lui tournait. Ça avait été rapide : dix minutes, un quart d'heure maximum. Je regrette de ne pas mieux me souvenir des détails ; une scientifique est censée collecter des données afin de s'y référer plus tard, et j'ai été négligente. Mais, de toute manière, ce ne sont pas les mêmes médicaments. Ces somnifères ne devraient pas tarder à agir. J'espère, en tout cas.

Elle lève un sourcil. Elle m'a posé une question, j'avais oublié.

Je confirme : « Il s'appelle Henry, oui.

— Tu ne m'as pas dit que c'était Harry ? » intervient Bill, la fourchette en suspens devant la bouche.

Je me tends. Il a raison, c'est ce que j'ai dit. J'improvise : « Tout le monde l'appelle Harry, mais c'est Henry son vrai prénom. » Ensuite je me tourne vers Amber. Si on passe rapidement sur cette histoire de prénom, Bill n'y pensera plus. Il est comme ça, inconsistant, fantasque, et pour le coup ça m'arrange.

« C'est le prénom que j'ai utilisé quand je vous ai crié dessus l'autre jour, n'est-ce pas ? » J'adoucis mon regard avec une pointe de remords. « Je m'en veux énormément, je n'étais pas dans…

— Où est-ce qu'il vit ? me demande-t-elle.

— Je… je ne sais pas où il est en ce moment.

— Quand est-ce que vous l'avez vu, la dernière fois ?

— En chair et en os ? Ça remonte à longtemps. »

Elle fronce les sourcils. « C'est bizarre. Pourquoi il fait ça, si vous ne vous voyez plus depuis longtemps ? Surtout que c'est lui qui vous a quittée, pas l'inverse…

— Je suis désolé, Robin, dit Bill en tapotant le genou d'Amber. Je lui ai raconté une partie de l'histoire, pour l'aider à comprendre ce que vous traversez. »

Tu veux dire que tu m'as trahie une fois de plus. Mais ça n'a pas d'importance. Plus rien n'a d'importance.

« Qu'est-ce que qu'il cherche en lançant une brique dans votre fenêtre ? » demande encore Amber.

Elle prend plaisir à ce petit jeu. Aucune réponse ne me vient, je hausse les épaules. Bill a fini sa part de gâteau et posé son assiette sur la table. Il a tout mangé, même les miettes. Ça fait au minimum trente comprimés qui circulent dans son organisme. Il devrait sentir quelque chose.

Je remarque un point brillant au coin de sa bouche. De la salive, une tête d'épingle qui se transforme en filet de bave. Il a le regard vide. Ça marche, ça marche *vraiment*. Et beaucoup plus vite que je n'aurais osé l'imaginer. Le dosage était peut-être plus concentré dans sa part. Peut-être qu'il en a avalé cinquante au lieu de trente ; impossible de savoir.

Le filet de bave s'étire, se rompt et s'écrase sur son genou. Ses yeux le suivent, et le doute lui fait plisser les paupières. Une seconde bulle de salive se forme, plus grosse et plus blanche. Maintenant il en a partout sur les lèvres, un gros nuage d'écume.

Il émet un gargouillis confus et s'essuie la bouche. Amber tourne la tête vers lui et laisse échapper un petit cri.

« Papa ? Ça va ? »

Elle pose son assiette à côté d'elle sur le canapé. Mangée aux deux tiers ; ça devrait suffire. Mais les comprimés ne semblent pas agir sur elle, c'est dangereux pour moi. Il faut qu'ils marchent, et qu'ils marchent vite.

« Papa ? » Elle me regarde. « Je crois qu'il fait une attaque. Robin, trouvez mon téléphone ; je crois que je l'ai laissé en haut, dans ma chambre. Vite ! »

Très bas, je dis : « Je ne m'appelle pas Robin.

— Vous voulez bien aller chercher mon téléphone, s'il vous plaît ? Il tremble de partout. Papa, tu m'entends ? Garde les yeux ouverts, dis-moi ce qui ne va pas. Robin, s'il vous plaît ?

— Ce n'est *pas* Robin. »

Elle se tourne enfin vers moi. « Quoi ?

— Mon prénom. » Lentement, je me lève. « C'est Ava. Mais tu le sais déjà, espèce de petite merde. »

Je me délecte de la confusion que je lis sur son visage. Elle ne sait pas comment je m'y suis prise pour la battre, elle n'a pas encore compris. Mais elle se rend compte que son plan a très, très mal tourné, et qu'elle va payer le prix fort. Elle a embarqué son pauvre père dans cette histoire, elle n'aurait rien pu faire de pire. Surtout si elle l'a tué. Elle devra vivre avec cette souffrance pour toujours.

Je lui dis : « Tout est de ta faute. Tu aurais dû me foutre la paix. Tu n'aurais jamais dû t'associer avec Henry.

— Je ne sais même pas qui c'est ! » hurle-t-elle. Elle donne de petites claques à son père. « Papa ? Tu m'entends ? C'est vous, Robin ? Vous lui avez fait quelque chose ? »

J'écarte les bras. Je les lève haut. Ce sont mes ailes, je m'envole. Enfin je suis redevenue moi, j'ai repris le contrôle. Ils ne peuvent pas me rabaisser ; personne ne le peut.

Avec un grand sourire, je lui réponds : « Je vous ai fait quelque chose à tous les deux. Parce que c'est ce que vous méritez. »

- 23 -

Je n'ai pas réfléchi à ce qu'il fallait faire ensuite. La préparation méticuleuse du gâteau, la livraison, la dégustation, tout ça je l'ai planifié avec une minutie extrême. Mais je n'ai pas vraiment pensé à l'après, en grande partie parce que je n'étais pas certaine de l'issue. Je me rends compte que j'aurais dû. J'aurais dû savoir qu'Amber était avant tout imprévisible. Elle a suffisamment prouvé qu'elle était aussi sournoise qu'un serpent, une adversaire redoutable qu'il ne fallait surtout pas sous-estimer. Je n'en ai pas tenu compte, j'ai été idiote.

Elle ramasse son assiette et, l'espace d'un instant, je me dis qu'elle va recommencer à manger, qu'elle va engloutir les dernières bouchées avant de s'écrouler près de son père. Mais ce serait absurde. Personne ne ferait une chose pareille.

Ces quelques secondes de flottement me coûtent cher. Je vois qu'elle brandit l'assiette au-dessus de sa tête, mais je n'arrive pas à deviner ses intentions avant qu'elle me l'assène de biais sur le côté du crâne. Le côté blessé. Dans un premier temps je ne sens que le choc et je suis horrifiée qu'elle ait eu cette audace, qu'elle soit encore suffisamment consciente malgré tout ce qui coule dans ses veines.

Et puis la douleur apparaît dans ma tempe, cuisante. Elle s'accompagne d'une sensation humide ; la blessure a dû se rouvrir et le sang recommence à couler. Je recule en chancelant et je manque de perdre l'équilibre.

Je crache : « Espèce de salope », et je me précipite sur elle. Mais Amber m'esquive facilement et me frappe une deuxième fois avec l'assiette. Comment ai-je fait pour ne pas voir qu'elle la tenait encore à la main ? Cette fois, la faïence se brise. Une moitié s'écrase par terre, elle brandit l'autre comme un trophée.

Elle crie : « Qu'est-ce que tu as donné à Papa ? » et elle me pousse. Je trébuche et je tombe. Je ne sais pas comment ça a pu se produire ; j'aurais juré que mes pieds étaient ancrés dans le sol, qu'aucune force ne pourrait m'abattre. Et soudain je suis sur la moquette, la jupe remontée autour des cuisses, et je vois Amber se planter devant moi sans pouvoir riposter.

Je hurle : « Tu mérites de mourir pour ce que tu m'as fait endurer ! » en mettant une main devant mon visage pour parer une nouvelle attaque. Je mange mes mots, mais ça n'a pas d'importance. Après tout ce qu'elle m'a fait, elle essaie encore de me tuer. Pourquoi est-ce que les médicaments n'agissent pas ? Ils ont marché sur Jane. Ils ont marché sur toi. Cette petite chose efflanquée devrait être à genoux en train de baver, comme son père.

« Mais de quoi tu parles ? me répond-elle.

— Tu m'as espionnée, tu m'as menacée, tu t'es prise pour une espèce d'ange exterminateur. » Voilà que je bafouille. « Mais tu n'es *rien*. Tu n'as pas réussi à me faire peur, idiote. Tu ne comprends pas que je bouffais des petites choses fragiles comme toi au petit déjeuner quand j'étais en prison ? »

Elle lève encore le bras. Je ne peux pas l'arrêter, elle est trop rapide. Pourquoi est-elle aussi rapide ? Ça n'a aucun sens. La moitié d'assiette déchiquetée fond sur moi comme un fou de Bassan, et je…

J'entends un gémissement. C'est moi. Ce bruit vient de moi. Je vois trouble et l'intérieur de mon crâne gronde comme un geyser prêt à entrer en éruption. Je sens des fibres rugueuses sous mes doigts. La moquette. Qu'est-ce que je fais par terre, qu'est-ce qui m'est…

Elle m'a attaquée avec l'assiette. Mes pensées sont une mélasse, une boue qui s'écoule bien trop lentement. J'ai peut-être une commotion, les coups étaient suffisamment forts pour ça.

Quelqu'un parle à l'autre bout de la pièce. Une voix perçante, paniquée. Elle.

« Ça doit faire dix minutes, dit-elle. Je pense qu'elle a mis quelque chose dans le gâteau. Moi aussi j'en ai mangé. Oui, je sens son pouls, mais il ne réagit pas du tout. »

Je pense qu'elle est au téléphone, peut-être avec le Samu. Ou avec la police. Je dois agir vite. *Réfléchis, Ava, réfléchis.*

Si je m'assieds, elle va me voir et elle va sûrement me frapper encore. Mais je ne peux pas rester allongée. Si elle a prévenu les secours, ils sont déjà en route. Il va y avoir des policiers à la porte, exactement comme la première fois. Ils me pousseront vers leur voiture et ils appuieront sur ma tête avec leurs mains pleines de haine pour me faire asseoir à l'arrière. Ça recommencera comme avec toi et je ne pourrai jamais m'en aller, je n'arriverai jamais sur mon île. C'est la seule chose que j'ai toujours voulue, pourquoi est-ce que personne ne le comprend ? Être loin du monde, m'asseoir sur la falaise et écouter les vagues sur les rochers en contrebas, caresser les herbes sauvages du bout des doigts, faire un feu le soir et m'y réchauffer, sans personne à l'horizon. Ce n'est pas trop demander, quand même.

Je tourne un tout petit peu la tête. Je réussis à la voir, assise à côté de son père, une main posée sur son front. J'admets qu'il n'a pas bonne mine. La peau d'un gris cireux. Manque d'oxygène dans le corps. Je repense à son poids qui m'écrasait, à son grognement sauvage lorsqu'il a éjaculé juste avant de rouler sur le côté. Pour être franche, à ce moment-là j'ai eu envie qu'il cesse de respirer. Il paie maintenant pour ce qu'il m'a fait.

Mais est-ce que je désire le tuer ? Je n'en suis pas certaine et ça me travaille. Je ne me reconnais pas dans cette image de meurtrière froide. Non, je suis sûre que ce n'est pas mon intention. Je veux seulement le secouer un peu, lui faire comprendre qu'il ne peut pas me traiter de cette manière. Il faut que les hommes apprennent que les femmes ne sont pas des objets qu'ils peuvent acheter, utiliser et jeter. Il m'a vue dans un moment où j'étais vulnérable et il m'a tourné le dos sans hésiter. Finalement, j'ai *peut-être* envie qu'il meure. Ce ne serait que justice. Mais ce n'est pas le moment d'y penser ; je dois trouver un moyen de me sortir de là. Je tourne encore un peu la tête. Je vois l'assiette près d'Amber, sur le canapé. Son arme. Elle a beau être brisée, si je peux l'atteindre, j'ai peut-être une chance.

Amber recommence à parler. Je ne bouge pas, je me concentre et je guette les indices.

« Oui, j'ai le vertige, dit-elle. Et le cœur qui bat vite. » Un silence, puis : « D'accord, ça me rassure. »

Je suis aux anges. Si elle a le vertige, elle va réagir plus lentement. Le problème est que je ne suis pas non plus très vive. La bordure de mon champ de vision demeure trouble et tous les bruits sont curieusement étouffés, comme s'ils venaient de très, très loin. Son allusion à un élément rassurant n'est pas une bonne nouvelle non plus ; ils ont dû lui annoncer que les secours seraient bientôt là. J'ai quelques minutes pour agir, quelques secondes peut-être. Le temps presse. Les labbes planent au-dessus des œufs des pingouins et attendent qu'ils éclosent. Les pingouins sont conscients de leur présence, mais ils n'ont pas le réflexe de protéger leurs petits. Et donc les labbes passent à l'action, plongent en piqué, saisissent les petits dans leur bec et les emportent.

D'autres fois, ils lacèrent l'oisillon sous les yeux de ses parents, tailladent sa chair nue un morceau après l'autre. Ce détail n'a pas grande importance, mais cette image a quelque chose qui m'emplit de confiance. *Passe à l'action, vite.* Il faut que ce soit maintenant.

Je me pousse sur un côté, je prends appui sur les mains et les pieds et je me relève sans prêter attention à la douleur qui hurle dans ma tempe. Amber me voit, sa bouche dessine un petit cercle horrifié et le téléphone glisse de sa main.

C'est le moment d'attaquer.

Pauvre cruche, je n'ai aucun mal à l'esquiver. Tandis qu'elle se jette sur moi, je pivote et tends la main vers l'assiette. J'entends un grognement de douleur quand elle s'étale sur la table basse. C'est bien, ça signifie qu'elle a perdu des forces. Je saisis l'assiette, qui me paraît étrangement légère. Comment a-t-elle pu me faire aussi mal ? À Amber d'y goûter maintenant. Je pivote comme une lanceuse de disque olympique. L'assiette frappe le sommet de son crâne. Elle pousse un cri, mais elle réussit à propulser son corps dans ma direction. Nous volons toutes les deux vers le radiateur. Il y a le choc violent d'os et de chair contre la grille métallique – mon omoplate. Mes ailes : elle essaie de me les couper.

Le visage presque collé au mien, elle feule : « Tu vas voir. » Son haleine est aigre, j'y sens la confiture et une autre odeur plus inquiétante. Les comprimés commencent à faire des ravages dans son système digestif. Je la pousse à la poitrine et elle m'entraîne avec elle. Nous basculons et luttons par terre, un fouillis de mains, de bras et de jambes qui essaient d'agripper et de frapper. Je n'arrive plus à me repérer. Un poing s'écrase sur ma tête, je vois le pied de la table basse de très près. Elle est sur moi et elle me plaque contre le sol, elle a une main sur ma gorge et avec l'autre elle me bloque le poignet.

Mais elle m'a sous-estimée, une fois de plus. Elle ne comprend pas que j'ai affronté des filles bien plus fortes qu'elle en prison. Le plus important, c'est l'effet de surprise, le surin entre les côtes. Le sourire, et soudain l'attaque. Je ferme les yeux. J'arrête de bouger. Sa prise se desserre, très légèrement. Ce sera suffisant.

Je lance mon genou vers son entrejambe. Un coup qui sert habituellement à mettre les hommes hors d'état de nuire, mais qui marche aussi sur les femmes. Elle émet un bruit guttural et étranglé, un hoquet de surprise.

« Bien essayé. » À bout de souffle, je frappe.

L'assiette atteint l'œil. Ce n'est pas ce que je visais, mais c'est très bien. La pointe s'enfonce dans le globe oculaire comme dans du beurre. Une gelée humide gicle sur les côtés. Elle est luisante comme du jaune d'œuf et il y en a partout. Si Amber a été jolie un jour, c'est de l'histoire ancienne.

On frappe à la porte.

L'air se voile, les bruits sont assourdis, désarticulés. J'entends un miaulement perçant, c'est la voix d'Amber mais elle me semble venir d'une autre pièce, voire de l'extérieur. Son œil, autrefois brillant, est maintenant difforme et aveugle. L'assiette gît sur la moquette, poisseuse de sang et de fluide.

Encore des coups à la porte, moins pressants cette fois, et suivis par une voix étouffée. Peut-être les secours ou la police, reste à savoir lesquels. Les deux ? À travers les rideaux je vois des lumières bleues qui clignotent, mais ça ne m'aide pas. Je me lève. Amber essaie d'attraper ma cheville, mais je me débarrasse d'elle sans problème. Il faut que je sorte d'ici, et pour ça je n'ai que la porte du fond. C'est ma seule chance.

Il y a des silhouettes dehors, floutées par le verre dépoli. Pendant une seconde j'ai l'impression de revoir les agents qui m'ont arrêtée autrefois : un grand, un petit. Une femme, un homme. Ils sont revenus m'embarquer. Mais ça ne peut pas être eux, je le sais bien ; ils ont sûrement quitté la police à l'heure qu'il est, ou changé de poste.

Je pense qu'ils me voient, mais je ne peux rien y faire. Je me glisse dans la cuisine. Ma tête est dans un sale état ; le sang coagule sur ma joue, et ce n'est rien comparé aux pulsations de la blessure. Mais, au moins, cette salope a payé. Je me dis, *Œil pour œil*, et je me retiens de rire. Elle a eu droit à une punition biblique. Elle retiendra la leçon.

La porte du fond est fermée à clé. Évidemment. J'aurais pu me douter que ça ne serait pas aussi simple. Papa me répétait toujours que la vie n'est jamais facile, qu'il faut serrer les dents et faire avec. Ça ne sert à rien de se plaindre ; mieux vaut essayer d'arranger les choses. Je commence à chercher, je regarde derrière les bibelots, je fouille dans les tiroirs. Il y a forcément une clé quelque part.

Deux coups puissants me figent sur place. Ils enfoncent la porte d'entrée. Je dois faire vite.

Aide-moi. J'en appelle à ma force intérieure plus qu'à quelqu'un en particulier. Je sens ta présence dans mon dos, tu es dans un coin de la pièce et tu attends de me voir échouer. Ditz oscille au bout de sa corde tel un carillon dans le vent. Et Jane est livide, le souffle court, comme dans ses derniers instants. Je suis plus forte qu'eux, parce que je suis toujours là. Je continue de gagner. Je veux qu'ils me voient, qu'ils se rendent compte que c'est la vérité. Je suis semblable au cafard, semblable au labbe, je me bats et je triomphe. Ils ne m'auront pas si facilement.

Ça y est, je l'ai. Une clé planquée au fond du placard, juste derrière la salière et la poivrière. Il faut que ce soit la bonne. Je l'insère dans la serrure. Elle tourne. J'appuie sur la poignée. Je sors dans le froid et je referme doucement derrière moi, pile au moment où la porte d'entrée cède sous les coups.

Bill paraît si doux, si pensif, sur le canapé où il peine à respirer. Il a laissé une chaise de jardin près de la palissade. Pas la hauteur idéale, mais elle fera l'affaire. Je peux passer dans mon jardin. Ça ne devrait pas poser de problème, après ce que je viens de faire. Enfin, c'est vite dit. Mon pied dérape sur le plastique et je manque de tomber. Je n'ai pas le temps de trébucher si je veux me tirer de là. Il faut que je rentre chez moi, que j'attrape des affaires et que je file. Tout ça en quelques minutes maximum.

La seconde tentative est plus payante. Je saute, je lance mon poids par-dessus la palissade et je finis les bras pendant d'un côté et les pieds de l'autre. Les planches gémissent sous mon poids. Pas grave si la palissade s'écroule, sauf que le bruit signalera ma présence. Dans ma jeunesse, j'aurais enjambé ces planches comme si de rien n'était. Henry se serait bien fichu de moi s'il m'avait vue en train de battre des bras comme une gamine empotée. Il m'aurait caressé les jambes, se serait délecté de ma vulnérabilité, et ensuite il m'aurait…

Qu'est-ce qui me prend de penser à lui ? J'ai besoin de me concentrer. Mes pieds cherchent un appui et je suis consciente que chaque coup donné à l'aveuglette dans la palissade fait venir un peu plus vite les policiers. Une porte s'ouvre en grinçant. J'entends des voix, puis des pas lourds sur la terrasse. *Non !* Est-ce que je l'ai pensé ou est-ce que je l'ai crié ? Je ne sais pas, je n'arrive plus à rien, je suis coincée sur cette palissade et je…

Une main se referme sur ma jambe. Pendant une seconde de démence, je me demande si c'est Henry.

Est-il enfin venu me chercher pour m'emmener en lieu sûr, comme il me l'avait promis un jour ?

« Nous allons vous descendre de là, dit une voix d'homme. Ne résistez pas, ne nous obligez pas à utiliser la force. »

C'est terminé. Mon ventre glisse sur l'arête de la palissade et je n'y peux rien. Je ne peux rien non plus contre les mains qui me saisissent à la taille, aux hanches, qui se posent partout sur moi et me tirent vers le sol. Je pousse un cri, un vagissement de rage qui se perd dans l'air du soir.

Ma tête me lance terriblement. Je suis redevenue Robin, petite et blessée, tremblante de froid.

« Vous allez venir avec nous », dit un des policiers en me prenant par le poignet.

Je ne lutte pas. C'est fini.

- 24 -

Autrefois, j'étais une petite fille. J'avais une mère et un père, et nous vivions dans une maison avec du lierre sur la porte, des baies vitrées de chaque côté et une allée qui s'incurvait devant elles. Ma mère parlait peu, mais je sais qu'elle m'aimait. Elle me disait que je ferais de grandes choses dans la vie, que j'avais un esprit vif et curieux. Elle disait que je pourrais prendre mon envol et devenir quelqu'un, ce qu'elle n'avait jamais réussi à faire. Mais Papa se mettait souvent en colère contre elle. Le couloir résonnait de ses cris et les chambres se recroquevillaient autour de sa fureur. Je me cachais dans le placard, m'y blottissais comme un oisillon dans son nid. Ainsi, j'étais certaine que personne ne me trouverait.

Papa et moi avons quitté cette maison pour une succession d'îles. Il y avait des falaises à pic, du sable et des prairies vallonnées à perte de vue. Des oiseaux qui pépiaient et criaient dans l'obscurité. J'y ai éprouvé la profondeur de la solitude et j'ai compris le véritable sens du mot. La *solitude*, c'est la survie. C'est se fermer à tout et à tout le monde. En outre, *seule*, face à la menace, on peut réagir en une fraction de seconde. Jane Marshall était une menace.

J'ai grandi, mais ce sentiment de solitude ne m'a jamais quittée. Il est demeuré en moi comme une faille. Il me protégeait. J'ai commencé à l'apprécier, parce qu'il signifiait que personne ne pouvait me nuire. Ou, tout au moins, pas me nuire sans en pâtir.

Comme j'ai été bête de faire confiance à Henry. Mais les jeunes sont comme ça. Le cœur est un fleuve de désir ; il emporte toute réflexion rationnelle. Alors, en contrepartie, j'ai fait du mal à son fils. Je t'ai fait du mal.

Je n'en avais pas l'intention, tu étais si jeune. Tu aurais pu prendre ton envol. Devenir quelqu'un. Mais la solitude en moi a enflé et est devenue douloureuse, je sentais constamment sa pression en moi. Et puis elle a jailli, à cause d'Henry et de ce qu'il m'avait fait.

J'aurais pu tout perdre, quand ils m'ont envoyée en prison. Perdre mon estime de moi, je veux dire. Je suis devenue la *solitude* et l'abîme m'a engloutie. Il aurait été préférable de mourir. J'ai rendu un service à Ditz. La prison n'est pas un endroit pour une personne qui souffre.

Tout ça, ce sont des idées grises et mortes. De vieilles toiles d'araignées en moi, qui sont collées sur mes souvenirs et enveloppent chaque minute de veille. Elles sont la doublure de mes rêves. Elles colorent tout ce que je vois, tout ce que je fais. Je suis de retour en cellule. Amusant, non, après tout ça ? Ce n'est que la cellule d'un poste de police, mais c'est du pareil au même. L'autre cellule, la permanente, est pour bientôt. Il y aura un nouveau procès. Ils me condamneront encore, et je souffrirai encore.

Le tube néon clignote. Ça devrait m'agacer davantage, mais plus rien ne me touche. Il y a un banc contre le mur ; je ferais bien de m'y allonger.

J'aimerais fermer les yeux, que tout disparaisse. J'imagine la main de ma mère qui me caresse le front. Et puis la main devient celle de Ditz et elle appuie de plus en plus fort sur ma tempe. Elle veut m'écraser, que j'éclate comme une prune.

Bientôt, tout sera terminé.

« Ava ? Réveillez-vous, Ava. Nous avons besoin que vous veniez avec nous, l'interrogatoire va commencer. »

Ava. Il n'y a qu'ici qu'ils utilisent mon vrai nom. Quelle ironie.

« Ava ? Levez-vous. »

Je me redresse. Comme on dit, toute résistance est inutile.

« Venez avec nous, s'il vous plaît. »

Quelle heure est-il ? Je n'arrive pas à déterminer si c'est le matin, midi ou le soir. L'éclairage me donne la nausée. Il m'évoque une ruelle dégoulinante de pisse, une grotte sous-marine où l'air stagne. Des choses puantes, malsaines.

Je n'arrive pas à faire le point sur les visages, mais je note qu'il y a un homme et une femme. L'homme a une moustache. La femme a les cheveux blonds, ou peut-être châtains. Ce qui n'a aucune importance. Je les suis hors de la cellule et dans le couloir. J'ai une impression de déjà-vu.

L'homme me lit mes droits, puis il me demande si je désire être représentée par un avocat. Je n'en ai pas, ils le savent parfaitement. La dernière fois non plus je n'en avais pas, j'avais dû me contenter du crétin commis d'office. J'étais beaucoup plus effrayée qu'aujourd'hui. Je me souviens de la chaise en plastique vert, du froid de la table sous mes coudes. Cette chaise-ci est rembourrée, je crois qu'on peut appeler ça un mieux.

« Allez-y. Vous avez des questions. Je vais vous donner des réponses. »

Le policier jette un regard en coin à sa collègue. Je me demande s'il y a quelque chose entre eux. En tout cas, ils sont assis très près l'un de l'autre. Il est peut-être marié ; il a pu commencer à la séduire il y a quelques mois, et à présent elle est persuadée qu'il va tout plaquer pour elle. Elle ne serait pas la première et certainement pas la dernière, parce que c'est à ça que nous mène la confiance.

« Ava Webber, commence le policier, admettez-vous avoir ajouté des substances dangereuses au gâteau que vous avez servi à Bill Swinson et à sa fille Amber ?

— Qu'est-ce que vous entendez par *dangereuses* ?

— Je reformule. Avez-vous ajouté une substance à ce gâteau, dans l'intention de leur nuire à tous les deux ?

— Qu'est-ce que vous entendez par *nuire* ? » Je commence à m'amuser, je savoure l'agacement que je lis dans leurs yeux et qui ne demande qu'à exploser.

La femme se penche vers moi. « Ava, avez-vous ajouté au gâteau quelque chose qui n'était pas dans la recette ? Un médicament par exemple ? »

Je souris. « Oui. » À elle, je vais répondre. J'ai décidé que je l'aimais bien, elle paraît honnête.

« Qu'avez-vous ajouté ?

— J'ai ajouté plusieurs comprimés de somnifère. Amber s'est comportée de manière criminelle envers moi, c'était ma façon de l'arrêter. »

Ils échangent un regard.

« Qu'entendez-vous par *criminelle* ? me demande la femme.

— Elle s'est associée avec Henry Hulham. Il l'a convaincue de me harceler. Ça a commencé par une lettre de menace dans ma boîte, ensuite elle s'est mise à me suivre, et pour finir elle a lancé une brique dans ma fenêtre, ce qui constitue une destruction volontaire de biens.

— Pourquoi est-ce que vous n'avez pas prévenu la police ?

— Je savais que vous ne m'aideriez pas. En plus, Amber connaissait ma véritable identité. Il aurait fallu que je déménage encore, et c'était hors de question. »

Elle soupire. « D'accord, revenons au gâteau. Quel était votre objectif ?

— L'arrêter. Je vous l'ai déjà dit.

— Mais c'est Bill qui est en soins intensifs, Ava. Pourquoi l'avez-vous visé, lui ? »

Je serre les lèvres. Ça me fait un choc d'apprendre que Bill est dans cet état. Une partie de moi le regrette, parce que je pense que je ne voulais pas le rendre aussi malade, mais une autre partie de moi se réjouit. Ils vont apprendre une bonne leçon : respecter les autres, pas uniquement se servir d'eux et les rejeter un peu plus tard.

« Est-ce qu'il va mourir ? »

Le policier hausse les sourcils. « C'est la grande question, Ava, n'est-ce pas ? Parce que s'il meurt, c'est un homicide. Il me semble que vous savez ce que ça signifie.

— J'avais un motif valable.

— Rien de ce que vous venez de nous dire ne suggère que Bill méritait ce que vous lui avez fait.

— Il m'a draguée et il s'est débarrassé de moi quand il a eu ce qu'il voulait. Ça mérite une vengeance, vous ne trouvez pas ? »

Il refuse de répondre, adresse seulement un hochement de tête à sa collègue.

« Ava, dit cette dernière d'une voix plus douce. Vous avez déjà avoué que vous avez empoisonné Bill et Amber au moyen d'une substance dangereuse. Vous pouvez limiter les dégâts en nous donnant tous les détails. »

J'éclate de rire. Un son aigre et sévère dans cette pièce morne. « Qu'est-ce que ça change ? De toute façon vous allez me renvoyer en prison.

— Vous avez commis un crime grave.

— J'avais de bonnes raisons. J'ai fait ça pour survivre, mais vous n'arriverez pas à le comprendre. Vous croyez que vous pouvez sortir les gens de prison et les lâcher dans la nature. »

L'homme se racle la gorge. « D'après votre dossier, on dirait que vous vous en tiriez plutôt bien, Ava. Une jolie maison aux frais de la princesse. Des allocations. Un soutien psychiatrique hebdomadaire. Qu'est-ce que vous auriez voulu de plus ? »

Être réellement libre et épaulée par quelqu'un qui me comprenne. Ne pas avoir cette sensation que je serais haïe à jamais. Échapper au martyre qu'est ma vie. Mais ça ne sert à rien de le lui dire. Il ne pourra jamais comprendre, parce qu'il voudrait que les gens comme moi disparaissent. Nous sommes des problèmes à régler, des créatures dangereuses à enfermer.

Je dis : « Je ne veux plus vous parler », et je me laisse aller contre le dossier de ma chaise.

« C'est votre droit, dit la femme. Mais vous auriez intérêt à coopérer. »

Je fais non de la tête. Elle a perdu ma confiance, elle aussi. Ils n'obtiendront plus rien de moi.

Ils relèvent mes empreintes digitales, font un prélèvement buccal et prennent quelques photos. Ça me renvoie à la dernière fois où j'ai été retenue dans un poste de police. Comme j'avais peur. Je posais des questions, une avalanche de questions, et tout le monde m'ignorait ou avait reçu l'ordre de se taire. Cette fois-ci, je ne prends pas la peine d'ouvrir la bouche. Qu'ils se débrouillent. De toute façon ils feront ce qu'ils voudront, que je participe ou pas.

Ensuite ils me ramènent en cellule. Il y fait plus froid que tout à l'heure ; le radiateur ne sert à rien, il est beaucoup moins efficace que ceux qui chauffent le reste du bâtiment. J'imagine que c'est le but : rendre la cellule aussi inconfortable que possible. Nous faire entrer dans le crâne que le crime ne paie pas. Sauf quand il paie, évidemment. Quand on s'en tire sans encombre.

Les murs nus de la cellule ont quelque chose qui pousse à la réflexion. Pas uniquement sur les événements qui nous ont menés là, mais sur la vie en général, sur son caractère décidément vain. Nous venons au monde, nous souffrons jour après jour, nous défendons notre petit carré d'existence et puis nous mourons. Ou alors nous avons l'audace de sortir du moule.

De défier le statu quo, de le rejeter. La fatalité n'existe pas. Je ne suis pas obligée d'accepter ça. Papa disait toujours que, si on veut réussir, il faut être prêt à prendre des risques et se montrer sans pitié. Il me disait que, s'il avait gravi les échelons, c'était parce qu'il n'avait pas eu peur d'*éliminer ses concurrents*. À quoi il ajoutait, *Comme les oiseaux*, en me faisant observer la sauvagerie des goélands qui se battent à coups de bec pour quelques morceaux de poisson. *La nature est cruelle, et nous le sommes aussi.* J'ai toujours considéré que c'était la vérité. Nous sommes des créatures naturelles dont les actions sont dictées par les désirs et les besoins. Mais à présent, dans cette pièce vide et sordide, je m'interroge. Cette philosophie ne m'a jamais procuré aucun bonheur, alors que je ne demandais que ça. Devenir une compagne, peut-être même une mère. Compter pour une personne qui, en retour, aurait pris soin de moi. Sourire et ressentir ce bonheur tout au fond de moi. Mais je n'ai personne, aucun ami. Je ne désire que le réconfort des îles, mais c'est peut-être parce que je *suis* une île. Solitaire, éloignée des autres. Froide, indépendante. À mon aise uniquement lorsque je suis battue par le vent, lorsque la pluie fouette ma surface.

Je pense à Bill et je me demande s'il respire encore. Je me prends à espérer que oui. Je ne voulais pas le tuer. Une partie de moi estime, malgré tout, qu'il mérite de vivre. Je suis peut-être en train d'admettre que cette décision ne m'appartenait pas. Je suis une créature de la nature, mais ça ne fait pas de moi une divinité.

Toutes ces pensées effrénées vont me briser si j'y laisse libre cours. J'ai besoin de mes cachets pour dormir, de tous ces comprimés que j'ai broyés et mis dans le gâteau. Ils feraient disparaître la douleur, ils apaiseraient les voix qui vocifèrent et tempêtent en moi. Je veux cesser de penser à Bill, de l'imaginer dans un lit d'hôpital avec des tubes partout, incapable de respirer sans assistance.

J'appuie les mains sur le mur, je pose ma tête contre sa surface fraîche. Ça me calme, mais ce n'est pas de calme que j'ai besoin. J'ai besoin de néant, que tout s'achève. Je recule la tête et je la lance en avant, de toutes mes forces. Le premier essai est trop hésitant, mais il est dans notre nature de nous préserver, même face à une angoisse insoutenable. Le deuxième est plus franc. Ma vue se trouble. La douleur résonne dans mes oreilles et cogne contre mes sourcils. J'essaie encore, et encore, mais je n'arrive pas à perdre conscience. Encore. Encore. Mes mains tremblent, mon souffle est un staccato désespéré. Encore. Encore.

La porte de la cellule s'ouvre et j'entends un cri. Des pieds résonnent sur le sol, des mains m'attrapent par les épaules et me tirent en arrière. Je ne leur résiste pas ; ce policier sans visage est bien plus fort que moi. De cette façon, au moins, ils vont peut-être me donner un sédatif, et c'est tout ce que je demande.

J'ignore combien de temps je suis restée inconsciente. On m'a posé un pansement sur le front, fixé sommairement avec du sparadrap. J'ai dû me faire saigner, mais si j'en ai mis sur le mur de la cellule, ils l'ont nettoyé. Ils m'ont peut-être emmenée à l'hôpital pour s'assurer que j'allais bien. Mais ce que je pense, c'est que je ne suis même pas humaine à leurs yeux et que je ne mérite pas les soins les plus élémentaires.

Je ne peux pas complètement leur en vouloir. Je crois que j'ai un énorme problème, à savoir que les autres ne voient pas le monde de la même manière que moi. Ou alors, c'est moi le problème.

Un peu plus tard, un policier m'apporte à manger sur un plateau. Le petit pain est tout à fait comestible, mais j'ai perdu l'appétit. Je bois quelques gorgées de jus d'orange, rien de plus. Après ça, je me replie sur le banc et je ferme les yeux. Le sédatif qu'ils m'ont administré tout à l'heure continue d'engourdir mes sens, autant en profiter.

« Ava. Ava. Ava. »

Mon prénom, encore mon prénom. C'est drôle, répété de cette façon il ressemble au cri d'une sterne. Je parviens presque à imaginer que je suis allongée sur une falaise, en train de l'écouter sans bouger.

« Ava. Levez-vous, c'est l'heure. »

J'ouvre les yeux. Un autre policier, un homme. Plus épais, plus âgé, un accent écossais à couper au couteau. Il y a sûrement eu un changement d'équipe.

« Pourquoi est-ce qu'il faut que je me lève ?

— Parce que je vous le dis. Allez, debout. »

Celui-ci n'y va pas par quatre chemins. Je me redresse lentement. Mes muscles manquent d'assurance ; ma tête me lance et j'ai du mal à respirer. Je suis un poisson qui suffoque sur une plage.

Tandis qu'il m'indique la porte, je demande : « Où est-ce qu'on va ? »

Il refuse de me répondre, indique le couloir d'un coup de menton. Apparemment, c'est de nouveau l'heure de me passer au gril. Ça va être le même rituel que la dernière fois. L'inquisition incessante, les mêmes questions rebattues et posées de mille manières différentes. Je ne sais pas pourquoi ils se cassent la tête, j'ai déjà avoué.

Il m'emmène dans la même salle qu'à mon arrivée. J'adorerais qu'il me propose une tasse de thé, mais je n'y compte pas trop. Sans attendre qu'il m'y invite, je m'assieds sur la même chaise que la première fois. Quelques instants plus tard, un second policier nous rejoint, encore plus vieux que le premier. Ils démarrent l'enregistrement sur leur appareil et se présentent. Je mets un point d'honneur à ne pas retenir leurs noms. Quel intérêt ? Tous les policiers veulent la même chose : s'assurer qu'on me remette en prison pour au moins vingt-cinq ans.

« Ava, commence l'Écossais en tapotant les notes qu'il a devant lui, hier vous avez déclaré qu'Amber Swinson vous harcelait, est-ce exact ?

— C'est exact.

— Vous avez affirmé qu'elle vous avait suivie, qu'elle avait lancé une brique dans la fenêtre de…

— Oui, c'est la vérité. »

Il secoue la tête. « Les collègues ont parlé avec Mlle Swinson, elle a tout nié. En fait, elle a plutôt eu l'air surprise. »

Ça ne m'étonne pas d'elle. Et puis je prends conscience de ce qu'il vient de dire. Oubliant toute prudence, je fais : « Ça veut dire qu'elle va bien ? Elle s'en est tirée ?

— On dirait que ça vous ennuie. »

Je me mure dans le silence. J'en ai beaucoup trop dit hier ; je n'étais pas dans mon état normal. La faute au stress et au traumatisme émotionnel.

Il patiente un peu, puis il hausse les épaules. « Nous avons trouvé le mot attaché à la brique lorsque nous avons fouillé la maison. L'écriture ne correspond pas à celle d'Amber. Ce n'était pas elle.

— *Si.* » Je crie presque. « Je l'ai vue, elle me suivait au bord de la rivière, et même dans ma rue. Je sais qu'elle voulait me faire souffrir.

— Vous voulez que je vous dise ce que je crois ? Je crois que vous avez tout imaginé, Ava. Je crois que vous n'allez pas bien et que vous avez inventé toute cette histoire.

— Mais vous avez trouvé le mot. Vous avez vu l'état de ma fenêtre. Vous essayez de me dire que tout est dans ma tête ? C'est ridicule. »

L'autre policier se penche vers moi. « Nous n'avons pas fini de vous dire ce que nous avons découvert. Donc vous allez arrêter d'interrompre mon collègue, s'il vous plaît. »

Je ne réponds rien, je croise les bras. Si je pouvais les assassiner avec mon regard, je ne m'en priverais pas.

L'Écossais attend, puis il hoche la tête d'un air satisfait. « Nous avons reçu une visite ce matin. Une dame plutôt agitée, pas vrai, Davis ?

— Très agitée, acquiesce l'autre.

— Elle voulait savoir si c'était vrai, si vous aviez effectivement été arrêtée. Nous lui avons répondu que c'était confidentiel, et là elle a éclaté de rire. Elle nous a dit qu'elle avait déjà demandé à un voisin.

— Naturellement, ajoute l'autre, on a eu envie de savoir qui c'était. Et figurez-vous qu'elle vous connaît depuis longtemps. Et qu'elle vous en veut méchamment. Assez pour balancer une brique à travers votre fenêtre, en tout cas. »

Miranda. Je sens le froid m'envahir. Je l'avais écartée tout de suite en considérant que ce n'était pas son style. Mais j'avais tort de me la représenter comme la Miranda d'autrefois : implacable, distante, jamais ouvertement agressive. Elle a dû attiser sa haine pendant toutes ces années, elle est amère et mesquine.

D'une voix éteinte, je dis : « Elle ne pouvait pas me foutre la paix, hein. C'est à cause de son mari si leur fils est mort, pas à cause de moi. Elle ferait bien d'ouvrir les yeux, pour changer, et… »

L'Écossais secoue la tête. « Vous vous trompez de cible, Ava. La mère de Ben Hulham n'a rien à voir là-dedans, si c'est d'elle que vous parlez. C'est quelqu'un d'autre. »

Je suis perdue, il s'en aperçoit et il jubile. Regardez-le, avec son grand sourire narquois et ses joues rouges qui brillent sous le néon. Il croit qu'il a gagné. Je ne vais pas lui faire ce plaisir, du moins je ne vais rien laisser filtrer. Mais, dans mon for intérieur, je passe en revue les visages contenus dans ma mémoire. Il m'a dit que c'était une femme. Une femme qui m'en veut. Une ancienne de la prison ? Je me suis mis pas mal de femmes à dos là-bas, ça pourrait être n'importe laquelle. Ou bien une autre amante d'Henry qui serait jalouse ?

Jane Marshall ? Peut-être qu'elle n'est pas morte. Après tout, je n'ai jamais vu son corps, uniquement le cercueil le jour de l'enterrement. Papa était avec elle, mais il est possible qu'il m'ait menti, qu'il l'ait envoyée en secret sur une autre…

« Ava ? Vous êtes toujours avec nous ? »

À regret, je demande : « Qui c'était ? Quelqu'un de très vieux ? Je ne vois pas comment ça pourrait être Jane, mais peut-être que…

— Son nom de jeune fille devrait vous dire quelque chose. Ditsfield. »

Ditsfield. *Ditz.* Mais c'est impossible. Son cou s'est rompu, ses pieds ont remué dans le vide puis elle a perdu connaissance, et ensuite ils ont retrouvé son corps froid, la langue noire et gonflée, les yeux vides. Les autres filles ont vu qu'ils l'emportaient sous un drap… Non, c'est quelqu'un qui me tend un piège, un piège atroce, et…

« Je vois que vous connaissez ce nom, remarque le policier qui n'en perd pas une miette. Cette dame nous a dit que vous aviez martyrisé sa sœur pendant votre premier séjour en taule. On dirait que vous avez un don pour la cruauté, Ava.

— Sa sœur ? » Je suis effondrée. Et puis ça me revient, un sac de ciment dans la figure. Ils parlent de l'inénarrable Babs, la seule à prendre soin de Ditz. La sauveuse, l'héroïne, et maintenant la vengeresse. Depuis le début c'était elle.

Tout s'éclaire. La dernière lettre annonçait que j'allais souffrir comme *elle* avait souffert à cause de moi. Elle, pas lui. Je m'étais moquée de ses fautes de grammaire, mais il n'y avait pas de fautes. C'est de Ditz qu'il s'agissait, et ma harceleuse anonyme était Babs. Soudain je me sens minuscule, minable. Nulle. J'étais tellement sûre que c'était Amber. Comment ai-je pu commettre une erreur pareille ? Où est-ce que je me suis trompée ? Est-ce que j'ai fait d'autres erreurs ?

Non, me dit la voix de Papa. *Si tu perds confiance en toi, tu perds tout.*

L'autre policier me regarde en hochant la tête. « Visiblement, vous ne vous y attendiez pas. Ce n'était peut-être pas une si bonne idée d'empoisonner des innocents, qu'est-ce que vous en pensez ?

— Empoisonner quelqu'un n'est *jamais* une bonne idée, grommelle l'Écossais. Et vous n'allez pas tarder à vous en rendre compte. Parce que nous savons tous les trois que vous allez repartir en prison, n'est-ce pas ? Vous avez eu une seconde chance et vous l'avez gâchée en essayant de tuer vos voisins. » Il se tourne vers son collègue, une grimace peinée sur le visage. « Tu vois, c'est pour ça que la réinsertion ne marche jamais. Les gens qui ont le mal en eux ne changent pas. Ils apprennent simplement à mieux se cacher.

— Je n'ai pas le mal en moi. Vous ne savez rien de moi.

— Je fais ce métier depuis suffisamment longtemps pour savoir comment vous êtes, Ava Webber. Il y a des gens qui sont nés pour finir leur vie en prison. »

Non. Je serre si fort le bord de la table que mes doigts virent au blanc. Je suis née pour voler en liberté. C'est vous tous qui m'avez condamnée à moisir en cellule, et c'est votre faute, pas la mienne.

Je suis convaincue que j'ai raison. Mais est-ce la vérité ?

Je ne sais plus, et ça m'effraie plus que tout.

- 25 -

Ils m'ont reconnue coupable, évidemment. À la suite du procès, j'ai été envoyée dans une prison pour malades mentaux. D'après le jury, je souffre de troubles psychiatriques. Au moins ça me permet de découvrir une nouvelle région. Je n'étais encore jamais venue à Londres, même si je n'en vois pas grand-chose depuis cette cellule.

Je ne sais pas trop depuis combien de temps je suis ici. Deux ou trois mois, peut-être plus. Les jours s'enchaînent, et l'unique avantage de cet endroit est que les médicaments coulent à flots. La direction veille au grain, s'assure que nous ne nous échauffons pas trop. J'ai mieux dormi ces quelques mois que durant toutes les années précédentes. En plus, c'est un établissement à sécurité modérée, ce qui me change agréablement. J'ai le droit de passer du temps hors de ma cellule. Je peux regarder la télé dans la salle commune ou jouer à des jeux de société avec les autres. Il y a une femme, aux cheveux tellement fins qu'ils laissent voir son crâne, qui m'a dit qu'elle aimait fabriquer des bombes. Je comprends qu'elle soit ici ; elle représente un vrai danger pour la société.

Ils m'ont expliqué que j'avais traversé un épisode délirant après ma remise en liberté. J'aime bien cette expression. Épisode. Ça m'évoque les feuilletons, les choses qui se terminent rapidement et sans rancune. Déjà cette période commence à me paraître lointaine, brumeuse sur les bords, et les souvenirs sont moins nets. Je me souviens d'avoir eu un paquet d'insomnies, ça c'est sûr. D'avoir lu mon magazine près de la fenêtre de la cuisine. Entendu les oiseaux chanter dans le jardin pendant les mois d'été. Bu du thé de bonne qualité chaque fois que j'en avais envie. Mais ce n'était pas pour moi, finalement.

Je n'ai jamais demandé de nouvelles de Bill. C'est mieux ainsi ; et de toute façon, je ne pense pas qu'ils m'en donneraient. Je le vois de temps en temps, il est assis dans le coin de la salle commune. Il a toujours de la bave qui coule des lèvres et sa peau est toujours du même gris de cendre. Je lui dis de ne pas être triste, nous avons eu de bons moments ensemble. Nous avons été un couple pas trop nul ; nous avons passé de chouettes soirées à papoter autour d'une bouteille de vin. Je n'oublierai jamais la fois où il m'a invitée à sortir. Il m'a donné l'impression que je comptais pour quelqu'un, c'est important.

Le médecin aime bien me demander si j'éprouve des remords, si je veux parler de ce qui s'est passé autrefois. La réponse est non dans les deux cas. Inutile de se lamenter sur ce qui est arrivé, c'est ce que Papa me répétait tout le temps. Toujours se concentrer sur la suite, avancer, survivre.

Bien que je ne parle pas du passé, je le revis souvent. Il défile devant moi, aussi vif que sur le moment.

Les médicaments m'assomment. Ils me détachent de tout, mais ils me procurent aussi des visions saisissantes. Je vois Jane et Papa traverser la salle, absorbés par leur conversation. Certaines fois il y a des oiseaux au-dessus de moi, ils volent d'un néon à l'autre et leurs cris résonnent dans toute la salle. L'herbe ondoie autour de mes chevilles et disparaît sous le carrelage lorsque je la regarde directement.

Et je te vois, bien sûr. Tu es toujours avec moi, le fils que je n'ai jamais eu. Je suis contente que tu tiennes maintenant l'oisillon entre tes mains, tendrement, contre ta poitrine, et que tu souries. Je sens que tu es en paix. Tu es loin, très loin, et il ne me reste que l'écho de ton souvenir. Quelquefois Ditz est là aussi, son cou s'est redressé, l'hématome a disparu et elle a son sourire flottant. Vous auriez pu devenir amis, si vous aviez eu l'occasion de vous rencontrer quand vous étiez encore vivants.

Mais ce sont surtout des oiseaux que je vois. Leur chant me comble ; parfois il me fait pleurer sans que je comprenne pourquoi. Lorsque je les entends, je suis transportée loin d'ici. Mes bras et mes jambes rétrécissent, mon corps se ramasse sur lui-même, je redeviens enfant. Je hume le parfum marin que charrie l'air. Je goûte son sel, l'amertume et la puissance du vent.

Je suis de nouveau Ava.

Remerciements

Je tiens à remercier mon mari, Al, qui sait me pousser sans me brusquer. Sa connaissance des oiseaux m'a beaucoup aidée, et si mes questions à propos des habitudes migratoires des labbes dans les îles écossaises l'ont agacé, il a eu la gentillesse de ne jamais le laisser paraître. Merci aussi à mes fils. Leurs encouragements ont été précieux, et j'ai une chance incroyable de les avoir. Je voudrais remercier le chat, mais pour être franche, sa présence n'est jamais sans risque : il a tendance à grimper sur le clavier et à ajouter des lettres ou à effacer des passages entiers. Merci au reste de ma famille, qui me soutient sans relâche. J'aimerais dire un grand merci à mes amis, surtout à ceux et celles qui ont lu ce livre et pris le temps de formuler des critiques constructives. Spéciale dédicace à Lou ; son enthousiasme a été très important pour moi.

Mon agent, Greg Messina, mérite une place à part : c'est lui qui a transformé le rêve en réalité. Il a toujours cru à ce livre. Merci également à la merveilleuse équipe de Sandstone Press, avec qui cela a été un bonheur de travailler. Moira a réalisé un travail d'édition formidable sur ce texte.

Enfin, une pensée toute particulière pour un ami de mon mari qui m'a montré comment le système carcéral et la société ne sont parfois pas à la hauteur des personnes qui ont besoin d'aide. S'il est nécessaire de prendre des mesures contre les criminels, la réponse n'est pas toujours simple et ne consiste pas forcément à fermer la porte et à jeter la clé.

Composition et mise en pages
FACOMPO, Lisieux

#lisez! engagé
Pour plus d'information :
www.lisez.com
Imprimé sur du papier issu de forêts gérées durablement.

Imprimé en France par MAURY IMPRIMEUR
en février 2024
N° d'impression : 276229

POCKET – 92, avenue de France, 75013 Paris

S33800/01